生命之河
在流淌

马顺海 著

中国青年出版社
全国百佳出版单位

图书在版编目（CIP）数据

生命之河在流淌 / 马顺海著 . -- 北京：中国青年
出版社，2025. 5. -- ISBN 978-7-5153-7686-8

Ⅰ . I267

中国国家版本馆 CIP 数据核字第 2025HQ9200 号

生命之河在流淌

马顺海　著

责任编辑：侯群雄　　岳　超
出版发行：中国青年出版社
社　　址：北京市东城区东四十二条 21 号
网　　址：www.cyp.com.cn
编辑中心：010-57350401
营销中心：010-57350370
经　　销：新华书店
印　　刷：三河市君旺印务有限公司
规　　格：650mm×910mm　　1/16
印　　张：17.25
字　　数：229 千字
版　　次：2025 年 5 月北京第 1 版
印　　次：2025 年 5 月河北第 1 次印刷
定　　价：79.80 元

如有印装质量问题，请凭购书发票与质检部联系调换
联系电话：010-57350337

奔流不息之河（代序）

老家的村子，也有幼儿园了。我为孩子们高兴，竟有一些兴奋。如果说每个人都是一条河，那么幼时就是这条河的源头了。

我没上过幼儿园。上学前，不认字，甚至，不会数数。我上学时8岁。其实，6岁时入过一次校，清楚地记得，书上印有100个五角星，从1到100，不会数。有天突然"开悟"，拐过了弯儿，19后面是20，29后面是30。可高兴了！记得很清楚的，还有一件事。班里同学都比我大，我和同桌"在班里最笨"。上课时，班长提问，叫到我两个了，老师说："别问他俩，啥也不会。"小孩子又不是不知好赖，那感觉，无语。

淘气干架，头上给砸了个"窟窿"，打破了头，就借机不上学了。我得感谢那次干架，否则，就一"笨"到底了吧？

村里的学校，从小学到初中，有模有样的。甬道两侧是高高的杨树，操场前的一棵树上吊着大铁钟。钟声是号令，三声预备、两声上课、一声下课、连钟集合、乱钟放学。那钟声，如在耳畔。骑电驴子的邮递员，经常来学校。老师们看的《参考消息》，我当成"参观万县"。到学校找老师坐坐的、拿报纸看看的，也都是文化人。谁家来信了，找个孩子捎回家。有信来的人家，一般是外面有亲戚，当兵的、工作的，都有个盼头。但我不知道外面是什么样子。

乡亲们对老师、学校、学生都高看一眼。那些嘎小子，天不怕地不怕的，也不敢在学校或者校门口犯浑。谁家孩子学习好，在学校没人敢欺负，在村里也常被人念叨着夸。这也是一种尊师重教吧。

幼儿园建在原来学校的老院子里。学校先停初中，后停小学，关了门。乡亲们把这笔账记在村支书、校主任头上。这事，错怪了人。后来，我读的高中，搬迁了；大学，合并了；工作过的煤矿，关闭了；集团公司，重组了……这些都不仅仅是我一个人的故事，也不是哪一个人能够左右。

一如人生的走向，前行路上有很多因素。人的命运掌握在自己手中，但又不能完全由自己决定。机会总是留给有准备的人，但并不是有准备就有机会。一滴雨水，可能落在沙漠，也可能落进大海。一条小溪，可能流入地下，也可能汇入河流。无论如何，每一滴水都有自己的贡献，每一条溪都有自己的方向。

我13岁时第一次离开家，读初中，住校。学校第一届初中招生，最后一届高中生在等着毕业。记得班主任说起那些大的就不大待见似的，而对我们这些小的很是喜欢，经常夸奖。果然，小的更出息些，考出来好几个，人生有了不同的走向。可是，留在家里的常有大聚小聚，我前些年去参加，似乎觉得他们的幸福感更多些。真是一言难尽。

我读的高中，是当地公认的好学校。家人好像看到我一只脚已经迈进大学，有希望"当公家人，吃商品粮了"。我有一次不想回学校上学，把一家人急坏了。姐姐已经出嫁，专门回来劝我。"为啥就不想上了哎！"她笑着说，却带着哭腔。全家人用自己的方式供着我，让我安心上学。姐姐哥哥都到学校看过我，送些吃的，留些零钱。高考前，姐姐还专门到学校给我鼓劲加油。妹妹弟弟早早地干起了农活，承担了家务。大学暑假的一天，弟弟躺在炕上说："哥哥，你去拉一桶水吧，我实在不想动。"他感冒了，平时，这些事都是他做。

上学是我的出路。我终于考了出来。那是1987年，是恢复高考后10年。可以想见，那时的教育是怎样的欣欣向荣的景象，家长和孩子是怎样的充满希望的心情。我是幸运的，赶上了好时候，赶上了那趟车，走出了平原上的那个村庄。从此，我不再是村外一条流不远的小溪，而是有了新的远方。那个村庄不再是我的家，而是我的老家，不再是我一生徘徊的终点，而是变成我生命之河的源头。

我的人生有了新的前方，我的世界有了新的风景。

可是参加工作时，就是一个想法，回老家，按学的专业去煤矿。工作就是井下井上，偶尔进趟城，或者出趟差。生活也是小范围，认识这一家，或熟悉那一家。工作，单纯而忙碌；生活，简单而幸福。煤矿离老家近百公里，过年过节我会回家看看。儿子小时候说，他长大了，矿上就是老家。以矿为家，当年是这样的。

后来，我还是离开了煤矿，进了城市，再后来，又离开小城，来到北京。我遇到了更多更优秀的人，看到了千姿百态的河流。那是我人生的夏季，"小河有水大河满"。源远流长的、涵养深厚的、澎湃奔流的、缓缓流淌的、跌宕起伏的、清澈见底的……每一条大大小小的河流都得到了滋养，水量丰沛，充满生机，岸上绿意盎然，河中鱼儿畅游。

我眼界大开，跃跃欲试，也像一条丰水期的河了，唱着歌儿，欢快流淌。我付出着，也收获着。

机缘巧合，兜兜转转，我到了高校工作。和青年人在一起，自己也年轻了。我愿意走近他们，和他们唠唠家常，我愿意尽我所能，为他们做些事情。在课堂、食堂、操场、宿舍，甚至走在路上，我和他们做着互不相识的师生之间的交流。当然，也有会议、座谈、活动，我作为过来人，从来都不会"随便讲几句"，每一次都是设身处地地思考，都是用心用情地面对。我接纳着他们，使我的生命继续青春的律动；我帮助着他们，为他们可期的未来喊着加油。我与他们说"读书是思考的深化""学习是进步的开始""要把当下的事情做好""今后的路还很长""努把力让人生有更多可能性"……就有点儿诲人不倦的意思了。

"教育的本质是用一朵云推动另一朵云，一棵树摇动另一棵树，一个灵魂唤醒另一个灵魂。"我由教育扩展开来，用挑剔的目光打量着自己，用理想的目标考量着自己，努力着，实践着，希望做得更好，希望有所贡献。

生活并没有波澜不惊地继续。我害了一场病。人生的河拐了一个弯，流进新的一段，然后，河面一下子宽了，静了。

人静下来，会想起许多事情。往事在岁月之河中冲洗，有的更加清晰，有的渐渐淡化。小时候，常听奶奶说："火心要虚，人心要实。"还说："浇树浇根，交人交心。"奶奶认为这是常识，做事做人一个理儿。这是我幼时的教育。我慢慢才领会到，这是常识课，也是劳动课，是情感课，也是思政课。奶奶希望孙子听得懂，照着做。奶奶不会知道，她孙子后来认为，这话有高级的修辞，有深刻的道理，有行稳致远的人生智慧。

我提前"换季"了，新工作是服务联系老年人。在他们面前，我是个小年轻。走进老年人的日常，面对着老年人的事，倾听70岁、80岁、90岁或100岁的他们讲讲过往，让我不由得想想曾经的过去，想想可能的未来，想想现在怎样度过每一天。

想起往事，都还挺好，那就是没有虚度岁月，没出大岔子。有时候想，紧要处能伸手拉我一把的人，不经意间会给我以启示或警示的人，都是生命中的贵人。从幼时的村庄出发，一路走来，我从未停止学习，如同河流接纳涓涓细流，来弥补我的不足，我常得贵人相助，如同溪流汇入宽阔大河，让我有了新的走向，我愿意付出心血，如同河流回报大地、树木、花草……和另一条河流，以成就共同的美好。

每一条河流，有名字的、无名字的、普通的、细小的……甚至不为人知的小溪，也都有远方的梦。这是我人生的态度，也是我写作的态度。我想起草原上的河流，有时在草原上哗哗流动，有时没入草原中寂寂无声，自然随性，顺势蜿蜒，曲折向前。

逝者如斯夫，奔流不息。

目　录

辑四　冬·阳依暖

1

辑一

春·花欲绽

当我老了

窝在家里，随手浏览和翻阅。我突然觉得，关于老人的故事和信息，哪儿哪儿都有，是个很热门的话题。这让我不由得想想"当我老了"。

长命百岁，自古以来就是美好的祝愿。"执子之手，与子偕老""我能想到最浪漫的事，就是和你一起慢慢变老"，按说，慢慢变老是很幸福的事。"老吾老以及人之老""家有一老，如有一宝"，按说，老和老人可不是负担。然而，一句"上有老下有小"，后面跟着的潜台词却是"我容易吗！"而不是"我幸福着呢！"想一想，这背后，很复杂。

以前，由于战争、饥荒、传染病等原因，许多人连"变老"的机会都没有，甚至有的人连"得病"的机会都没有，早早地到达人生逆旅的终点。1999年，我国步入老龄化社会。之后，人口老龄化程度快速加深。现在，差不多五个人里就有一个是老年人。这是可喜的进步。然而，由此带来的，不仅仅是说"干活的少了，吃饭的多了"，还有一个"当我老了，会是什么样"的问题。

谌容的《老子忘了》，讲了老两口之间的战争，可谓"公说公有理，婆说婆有理"。马奶奶听从专家提出的"三白"警告，马老爷子却对此坚决抵抗。"第一白，就是白肉。""老子吃红烧肉！""不行，那也是肥肉！""第二白，是白糖。""老子吃红糖！""想得美，什么糖都不行！""第三白，是白盐。""废话！傻子都晓得盐是白的！"

我就想，这一日三餐，还不得天天争吵。我也有点儿羡慕，这像是幸福的唠叨。如果到老了，真的"没人管你！"那才真是孤独终老，让人见了心酸，闻之不忍。

　　也有许多的故事，在展示老了真好。这一拨人，多数还在70岁以下，是年轻的老年人。工作放下了，子女长大了，心中无杂事，身体也还好，手里有闲钱，病了有医保。琴棋书画试试手，山水田园任畅游。生活美好，于是，发自肺腑地，道一声：老了真好！

　　这是享受幸福生活的老年人。承认自己老了，不惧怕老，能享受老，乐乐呵呵的，这就挺好。问题是，当我老了，真的老了，完全变了，不再挺好，该怎样自处？怎样相处？

　　拜访一位老人，她快90岁了，雇了保姆，住的房子不大，但布局很好。我看她精气神很好，由衷地夸她，"您可真棒！"她很愉快，却笑着说，"老喽，废物了！"爽快，利索。"看您这身体多好啊！""里头都不行了。外看好！"咱聊点别的，"您真讲究，家里这么干净整洁。"她指保姆，"都是这闺女干的。""那肯定是您要好啊！"我强调那个"要"字。"光能动动嘴了。"她不贪功。我问还下楼锻炼吗，吃饭怎么样啊，她手一拍腿，"光顾着说话了。刚蒸得的花卷，你们都尝尝。"推辞不了，我们一人一个，边吃边聊。老人家看着我们吃，越发显得高兴。我们也很高兴。

　　这样的老人，明明白白的，她幸福满足，我羡慕喜欢。她只是老了，身体健健康康，过得有里有面儿。人常说，年老多病，与"变老"相随的往往是"多病"。老了、病了，人会变得脆弱。或者老了，或者病了，或者老且病了，当然要老有所依，病有所依。没错，是"依"。那时候，最需要身边有人，甚至有的身边离不了人。这才是个考验。

　　我去看一位老亲戚，他见面笑呵呵的，慈眉善目地招呼着，问我："啥时候回来的啊？"进屋坐下，聊了两句，他又问："啥时候回来的啊？"家人就嗔怪他，小声对我说，"你不知道，得个这病，一会儿一会儿的，不清楚。"不大工夫没见，他从院里进来，从兜里掏出一包烟给我，"来，抽烟。"家人就说他，"没人抽，咋又去买烟啊！"他想起来了就去买烟，有时一天好几次。老了，"糊涂了"，脑子不好使了，但是，自己多年的修养，让他依然保持着友好礼貌，加上一大家子的宽容和照顾，让他在病中依然过得体面而平常。

这老人，是不幸，也有福。可是，我希望自己别成这样。他这样的福，是一家人的付出。俗话说，久病床前无孝子。我理解，不是子不孝，而是"子也孝，非常孝"，孝得不同寻常而已。

范小青的《渐行渐远》，讲老头和子女事事谈不拢。老头75岁了，老房没电梯，老头上楼很吃力，一个人独住，子女也不放心。子女商量换个电梯房，老头不行；接老头一起住，住过了，也不行；给老头请了几个保姆，用过了，都不行。子女一商量，动员老头找几家养老院去视察视察。老头一口回绝，"养老院我不去的，我又不是绝子绝孙，我去什么养老院。"子女说，"现在养老院里，住的都不是孤老，都是有儿有女的，为了老人有个幸福的、有尊严的晚年，还是进养老院好。"老头说，"干吗，我七老八十不能动了吗？"子女面面相觑，捂嘴嘲笑。老头确实已经七老八十了。

"老还小"，说人老了就像个小孩。但毕竟不是啊。我总想，无论如何，人要坚强，老了病了也要有骨气有尊严。小孩子的不懂事，多属于淘气，有时候淘得很可爱。人老了，再那样淘，有时候让人觉得那是故意。

老人都是从年轻过来的。趁着还年轻，有必要想一想，当年轻时，如何看待老，如何对待老人，让生活很美；真的老了，如何接受变老，如何做个老人，让生活很好。要不然，到了真得面对时，可能不知所措，鸡飞狗跳，一塌糊涂，徒唤奈何。

从我来说，当我老了，要服老。就如当我壮年，要担事。

我现在的年纪，已经不算年轻，也还没到年老。站在我这个位置，可以往前看看，也可以往后想想。走过的路，经过的事，见过的人，每一个日子，每一个季节，都是生命的一部分。我突然明白，想想"当我老了"，不是要等我老了，那就完全被动了。我要在现在主动地做些什么，也好当我老了时，老得理所当然，老得就该这样。我又觉得，也不妨想想"当我少时"，那也不能纯是为了"想当年"，那就有点儿消极了。我要积极地说些什么，好让"也还年轻的我"听了，觉得有所启示，觉得有所帮助。

老话说，十七的不跟十八的玩。这老话说得比代沟更形象。老人需要陪伴，这话不假。子女要尽量多和爸妈聊聊，甚至只是陪着坐坐。那时候的老人是安详的、愉快的、满足的、幸福的，"从后脑勺都能看出来笑意"。老人要有点儿自己的爱好，哪怕是看看别人下棋、听听别人唱歌，也尽量别老缠着子女。老人经历过年轻，而孩子们还没到年老，老人的想法和需求，孩子们难以切身感受和理解。曾经，老人跟不上孩子，如今，孩子跟不上老人。这时候也有代沟。

西方哲人说："如果人不是从1岁活到80岁，而是从80岁活到1岁，大多数人都可以成为上帝。"我想到了孔子曰："不在其位，不谋其政。"反用一下，如果在那儿了怎么办呢？"己所不欲，勿施于人。"扩展一下，那么别人会想要什么啊？岁月不能回头，我们却可以反过来想想。我成不了你，却可以让彼此相处更加舒服。

《当你老了》，那首很流行的歌，是一位20岁的诗人写的情诗。当你老了，这话是如果，是假设，是对未来的期许，寄予希望，许下承诺。这诗是好诗，和我聊的有点关系，但关系不大。我却想起几句古诗，有"眼涩夜先卧，头慵朝未梳"，没精打采的；还有"夕阳无限好，只是近黄昏"，无限伤感的；也有"莫道桑榆晚，为霞尚满天"，豪情万丈的。都是五言诗，都说的是人老了，却是不同的态度和境况，很有意思。

如果我老了，老就老吧，如果我病了，病就病吧。这真不是消极悲观。我反而要积极地准备，还要乐观地面对。积极，当然要锻炼身体，有点情况，别经不起任何风吹草动的，有个好的基础，真来了可以扛得住，扛一下。乐观，必须要修养心性，无论如何，别把自己搞得可怜兮兮的，"从心所欲不逾矩"，记住前四个字，也记住后三个字，有个好的心情，也让家人都舒适。我是想说，为了当我老了还好，就该把当下每天过好。将来，做个慈祥和善、自立乐观的好老人，不要成为拖累人又招人烦的怪老头。

现在，我想写些什么，讲些光阴的故事。这些文字若也被浏览和翻阅，也能引起一些思考，就是一件有些益处的事了。

牛年记趣

初一过了,十五也过了,年就算过了。开工了,也开学了,很快就开春了。一切如常。几件小事记录一下刚刚过去的牛年春节。

爆竹除岁

随着"禁放",燃放鞭炮正退出年俗。过年放炮,正在从记忆变成"传说"。

有几位年轻人,从大学起就是好朋友,毕业后留京工作,每年都聚几次。过年不出京,也算难遇,他们一合计,来点不一样的,除夕夜一起去放炮。

买炮。全市只有10个售炮点,都在五环外。他们先到了昌平一个售炮点,看到排队买炮的人,那队排得老长老长。当机立断,去怀柔。排队的人也不少,只好就这儿了。1000响的鞭炮,一挂300多元。真贵!

放炮。五环外可以,但也有许多限制,不是哪儿都让放,据说会有巡逻的。大过年的,别找不痛快,提前踩点儿,看好哪儿能放。找好了临公路的空旷处。大年三十晚上,十来个人,噼里啪啦,放了个高兴。辞旧迎新,拍照留念。难得!

拜年。发朋友圈,"爆竹声中一岁除,开车往返是长途。牛年大吉！"

来家坐坐

城里过年，说起聚聚，一般是外面订个地方，聊一聊，吃完抹嘴走人。愿意在家招呼的不多。采买，准备，下厨，洗涮，太麻烦。

"我们今年过得不一样。"朋友说到他的过年新体验，很幸福，很满足。

他们几个哥们儿，特要好。就地过年，有人提议，机会难得，要过出在"家"的感觉。怎么办呢？就在家里聚。

小家庭，一家三四口，惯了，招待一大帮人，没这能力。他们轮流做东，一起动手，各尽所能。

有一位，到谁家都下厨。他自带炒锅，说是用着顺手，好把握火候。另一位，"除了吃，啥也不会"。没手艺，出力气。他买了10把凳子，搁车上，走哪儿都拉着，随时准备加座。

朋友说，这个年挺累，挺高兴。

我说，看似新体验，实是老传统，挺好。

福字封条

疫情防控，回农村过年有更多限制。偏偏农村更看重回家过年。

年俗，在许多人心里是信仰。

总会有一些乡亲，硬是要回家过年。村子封闭管理了，只留一个出入口。乡里乡亲，从外面回来过年，都到了村口，总不能不让进村。

乡里县里抓得很紧，每天要报情况。咳嗽发烧的，刚刚返乡的，都要如实报告。大喇叭天天喊，谁也不敢马虎。

回村了，要被封在家里。大过年的，门上十字八叉贴上两道白封条，村干部下不去手。太晦气了！可是，往上报情况，要拍照为证。

"叔，你就理解万岁吧！"都懂，待在家里对谁都好。回来的人早有心理准备。说着没大没小的玩笑话，也说着乡音乡情的拜年话。"我就给你封上了啊！""贼小子，好好看看，贴正啊！"

两扇院门正中，一个大大的红福字，端端正正。

福字封条，理解万岁。

扣篮大赛

爱人有时转发未经核实的消息，被儿子嫌弃"年纪大了"。她倒理直气壮的，"我又没往别处发。"妈关心儿，怎么都行。

我的同学群比较热闹，互动不断。许多人好久不见，一张图，一句话，浮现那人当年的神情。这天在群里看到一段视频，扣篮大赛，非常精彩，主持人从头到尾都在惊呼。

我觉得挺好，手一滑，就转给了儿子。他爱打篮球，也爱看球。好东西分享。

很快，给我回话，"爸，这什么啊？扣篮大赛？"我有点儿小得意，"怎么样？过瘾吧，你没看过啊？"其实不是，他看过。他强调，"我是说，你怎么也看起这个了？"

我就分享观后感，太漂亮太牛了，看着舒服啊。他说，那你是得看看。我更得意了，父子爷儿们有共同话题。最后，他说，"不过，我看的时候还是个博士生。"带着"让我看看"的表情图。

我上当了。他都已工作三个年头儿了。逗老子玩儿！我好像看到有人在坏笑。

我也得承认，我和我的同学也都年纪大了。我爱人也是我的同学。

情理之中

过年那几天，天气不怎么配合，阴沉沉、雾蒙蒙，不宜外出。这天气，也可以说很配合，适合在家陪陪家人，看看电视。

"凤头猪肚豹尾"，拍电视好像也讲这个，开头要漂亮。有的电视剧前两集还行，吸引人，越往后越不行。犯不着为它闹别扭，换台。

看剧，故事情节和剧情发展要在情理之中、意料之外。情理之中，故事三观正确，让人舒服；意料之外，剧情曲折前行，引人入胜。满足这起码的要求，就能抓住人。

有些剧实在看不进去。去年一部电影，骂声一片。我就起了好奇心，这么不招人待见，想看看有多差。我点看了四五次，都中途退出了。没法看。

看剧又不是工作，有困难也要上，硬着头皮也要做。打发时间，定要轻松愉快。莫在破剧上浪费时间，又没有人给咱审片费，再说咱有点意见，人家也不买账。

戏如人生，人生如戏。这话对一半。好剧最好是情理之中、意料之外，才打动人心；生活希望在情理之中、意料之中，才平稳安逸。

美好祝愿，都说事事如意，生活总出意外可不行。

不要逞能

有首歌唱道："余生尽欢保重身体。"就地过年，为了防控疫情，就是因为身体健康最重要。

敢谈余生，一般是多了经历，有故事的人。这时候，也就多了小心。"人生得意须尽欢"，那个尽欢很彻底，是无所顾忌。"余生尽欢保重身体"，这个尽欢有条件，须保重身体。

这个年，我过得很健康，饮食有节，张弛有度。年初一开始，每天还来个小跑。笑称新的突破，暗下决心为爬山做准备。气温回升，晨练又回到小区花园。自我感觉良好。

春天的脚步，常被冷空气拖住。忽冷忽热易感冒。隐隐感觉，自己有点儿发蔫儿。早发现，早报告，赶紧找医生聊聊。

我很信任这位年轻医生。他学的中医，望闻问切，聊得透，看得细，用药准，给的建议也很好。药到病除，是个好医生。不少人来社区门诊专门找他。

我请教了一些问题，他给了我一些建议。他说得委婉，我心领神会。到什么年龄做什么事。年轻人，大胆闯大胆试，往往会长本事。不再年轻，工作也好，锻炼也好，生活也好，要忖摸着自己的情况，能增才增，该减就减，弄不好会添麻烦。

我总结说，"干啥都不要逞能，对吧？"医生笑了，连声说对对对。我做个总结：心态积极，量力而行，做活吃饭，不要逞能。

在二月二之前，说两句过年的事。新的一年早就开始了。春天也要来了。草要绿了，花儿要开了，该到外面走走了。

春天的告白

春天是美好的。春回大地，万物复苏，生机盎然。每个人心里，都有一个春天。

冬去春来，春天是从冬天开始的。"已是悬崖百丈冰，犹有花枝俏。俏也不争春，只把春来报。"那时候，我们就盼望着，盼望着，春天就要来了。

春天是一点一点化开的。北方人，理解这说法。"忽如一夜春风来，千树万树梨花开。"那是诗意的想象，是在塞北飞雪中对家乡春天的思念。冰雪消融，春暖花开，需要一些日子。

数九寒天，天寒地冻。数九歌却说："五九六九，沿河看柳。"某一天，风吹在脸上，不再觉得生冷，想到"吹面不寒杨柳风"。冬天要走了。暖阳下，小草吐芽了，柳枝变软了，麦苗返青了，我的厚衣服穿不住了。

眼见鹅黄嫩绿，让人喜悦。春夜喜雨，润物细无声。山，是滋润的，草，是绵软的，美得清晰又朦胧。"渭城朝雨浥轻尘，客舍青青柳色新。"细雨洗过，焕然一新，再妙不过。那越冬而来的灰，就要说再见了。

春天款款走来，慢慢地，悄悄地。春到之处，次第花开。有早的，"近水楼台先得月，向阳花木易逢春。"有晚的，"人间四月芳菲尽，山寺桃花始盛开。"我的春天，有我的步态。

春寒料峭。在路上，偶尔和"倒春寒"相遇。也许，春天一时走得急了，就被拽了一下衣角，便停下脚步，稍作思考。也许，冬天还有话要说，吹一吹朔风，飘一飘雪花，嚷嚷着不想离开。不过，雪也改了名字，叫春雪了。

　　毕竟，春风才是主流，引领着，催促着春天的脚步。春风似剪，裁出枝头细叶。风乍起，吹皱一池春水。这时节，波光潋滟，柳条轻柔，莫问干卿何事，只说美在心头。

　　有两样，扬沙浮尘和花粉过敏，让人不爽。本来，事无尽善尽美。追求美好的春天，享受春天的美好，要付出一些努力。对外面的环境好些，减少沙尘源；对自己的身体好些，控制过敏源。可别恼，别抱怨。

　　爱她，请接受她的全部，然后，一起变得更好。爱她，可以琴棋书画诗酒花，也有柴米油盐酱醋茶。等闲识得东风面，万紫千红总是春。春天，谁都可以结识，谁都不要错过。

　　春生，夏长，秋收，冬藏。春，是早晨，是青春。遇上春天，老老小小，每个人都盘算着，希望新的开始。要记得啊，人生苦短，不必及时行乐；来日方长，不让岁月蹉跎。

　　春天，我们出发吧。敢奋斗，爱生活，养身体，修心性，享幸福，都可以的。一年之计在于春，那就一起吧，做些值得的事情，不负韶华不负卿。

槐花甜香

同事给了点洋槐花，也不知是从哪儿采下的。大大一包，打开，清甜的花香扑鼻而来。

春天，每当我闻到这样的花香，就想到读高中时，想到校外的那片槐树林。那林子似乎是野生的，每棵树都长得很随意，谁爱在哪儿就在哪儿，不成行不成列的，树冠应该也没有修剪，各有各的样子。

那所中学始建于1948年，老校址原来是个城隍庙。校园内没有正经操场，课余时间同学们就跑到围墙外的广阔天地里，舒展舒展筋骨。在田野中，我发现了那片洋槐树林。印象最深的还是春夏，洋槐花一嘟噜一嘟噜的，花香浓得似乎化不开，回到教室，身上还有素雅的槐花味。洋槐花的甜香，留在衣服上、头发上、双手上，当然，也还有齿颊留香。走在槐树林里，洋槐花举手可得。我们专挑那长得顺眼的洋槐花，有时择几粒，有时捋一串，放进嘴里，慢慢嚼，很甜！最顺眼的洋槐花，就是花开正好的，刚开未绽，不早不晚，正是时候。

同事送给我的洋槐花，开得正好，很是鲜嫩。他很会选，想来是在农村待过。吃洋槐花，采得早了，甜味儿不足。晚了，花瓣儿已老。农村的吃法比较简单，最常见的，一个是蒸苦粒，一个是炒鸡蛋。我和爱人没把槐花当稀罕物，择好洗净，用面粉一拌，蒸苦粒，蘸陈醋蒜汁吃。忆苦思甜，吃得还好。不过，记忆中的蒸苦粒，无论洋槐花、榆钱，用的都是玉米面，蒸出来比较散。过穷日子时的好多吃法，现在都给"改良"了。

那一大包槐花，我们没有独享，爱人分了一多半给邻居大姐。这填补了大姐人生的空白。她第一次吃洋槐花，做法讲究，下了功夫。她送回来几个包子，槐花肉馅儿的，大小适中，看着美，吃着香。洋槐花换回来肉包子，我笑称这是"钓鱼"。大姐说，不光送我们，还拿几个给了她的姐姐，让她们也尝尝鲜；没用完的洋槐花冷冻起来，以后换个做法再吃。嘿，这槐花招人待见，还走得远了。

槐花还有别的吃法，别的用处。合格的吃货，在做法上求精到，在名字上也有追求。槐花麦饭，类似蒸苦粒，在叫法上用心思。炸槐花，裹蛋清面，应该很考验火候。槐花紫霞糕，属于粗料细做，做法和叫法都很有想象力。槐花茶，近年也有卖的。洋槐花在水里泡开，应该很好看，也有甜香味儿，但我没喝过。

我说的都是洋槐，花和叶都能吃。洋槐，既然有个洋字，可见是外来的，也是后来的。我们那里，相对洋槐的是笨槐。笨槐，就是国槐。笨槐的槐米槐籽可入药，中医治痔疮会用到。"问我祖先家何处，山西洪洞大槐树。"古人、古诗、中药说到的槐树，应当都是国槐。好多人把洋槐和国槐搞混了。

槐者，怀也，国槐就有了别样的念想。国槐和侧柏是北京的市树，许多公园、老院就有不少古槐，大街小巷也都少不了国槐树。洋槐树在城里少一些，偶尔有三两棵，很不成气候，不似国槐那样立在街道两侧，整齐地结队延伸。那树上的槐花吃不上，树好像也都有年头，很高大，人根本够不着槐花，甚至，直到槐花落地，你才会注意到那是一棵槐树。

同事给我的洋槐花，该是从农村来。虽平常之物，却招人稀罕。

"云"游天下

　　这个春天，我常想要往外走走。思想上准备，行动中尝试，却感觉这事并不简单。过了年，好像没几天好天气，两次沙尘过境，更加深了坏印象。雾、霾、沙，提示诸多不宜，终于有一天，严重了，闹到"非必要不外出"，最好待在家里。

　　不少朋友说走就走，早早就到了南方，追随春天的脚步。他们不怕"拉仇恨"，隔屏和我分享着青山绿水，感慨着流连忘返。我也想去，旅旅游，看看景，有新鲜空气，还锻炼身体。四处走，随手拍，用一张图一句话，描绘那山那水那乡那城。花海、小溪、树林、草地、民居、晨曦，山清水秀，天蓝地绿。

　　我隔着屏幕，也赏心悦目，想想都很惬意。有时和朋友玩笑说，您是游天下，我跟着沾光，"云"游天下。

　　春有百花秋有月，夏有凉风冬有雪。这个"有"，是一定的，但是对个人来说，我所在的此时此地，却未必就"有"。对别处的好，"眼不见，心里念"，心向往之。对亲友的好，"幸福着你的幸福"，衷心祝福，谁没有这体会呢？我"无闲事在心头"，又在"人间好时节"，乐享美丽，分享愉悦，"云"上的亲友也会羡慕，"真好啊！"可谓一举多得的善事。

　　得承认，有些地方真的是好，这种好是人们的共识。四方来的客人，都会由衷地夸赞，恨不得住下来，不走了。得承认，每个地方都有自己的好，这种好别具一格，且融入一方水土。只有生活在那里的一些人，才能发现或者才能感受到那种独特的好。得承认，我们都在自己的地方，过着自己的生活。

有位朋友，在乡镇工作，是"村里的文化人"。他朋友圈那些照片，绝对原创原版，不选择、不裁剪、不编辑、不加滤镜。他晒满屏牵牛花，持续三四个月，最后说"拍一夏天了"。他来一屏的桥或路，说是"走过千遍万遍，风景总是依然"。他得到县里表彰，野花照环绕证书照，自我勉励"十年政协委员，心系村镇安全"。

那些照片、那些文字，我第一次看时，是笑了的。笑完了，感觉不对。"一箪食，一瓢饮，在陋巷，人不堪其忧，回也不改其乐。"平凡的人，在自己的"一亩三分地"，怡然自得，过着自足的日子，感受寻常的美好。这是幸福的生活。我的笑，不应该是嘲笑，而应该是赞许。

我也喜欢拍照，常常精选"得意之作"，朋友圈晒图。曾有朋友留评，"这么多好照片，生活真好啊！""整天游山玩水，东游西逛，真好！"以为我不务正业似的，误会了。其实不是啊，那些所谓美景，在房前屋后，在上下班路上，在抬头低头间。好照片，只需要一个好天气，然后再有一个好心情。

跟着别人"云"游，常常会有"美丽的错误"。这错误，不必纠正，就让它那么美着吧！我们说，秀才不出门，便知天下事。我们也说，纸上得来终觉浅，绝知此事要躬行。其实重要的是，要善享眼前的"苟且"，让自己沉醉其中，葆有"各美其美"的快乐心；能心怀诗与远方，赏远方美图美景，修养"美人之美"的同情心。

我相信，跟着我"云"游的朋友，也是有的。我总觉得，展示给他们的，该是好的、美的、幸福的、快乐的。这不是为了给我的世界包装，而是给关心我的亲朋们报喜。那些也都是真实的，然而，那不是我生活的全部，是选择过的瞬间或片段，是悦己而后悦人的部分。

每个人都有自己的核心圈舒适圈，我在尝试着扩大它，也许这个努力还要继续，也许实际上还会缩小。无论如何，"云"游天下的福利，我不会错过。当然了，你说"紫藤古槐四合院，京腔京韵自多情"，他说"别看屯子不咋大，有山有水有树林"，我知道，各有各的好。我也会告诉你，我这里也挺好。

生活没有十全十美，而此时此地自有它的美好。无论此身何处，到此一游，便是有缘，何不悠哉游哉，自得其乐。

喜欢一片片叶子

我很喜欢一片片叶子。从春到冬，一年四季，那些叶子无论什么样，不管怎么变，看起来总是觉得很舒服。

我对叶子的兴趣，该是从拍照开始。有时候，我会在树下徘徊，驻足，注目，细细欣赏一片片叶子。不知不觉中，就慢慢地喜欢上了树叶。在我的微信朋友圈里，从单片的树叶，到连片的树林，晒过不少照片。有朋友就很羡慕了："真闲啊！"虽说有点被冤枉，细想想，也真是。

"每天围着树绕，常常驻足思考。有啥想不开啊？原来取景拍照。劳作亦是辛苦，生活还很美好。自净常需洗澡，消解烦恼疲劳。"这是曾经发在朋友圈的打油诗，当时已是深秋，秋叶很美。那一年，因为参与一项工作，连续数月无休，晚上也要加班。平日里，我就忙里偷闲，到附近的公园，走走停停，拍些照片，放松一下。暂时换换频道，顺口溜，配九图，清淡文字，很是疗愈。

叶子是大自然的杰作，不管是什么色什么形，都很有意思。甚至，我对那些残破不堪的叶子，或是被害虫蛀食过的，或是生病早黄了的，心头还会有一点点怜惜。

在我能想象的美好画面里，应该有生机盎然的树林、花园和草地。影视剧里，这往往预示着让人舒服愉悦的情节。这天，朋友发来一张图片，是南方的一处竹海。我只回复了一个字："翠。"太美了，不敢多说。这个翠，说到朋友心里。他说："这里的翠绿，层层叠叠，团团簇簇，浓墨重彩，一尘不染……绿的海洋，绿的锦缎……竹海的绿意让人心动，无论怎么形容，好像都有点词不达意。颇有点像修禅，不可思不可议。"因宜人，而怡人，多好啊！

绿色，让人放松、冷静。这是心理学的结论。我想，这也是进化的结果。绿色意味着生命，水草丰美的地方适宜居住和生存。古老的传说里，神仙是住在大山里森林里的。大好河山，如果没有了一棵棵树、一丛丛草，那将是何等景象？很恐怖！瘆得慌！山清水秀，绿水青山，说的是好山好水，其实，还不是因为此处多佳木。

我不光是喜欢叶子的绿。春天，新发的嫩芽，那娇俏的样子，不输给花朵。我常常选那鹅黄翠绿的，拍几张照片。夏天，枝头树叶拉住了手，洒下一地浓荫。我常常在树凉下走走，坐坐。秋天，许多叶子绽放最后的辉煌，完成了使命，飘然落去。总有山乡古城因为五彩缤纷的秋叶而大红大紫，名噪一时，引人入胜。冬天，我甚至感慨归根的落叶，是为了给我们让出一地阳光，给寒冬多些暖意。大自然真是神奇，很照顾我们，我们需要阴凉时，树叶浓厚，我们需要阳光时，枝头叶落。

我有这闲心在"一岁一枯荣"的叶子上，起个高调，那还不是因为生活美好？说真的，对那些普普通通的叶子，我把它们看得想得美美的，也是近几年才有。挨饿，吃树叶，那种"赖年景"并不遥远。我们这一代，已经没有了挨饿的记忆。但是，我却有吃不同树叶的记忆。吃过榆钱，也吃过榆树叶；吃过洋槐花，也吃过洋槐叶；吃过香椿芽，也吃过臭椿芽。臭椿，也能吃？我记得，那口感和味道，不如香椿，也并非难以下咽。春天，看到刚刚冒出来的嫩芽嫩叶，想到的都是"能不能吃，好不好吃"。罪过！是不是有点儿？

那时候，啥啥都短缺。谁都想活得好好的，可是，那时候的好，不是现如今的好。老家院子里，有两棵枣树。我记得，树上结了枣，都舍不得摘着吃。"七月十五花红枣，八月十五枣打了。"枣要红了，每天会有一些落在房顶上、院子里，我们才捡起来尝尝鲜。俗话说，有枣没枣打三竿。据说，收枣时要好好用竿子打，来年结的枣才更多更好。打枣，我们都很乐意。那更像个快乐的游戏。打下的枣，晒干，宝贝似的放好。到过年，才派上大用场，年糕、豆馅儿、枣花、枣枕头，枣是最佳配角。这些年，秋天枣红了，只有大哥还会去看看，吃几颗枣，拍几张照。不缺这口吃的了，任凭熟透的枣掉落一地，有点可惜了。

我想，应该是有许许多多的人，喜欢大大小小的树和各式各样的叶。这几年，花草树木到处都多起来了。就连老家的村子，也不再只是传统的杨、柳、榆、槐、梧桐、椿树，指望成材，也不再只中意桃、李、杏、枣、苹果、石榴，盼着结果。进村路、小广场、街巷旁，都栽了树、养了花，长势很好。有人专门伺候，只为"这树和花，长得真不赖！"老话说，仓廪实而知礼节。乡亲们也有了闲工夫，将就的少了，讲究的多了，田间地头，房前屋后，打理得漂漂亮亮的。

一开始，对朋友说的"闲"，我有点排斥。曾经，"有闲"是被骂过的一群人。更何况，我的兴趣是举目可见的叶子。"这有闲，很无聊！"不少朋友会这样想吧。恐怕，许久以来，我也是这么想的。

我们为了过得好些，需要奔波劳碌。真的过得好些了，也需要有点闲心。"先污染后治理"，说的是环境。现在，我也拿这说人生。这老路，既然不好，就别再重走一遍了。"多拉快跑""争分夺秒"，多么熟悉啊！可是，有多少事值得不顾一切，不计后果？休养生息，说自然，也说人生。我们可以闲些，甚至无聊些，因发现身边的美好，而享受心情的愉悦。

我喜欢一片片叶子。哲人说，世上没有两片完全相同的叶子。不同的树有不同的叶，一棵树上的叶子也不同，每一片叶子每一天都在变化，有的经历风吹雨打，有的占尽天时地利。这多像人，多像人生。留点时间，欣赏和享受一草一木一花一叶，不会耽误什么，挺好的。

铜钱草的努力

那几片铜钱草，终于没有辜负我的侍弄和期待，不断地有新叶冒出，恢复了该有的满眼绿意，显示出勃勃生机。

孩子带回家一盆铜钱草。"花盆"如蒸盅大小，草和盆都很养眼。这草长不大，却长得快。眼看着它长成密匝匝一蓬，小"花盆"似乎难以满足了。于是，移栽。选择两根，剪下两截，每截带着根须和两三个铜钱，埋入新盆。新盆依然如蒸盅大小。

据说铜钱草很好养，可以长在路边。想来可信，花草本来如此。然而接下来的日子里，移栽的铜钱草，搞起了长期休养，却不生息。当初的那几片叶子，不温不火，不好不坏，依然如故，再也没有冒出新芽。那两剪伤了筋骨，还是新环境水土不服？

我有段时间在家里多些，对那几片铜钱，也就关心得勤些，有意无意地看两眼，隔三岔五地浇点水。偶尔有几天，忘了伺候，汤水不济，会有叶子耷拉下来。浇点水，又站起来。有时候想，这几片叶子还能坚持多久呢？有时候也纳闷儿，为什么不出新芽呢？不过，几个月过去，我一直在坚持。好好照看着，从未动过不管不顾或一扔了之的念头。

工作上的事情多起来，我在单位住了一周。周末回家，一瞥就发现，盆里冒出了新铜钱。这是休养到位，元气满满，开始生息啦！欣喜。接下来，就简单了，浇浇水，转转盆，数数新叶。铜钱"上新"

了，生机盎然，喝水很快，似乎每天都要给加点新水，每片叶子都热爱阳光，张扬地伸展着看向窗外。我没想到，铜钱草缓过神来，重新有了昂扬的样子，竟用了几个月。

这几片铜钱草，让我惦记了几个月。虽说整个过程没什么技术含量，坚持下来也是不易。养花，需要耐心。我想，这里面有感情。如果我早早地放弃了，也就枉费了小草的力量。我花三五块钱买回一盆，扔了旧的再换新的，倒是简单痛快了，却少了看到嫩芽破土的欢悦。

"苔花如米小，也学牡丹开。"苔花不需养，还那么小，尚能让人想到牡丹。铜钱草是草，叶子像铜钱，细细的绿茎，圆圆的绿叶，像是缩小版的荷叶，有人也称作金钱莲。虽然都和钱攀扯关系，毕竟不是莲而是草，我更喜欢铜钱草这个称呼，更平民，更生活。数月时光，几多关照，品相甚好，我的铜钱草就有了被记一记的理由。

小心呵护，久久为功，养棵小草尚且如此。成人成才，大树参天，自然需要经历更多风雨。人说草木无情，而有感情会思想的人，即使一生平凡，也必有许多故事。

小区花园

小区院里有个花园，我以前不愿去，嫌小。最近却常去，有时一天能溜达三五次。

刚搬来时，小区"零件"还没配齐，地下车库正在施工，还是个大坑。车库建成，大坑平了，铺路铺砖硬化，植树种草绿化，地面成了小花园。记得有邻居开玩笑，"太小了，遛弯儿会头晕吧。"我深以为是，也抱着嘲讽的态度。

在锻炼上，我尽管"除了走路，什么也不会"，但是不算懒，走得很勤。一早一晚，常走进离家不远的公园，闲庭信步，吊吊胳膊，抻抻筋。春秋天，会爬爬香山，累得浑身很舒服。偶尔专门到奥森，在绿树掩映中，爽快地健步走。上班住校时，校园的道路、操场，周边的大小院子，走了个遍。出差，住处附近的街道、公园，我也会"到此一游"。

走路是我的功课。可是，搬来小区好久，一直没太在意院内的花园，没有去走走的念头。那么小，谁会去呢？

我为何后来换了态度，选择了小花园？"老臣病足，曾不能疾走"，所以"徐趋"。我不曾病足，给我的良方是"强制走动，限制远行"。"近走"，自然想到近在眼前的小花园。终于发现，许多人愿意去那里。

有孩子们嬉闹时，小花园最热闹。春天里，小花园鸟语花香；秋天里，那些树都换上五颜六色的彩妆；夏天里，最喜欢有风的傍晚和晚上；冬天里，下雪天可以堆雪人打雪仗，于是，不约而同，"神兽们"出来撒欢儿。骑车、跳绳、滑板、踢球，泡泡机、玩具枪、跳跳杆、平衡车，单兵练习、两两角力、三五嬉戏、群体追逐，欢声笑语，生气蓬勃，小花园成了孩子们的课堂、操场、乐园。

平时的小花园，是安静的。

早晨和晚上来的人多些，遛弯儿、锻炼，与别处公园无二。上午，一对老夫妻会准时出现。老先生衣帽干净整洁，坐在电动轮椅上，缓缓地绕行，有时仰望蓝天，有时平视绿树；老太太看着壮实利落，练着八段锦太极拳，有时与人聊天，不时张望地找一下先生。中午，树下的长凳上，一位老人常坐着打盹儿，一只小狗老实地趴在边上。"老人与狗"，我几次用手机拍下，但是，都没拍出来那种想要的感觉。

遛狗，引起我的注意。小狗们各有性格，是品种原因，或者是因为"家长们"的教育呢？一比格，体型较大，又很活泼，常被警告"听话！电你了啊！"大概是给戴上了紧箍。一泰迪，陪着主人遛弯儿，主人大步流星地走，小狗或前或后地跑，谁也不理谁，好像不相干。一京巴，据说12岁，年龄大了，不爱动，走几步就蹲下来。是累了，还是耍赖？主人要么哄，要么抱，语气柔软，好像从未训斥，有时候攥着两手，"猜猜，好吃的在哪？"狗狗每次都"猜"对。靠鼻子啊！

狗狗们也爱一起玩闹。常常听到有人招呼，某某快看某某来了，某某快看某某在那儿。某某某某，都是小狗的名字。于是，某某和某某就欢快地跑到一起去。这是能在一块儿玩得好的。有的就被严格看管，担心给闯祸，也怕被欺负。一金毛，主人绳不离手。说是狗太热情，爱往人身上扑，遛弯儿的老人，不注意能给扑倒了，"那我就麻烦了！"陪着老人打盹儿的，是一博美。胆子太小，见了大狗就跑，"看着它，心里踏实些。"不省心！

小花园，有多小？我就步量了一下，东西约100米，南北约30米。冬青树篱，区分了绿地和硬地，勾画了花园的筋骨脉络。硬地铺着渗水砖，是活动场地，弯弯曲曲的路，竟然还圈出来四个小广场。绿地上是花草树木，就说春天的花吧，迎春、连翘、玉兰、碧桃、海棠、丁香、杏花、樱花、紫叶李、榆叶梅，开得很好。其他的树，种类就更多了，树上常有鸟叫声。

我越来越感到，花园虽小，功能齐全。当初，该是很用心了。想起地坛公园一副对联，"虽无崇山峻岭 却有茂林修竹"。小花园是片林子，花繁叶茂时，一眼望不到头；还是个运动场，活动身手的，可"拳打卧牛之地"。高楼之间、小区院里，会显得很局促很压抑吗？不，一点也不。虽三面有高楼，但是，四季的阳光总会洒进来。小花园，有人嫌弃，太小，还平常；有人喜欢，方便，还经济。我嫌弃过，又喜欢上了。

世界那么大，你要看哪里？我想，可以听建议，千万别攀比，最适合的就是最好的。随遇而安，也许不是消极，或许是智慧的领悟，乐观的生活，理智的处理，积极的人生。小花园，很小，小而有用，挺好。

一畦菜地

我搬家到了新小区。院里住户还不多，绿化也还没搞好。在爱人的鼓动下，我们在靠院墙的一块空地，种了一些蔬菜。

我老说自己是个农民，也只是干过一些农活，偶尔为之，没正经操过心。种菜，没有实际的经验。怎么种呢？先是上网查，又向家里老人请教，下种、保墒、出苗、护苗，等等，知道了一些ABC。什么时候种呢？农谚说，"谷雨前后，种瓜点豆。"按照节气，种下了豆角、丝瓜、香菜之类的种子。

每颗种子的出苗时间不一样，甚至新、旧种子也会有较大差别。我们顾不了那么多。下种以后，天天要去看看有没有小苗破土而出。终于有一天，地里的土鼓了一个小包。种子发芽了！自然而然的事情，却有一些小激动。

出苗了，期盼的心情更加急切。地里缺水吗？自己吃完饭，遛弯儿也去那里看看。小苗长了吗？自己休息一晚，早晨也过去关心一下。刚出土的小苗，一天一个样，好像是在好奇地东张西望。接下来，小苗好像是走累了似的，又像是在思考着下一步的行动，好几天站着不动，保持老样子。蹲蹲苗，是必须的。小苗是在慢慢地积攒力量，等待属于它的成长时机。

撒下的种子有点多，出来的苗扎堆，一片一片地挤着挨着。苗多了争肥，都长不好。要及时"间苗"，拔掉一些。祖祖辈辈都是这样做的。"间苗"，也不要太早。要观察，看哪棵苗基础好，有潜力，就留哪一棵。所以要等一等看一看，全面观察了解，选些好苗子，重点培养。

那块地，不是种菜的好地。贫瘠，不保墒。浇下去的水，很快就渗得不见踪影。地皮被春风吹过，每天都是干干的，什么时候过去看，好像都该浇水了。浇水太多太勤了，又担心小苗偷懒，扎根不深，以后长势不好。俗话说，根深苗壮。对几棵小苗要小心呵护，却也不能惯着，得逼着它们耐贫抗旱，苗壮成长，枝繁叶茂，抵御风雨。

我有点一厢情愿。几次大风差点摧折了小苗。连日大风，带来难得的蓝天白云，空气也极干燥。有一天，我晚上去看，小苗都已经蔫蔫地趴下了。这是要死啊！抓紧地，浇水，抢救。不枉我的挂念和照料，一餐饱饭，一夜休养，清早起来，小苗又水灵灵地迎接着我了。

小苗渡过一劫，这是一次教训。我反思着，既然菜已种下了，就要关心小苗的成长，不能让它们自生自灭。我也庆幸，幸亏没有早早地"间苗"，那么多小苗，即使有几棵彻底趴下了，还是有一些缓和的余地。

幼苗比较脆弱，需要细心再细心。要防风吹雨打，还要给足肥浇足水；要防小猫小狗无心地跑过踩踏，也要防好奇的孩子有心地伸手拔起。终于，小苗攒足了力量，开始撒欢似的往上蹿了。该给丝瓜、豆角搭架子了，好让那些丝丝蔓蔓攀缘而上。找来了几根竹竿，斜插在地里，上端靠在墙上或树上，给它们一个上行的方向。很快，丝瓜秧就紧紧握住了那些竹竿，接下来，一切就变得那样简单。它们肆意地生长着，很快就在那片空地上成了气候，一大片的绿色，吸引着人们的目光。

豆角长得不咋好。沿着竹竿爬了一段，就停下不走了，开出了紫红的小花，然后长出了一些小豆角。豆角蔓爬上去不久，就一直被"蜜虫"困扰着，显得没什么精神，结的豆角也不怎么漂亮，看着没什么食欲。香菜长得也不旺，模样很不起眼，倒是味道十足。

慢慢地，我的注意力集中到了丝瓜上。丝瓜长得很快，不经意间就已经爬上了墙头，攀上了树梢，有的还沿着树间的晾衣绳扩展了领地。这期间，丝瓜好像可以自立了似的，我也不再心心念念地盯着。它们偶尔显出蔫头耷脑的样子，我知道是缺水了，提一桶水浇上，就又精神焕发了。丝瓜长大了，已不惧风雨。

我看着那茂盛的样子，心态就有了变化，不再为它们的存活担心，而是盼着能早点结瓜。丝瓜蔓不断攀着延伸，叶子也绿得喜人，黄色的小花开了不少。我却看不到要结瓜的样子。老人听了，笑我们说，不能让丝瓜疯长，也得"打掐"，主蔓要"打顶"，弱的子蔓要掐去，要不然枝枝杈杈的都争"地力"，都长不好。叮嘱我们，得分清公花母花，母花才能结瓜，等"坐了瓜"，也不要心急，要等天凉了，丝瓜才能长得快嘞。于是，我们就多了一份耐心。

"打掐"之后，丝瓜长得更好，刚刚理过发的样子，显得很精神。果然，不久就看到了顶着黄花的小丝瓜。终于看到希望了。我们没有等到天凉，早早地就尝了嫩丝瓜。味道出奇地好，搜遍记忆都不曾有过的感觉。几个月没白惦记。有时邻居路过，我们高兴地分享喜悦的心情，劝着人家摘两根瓜尝一尝。

曾经，我的确是个农民，也干过一些农活，那也的确只是"打短工"而已，像是劳动课。这次，我的确种了一畦菜，也忙碌了一些日子，没少费心，那也只是充满娱乐的体验而已，像是在养花。小苗的成长，需要用心地呵护。收获些快乐，需要付出些辛苦。

当趁春光正好

在我老家，人们把"立春"说成"打春"。立，是开始之意。可是，人们说到"开春"，却不是一个日子，而是一种景象，是春天已经真的来了。

开春，差不多是在雨水、惊蛰了。最在意的是庄稼人，"节气很管用的！"节气就是农时，误不得。而节气过了春分，天气才会真的暖起来。

刚开春，冰雪消融，河水破冰，晚上也不再上冻。然而，冰冻三尺的田地，还没有完全化开。赶早的庄稼人，已经歇不住了，挑个阳光暖暖的好天气，到自己的"一亩三分地"，活动活动筋骨，试试镐头铁锹，盘算着开春后的活计。

麦苗返青，小草萌芽，可是，它们并不急着拔节生长，好像知道春寒料峭，时机还不成熟。树梢上一骨朵一骨朵的，分不清包裹着的是花还是叶，它们也在积攒力量，或是在等待春风的召唤，春雨的滋润。那萌萌的样子，好像是在说，来吧来吧春天，我们已经准备好了。

终于，风变得柔了，冬雪退场了，春雨下起来了。我们感叹一声：真的冷不了喽！于是，愿意出去走走，晒晒太阳，吹吹春风。甚至接接春雨，故意走进雨里，仰起脸，或伸出手，感受蒙蒙星星，想起那个润如酥的句子。春天，真是太奇妙了！

春天的大地，是希望的田野。这希望，是满眼春色，桃红柳绿，草长莺飞，勃勃生机。这希望，更是南方水稻插春秧，北方麦田浇春水，辛勤耕耘，施肥护苗，修枝剪叶，种瓜点豆。这希望，也是踏青的欢声笑语，用相机裁剪春色，把美好装进记忆。人们辛勤劳作也好，休闲观光也好，心里都美滋滋的。

春天的人们，总有新的希望。谈到外面的营生，盼望"过了年找找新活儿"；说到家里的安排，等着"开春了咱好好弄弄"；看着蹒跚学步的孩童，说是"开春就走得更利索了"；祝福康复中的老人，说是"天暖和了到外面转转，很快就恢复了"。人们相信，春天会有新的开始。

许多大事，在春天里也有了新的期许。上上下下，都很在意，想着迈好第一步。方方面面，都铺展开来，希望开个好头。

春风春雨有着神奇的力量。草木活了，桃树、杏树、梨树"都开满了花赶趟儿"。人的心也活了，老老小小"也赶趟儿似的，一个个都出来了"，想着该做些什么。赶趟儿，就是要忙趁春光，不负春光，在最合适的时候，做最恰当的事。

春天里，谁都有自己的节奏，不谦让，也不抢跑，不缺席，也不越位。枝头的花骨朵，天天去看，它们好像不着急似的，就那样挤挤挨挨地待着。某一天，早晨上班去，它们还是含苞欲放，晚上下班回，却已灼灼其华。都不知道，这中间发生了什么。

早春"草色遥看近却无"的小美好，终会成为一片片绿茵。眼前"姹紫嫣红开遍"的大繁华，让人不由得畅想秋日硕果累累的好景象。枝头，不几天树叶就拉住了手，如约兑现着大树底下好乘凉。

我想，对春天最敏感的，是天真活泼的孩童。且不说"忙趁东风放纸鸢"的欢乐，就看他们身上还是冬衣时，在灿烂阳光下奔跑，红扑扑的脸和鼻尖上细密密的汗，就知道春天不远了。

倒是朝九晚五的、案牍劳形，一忙碌一疏忽，窗外春色正美，室内不知不觉。早就有人规劝了，"莫道官忙身老大，即无年少逐春心"。当然不是要荒废公务，"一枝一叶总关情"，官忙、身老，更需修好这颗心，保持柔软温润，体悟苦乐冷暖。

春光的美好，春天的希望，谁都不愿意错过。"有桃花红，李花白，菜花黄""正莺儿啼，燕儿舞，蝶儿忙"，各有各的风采，各有各的事做。

春光无限好，我们敞开胸怀拥抱。新春新希望，我们满怀信心出发。一分耕耘一分收获。在春天，我们为了这新的一年，也为了这新的希望，心怀暖意，脚踏实地，让每一个日子都如你所愿。

名字的说道

那天参加会议，遇到一位老朋友。寒暄过后，他微笑着，瞄上了我的桌签，"马顺海，什么意思？"我听了一愣，莫非有什么状况？"马，顺到海里，就是龙。"他自问自答了。哈哈哈，原来是开我玩笑。我还是第一次听说。

起名字有许多讲究。众所周知的是字辈，同一辈人含同一个字。这是最普遍的，名门世家、小户人家都认这一说。还有，用同样字形，虽说比较小众，但古今也都有用的。苏东坡两兄弟，苏轼、苏辙，带车字旁。他们的儿子，苏迈、苏迨、苏过、苏遯，带走之旁。孙子辈，苏箪、苏符、苏箕，带竹字头。

我对家乡一带的起名，有过一些观察和思考。冯骥才说，"那时的孩子名字都是三个字，大概与家族的字辈有关。"在我家乡，三个字，没错；字辈，却并不严格。最严格的是讲究"避讳"，与家里长辈的名不同字不同音。其他的就有点讲究不起了，于是，那些个常用字，捣腾来捣腾去。我常常想起那些熟悉的名字，有时候会哑然而笑。

俗话说，赖名好养活。有人批评，这是迷信，甚至恶俗。我不这么想。人们大都愿意有个好名字，喜欢有个赖名贱名的人不多，甚至没有。当年，识文断字的人很少，想起个所谓的好名字也难。起不了好名，就说赖名挺好。所谓赖名好养活，往深了说，是一种自我安慰。我这想法，没什么根据，供批评。

我的名字，要说有具体寓意，真没有，要说是随便起的，也不是。我兄妹五人，我在中间，有姐姐哥哥，有妹妹弟弟。哥哥坤海，这要拆字也得费思量了。我就顺着来，顺海。到三弟就拐弯了，没有"海"下去，他叫顺强。我在煤矿时，弟弟也在矿上掘进队下井。队里的技术员看了名字，就想到该是我弟弟。哥哥现在也试着写点小故事。我转过他的短文，朋友就猜到了我和作者的关系。

到老三拐弯，上一辈、别人家的名字，也有很多实例。这个拐弯，是有点意思的事情。反正也不那么在乎，寻个字排下去，不很难。为什么拐呢？一般人家，有三个就行了，到此打住，是吗？也许，心照不宣。可惜，没有了爱"说古"的老人，已经很难求证了。后来，实行计划生育了，也就没有人会留意这些了。

亲兄弟的名字，到老三会拐弯。堂表间的联系，就更若隐若现。我姐姐名字里的"坤"字，妹妹和舅家的表姐妹也都有。和我姐同岁的，大舅家的表哥，叫现海。我哥的名字，该是从姐姐和表哥他俩的名字里，各取一个字。我姑家的表弟，和我同岁，叫建强。同样，我弟顺强的名字，兼顾了我和表弟。

我们兄弟姐妹，包括堂表，名字中的联系，不是为了字辈一说，更像是就近取材。这样想来，起个名真是很现成，捡两个字就行。这结论，也不完全对，总还是费了些心思。坤海、顺强这两个名字，就是放在一起，别人也难想到是两兄弟。但是，把我的名字也放上，一下子就明白了。可见，尽管名字普通，也是起早贪黑才起好的。

三里五乡，别人家起名，大致也是这样。有姐弟两个，姐姐叫清莲（连），弟弟叫连清。两姐弟、两个字，这样念是姐姐，那样念是弟弟。兄弟两个，也有这样的。若是两家人，也有类似操作，还会更进一步。有两家人，都有两兄弟，这四个人，用两个名字，利军、利民，在这家是哥哥，在那家是弟弟。于是，重名的很多。重名了，区分的办法是加上住处，说前街某某、后街某某，或者是加上父母，说某某家的某某，等等，总之是有办法，大家好像也并不在乎。

有人说，名字就是个记号。这个记号里有一些信息。名字反映性别，女孩子，"叫个啥珍儿啊、玲儿啊、凤儿啊"。名字里也还有时代、地域，乃至城乡、文化。有一些名字只属于那一群人。

有一些东西，比如经历、阅历、文艺、文化，潜移默化地影响我们，日用而不觉。"翠花，上酸菜！"这之后，"翠花"的历史也许就告一段落。《满仓进城》，是因为满仓是农村人。据说，满仓、满囤，一般是八月十五出生。农民是朴素务实的。《民兵葛二蛋》，后来葛二蛋成了正式的战士，也许又有个新名字。有一些名字，很普通，一讲渊源，取自《诗经》《论语》。引典齐贤，家里祖、父辈起码得略知一二。这些年，起名字的城乡差别，已基本没有了。这也算是个进步。

人没有高低贵贱。照这样说，名字就更没有好赖。可是，人们还是希望给孩子起个好名字。这几年，比较流行的，一是五行，金木水火土，命里缺什么名字补什么，再是打分，用电脑计算，给孩子起个高分的名字。信的人，真不少。这想法，碾压了"赖名好养活"，早已走向另一端了。"不能输在起跑线上"，这也是一种。认字多了，也增烦恼。

俗话说，人靠衣裳马靠鞍。起个正经名字，端端正正的，会对人有些积极的暗示。但是，要说名字决定一生，这就过了。"名不正，则言不顺；言不顺，则事不成。"这话是孔子说的，但说的不是起名字的事。起个好名字，就"无灾无难到公卿"，不会有那回事。

生命是父母给的。名字是给别人叫的。别人叫着叫着，名字里原始的信息就淡了，因为，我们活着活着，名字里就填充了新的内容。熟悉的人，提到你的名字，想到的是你这个人，名字就变成了名声。不管你叫什么名字，别人提起你的名字，说一句"这人不错！"或者"这人很好！"这时候，你就有个好名字。如果有人"可惜了那个好名字"，还真是有点对不起父母了。

所以，名字，除了字面意思，还有另外的意思。这个意思，是活出来的。名字的寓意，要靠生活解读。那就爱生活，好好过。

父母书签

谁来带孩子

反映社会问题，过去靠民谣，现在靠段子。"妈妈生、姥姥养，爷爷奶奶来欣赏，爸爸回家就上网，姥爷天天菜市场。"这段子说的情况，虽不会太多，但一定会有。

不愿带孩子，有的妈妈正变得理直气壮。我晚上遛弯时，和一对小夫妻擦肩而过，无意间听到他们在小声争吵，女士说："第二天还要上班，谁晚上还带孩子啊！"我听她的口气，笃定而坚决，感到很惊讶。白天要上班，所以不能带孩子，第二天要上班，所以晚上不能带孩子。那，岂不是白天晚上都不带孩子。

客观上讲，现在的妈妈多数都有一份工作，她们不想因为带孩子而放弃。从长远来看，这选择似乎也说得过去。不能做全职妈妈，应该是大多数人的现实。但是，如果从心理上就排斥带孩子，然后拿"现在这个时代"说事，那是走极端了。

有的妈妈不愿带孩子，这问题往根上捯，可能是因为准备不足。在生孩子这事上，未来的姥姥、姥爷、爷爷、奶奶，比未来的爸爸妈妈更急切，就有了所谓的"催生"。无奈之下，先给年轻的人"催生"出一种心理，有的就玩笑着说出来了："孩子给你们生了，我可不管带。"于是，从有宝贝计划开始，姥姥、奶奶就已经有了个约定：你只管生，我来带。把孩子交给姥姥、奶奶，似乎顺理成章。

家里老人帮不上，也不要紧。月嫂，作为一种职业，已被广泛接受。找月嫂带孩子，也是理所当然。月嫂几乎是24小时负责宝宝的一切，会成为宝宝最亲近的人，宝宝最依赖的人，责任很重大。月嫂的月收入，在许多城市已经过万。孩子给月嫂，这是稍显奢侈的选择。当孩子大一点时，从经济考虑，会更换月嫂。这时候，宝宝也会说话了，会走路了，会模仿成人了。他是不是会晓得，与他最亲密的人，那个朝夕相处的人，原来是花钱雇来的？

带孩子，就是和孩子在一起，和孩子交流，陪孩子成长。家里老人、外面月嫂，都可以帮着带孩子，也只能是帮着带。不管把孩子交给谁带，父母都不能缺位。姥姥、姥爷、爷爷、奶奶对孩子"隔辈儿亲"，会有一些溺爱。所以，完全把带孩子交给老人，也有一点缺憾。好的月嫂带孩子会给我们许多好印象，"很专业很职业"。但是，也别忘了她们终会受聘于下一家。

"孩子哭了给他娘"，这朴素的说法，有道理。妈妈能给孩子安全感。有研究说，绝大多数的妈妈是左手抱孩子，因为孩子能听到妈妈的心跳，就会更踏实。当然了，爸爸在孩子成长中也很重要，不要缺位。

今天，特别是城市里，完全由年轻的爸爸妈妈们自己带孩子，显然不现实，做不到。以前，也不完全是这样。最好的选择是，父母要尽最大的努力，尽可能多地陪陪孩子。只要有可能，即使累一些，也要自己带孩子。带孩子陪孩子，父母也会有很大的收获。

让孩子健康快乐成长，是一种责任，既是家长责任，也是社会责任。我们也要创造一些条件，让年轻的父母能够带孩子，愿意陪孩子。

怎样做家长

孩子天天都在成长，家长每天都在影响着孩子。家长是孩子的第一任老师，是陪伴孩子时间最长的老师，是对孩子影响最大的老师。家长的状态，影响孩子的状态，影响孩子的未来。

有的家长务实。重视孩子学习的过程，注重孩子平常的学习；重视孩子成长的过程，注重孩子习惯的养成。学习的时候，认真地学习；游戏的时候，欢乐地放松。学习，要一鼓作气，把问题弄通弄懂。玩耍，要彻底放松，搞得筋疲力尽。孩子是快乐的，家长是开心的。不注重最终成绩，而注重平时努力的程度，成绩反而比较满意。即使有时候，考试的成绩不那么理想，也是从平时找原因，而不是在考试本身上找借口。

有的家长图虚。别人家孩子玩什么，自己家孩子也要玩什么，别人家孩子有什么，自己家孩子也要有什么。全然不顾自己的实际情况，不顾自己孩子的兴趣爱好。孩子的小同学读了兴趣班，小同学有了足球、篮球，不管自己的孩子是什么条件，是什么心情，自己也要搞一下。甚至，家长的同事、同学、朋友家的孩子爱好什么，也要通通地移植到自己孩子这里，很多水土不服。只图虚名，毫无成效，人有我有，疲于应付，家长累，孩子也累。

有的家长自律。勤奋努力，积极向上，忠诚老实，言行一致，如今似乎不是使用率很高的评价了，然而的确是很好的品质。阳光男孩，邻家女孩，这样的好孩子，在一些人看来，是要吃亏的，是绝不能行的。而实际上，从更长的一生，或者从更远的发展来看，最初的善良、向上、乐观、分享，是孩子一生的财富。做家长的，许多时候需要向孩子学习，学习他们的单纯、善良，学习他们的分享、团结，学习他们的进取、无畏，身体力行地为他们做个好样子。

有的家长放任。有的家长，有很强的投机心理，做事情讨巧，走捷径。有的家长，只把规则挂在嘴上，而不落实在行动上。在家教育孩子遵守交通规则，到路口就拉着孩子闯红灯；在家教育孩子尊敬老人，到街上就对老人指指点点。你让孩子怎么看，怎么办？有的家长，平时对孩子不管不顾，孩子讲些学校、学习、同学的事情，他不想听，不接话。可是，老师叫家长了，孩子成绩不理想了，才抽出空来对孩子一通训斥，甚至一顿胖揍。这不行啊！

一些事情，说大了，是世界观、人生观、价值观，说小了，是懂不懂四六、知不知好赖、辨不辨香臭。做家长的，无论如何，那些所谓人生经验的负面教导，还是少一些、晚一些传给孩子。做家长的，要努力些，用自己的一言一行，在孩子成长的道路上多给一些积极信息。

给孩子的最好礼物，也许是陪着他们，亲近自然，看看花草，玩玩泥土，弄一身泥，出一身汗，然后回到家，累得不想看电视，不想写日记，不想玩游戏，只有沉沉地睡一觉，这样的童年记忆，才是无忧无虑，快乐美好！

如何夸孩子

看到一篇关于如何夸孩子的文章。我认为，这是很好的话题。文章通过讲故事，进而说道理。但是，其中的观点，我却不是完全认同。

故事大意是：国内一位到北欧的访问学者，周末到一位教授家中做客。教授5岁的小女儿满头金发，有一双漂亮的蓝眼睛。学者禁不住夸奖："你真漂亮，真是可爱极了！"教授脸色阴沉地对中国学者说："你伤害了我的女儿，你要向她道歉。"我们一定会问，这是为什么呢？教授说："孩子漂亮，这取决于父母的遗传，与小孩个人基本上没有关系。你的夸奖会让孩子认为这是她自己的本领。她一旦认为漂亮是值得骄傲的资本，就会看不起长相平平甚至丑陋的孩子，这就给她造成了误区。其实，你可以夸奖她的微笑和有礼貌，这是她自己努力的结果。请你为你刚才的夸奖道歉。"学者只好很正式地向教授的小女儿道了歉，同时赞扬了她的微笑和有礼貌。

道理大概是：赏识孩子，应该赏识孩子的努力和有礼貌，而不应该赏识孩子的聪明与漂亮。因为聪明与漂亮是先天的优势，而不是值得炫耀的资本和技能，但通过自己努力奋斗则不然，它是会影响孩子一生的可贵品质。

我对这个故事，信一半。

故事是不是还可以这样讲：国内一位到北欧的访问学者，周末到一位教授家中做客。教授5岁的小女儿满头金发，有一双漂亮的蓝眼睛。学者禁不住夸奖："你真漂亮，真是可爱极了！"教授兴高采烈地对学者说："真的非常感谢！你不但夸奖了我的女儿，还夸奖了我们夫妇。"我们一定会问，这是为什么呢？教授说："孩子漂亮，这取决于父母的遗传，所以你夸孩子漂亮就是夸奖我们。你的夸奖会让我们看到自己的优势。你夸孩子可爱极了，说明孩子招人喜爱，这就给她很大的鼓励。所以，你夸奖孩子漂亮又可爱，真是让我们全家都很高兴。衷心地对你的夸奖表示感谢。"学者一句很寻常的夸奖，却让外国教授对中国人的说话智慧有了新的认识。

故事可不可以说明这样的道理：赏识孩子，应该赏识孩子的努力和有礼貌，同时也要赏识给了这个孩子生命的父母。因为孩子也需要慢慢社会化，父母是完成孩子社会化的第一步，所以，让父母共享孩子的成长，让孩子感恩父母的付出。

这个故事还有第三种讲法，还有第三种道理。还有第四种说法……我们都可以试一试。

夸奖也是一种教育，会给孩子一些激励和信心。我们对孩子，不要吝啬夸奖。夸奖孩子的方式有很多种，场合、内容也都不同，重要的是要诚意十足，恰到好处。

不要打孩子

"棍棒底下出孝子"，这话已经不合时宜。"棍棒""孝子"，都不是今天的流行语。知道有"国际不打小孩日"，欣慰的同时，也有点惊讶。冠以国际，可见国内国外都有打小孩的家长。

说到不打孩子，我可以骄傲一下。儿子上小学时，老师在课堂上问："同学们，是不是都挨过爸妈打？"孩子们齐刷刷地举起了手。"没挨过爸妈打的，有吗？"我家孩子举起了手："我爸爸没打过我！"儿子回到家，可高兴了。课堂上，小同学都看他，下课后，有小同学说想让我给他们当爸爸。他为此很自豪啊！

我把这当作一件乐事，给不少朋友讲过。可是，我一直忽略了一个问题，老师当时是什么反应？她是不是相信了孩子的话？有没有进一步做些点评或启发？那次班会就那样结束了吗？"不打孩子的家长，虽然有，但是少。"我多希望这不是她的最终结论。我还希望，她能给孩子一些教育，也给家长一些教育，朝着远离"打孩子"而努力地做些什么。

说实话，我的脾气并不好。但是，家长打小孩，我从心理上一直不怎么理解和接受。我一直认为，打孩子、骂孩子，是很丢人的事情。在大街上、在公园里，看到声色俱厉训斥以至拍打孩子的家长，我就会很奇怪。许多时候，明明是家长做得不对、做得不好，却把责任推给一心一意崇拜你、依靠你、信任你的孩子，真是不应该。

我说到没打过孩子，有朋友说是因为从来不管吧？其实，也不是。对孩子，管，不是打；不打，不是放任不管。我与孩子会经常交流。在每个重要的时间点上，比如升学、转学、成绩波动，我都会有意聊聊，引导他熟悉、适应、调整。有人搞混了管和打，平常不怎么管，遇到出了状况，觉得需要管一管，于是就训斥几句，甚至拍打几下。我见过一些这样的事情。

我们对孩子，不要"恨铁不成钢"，也不要大事小情盯住不放。遇到问题，孩子有孩子的处理方式。我对孩子学习成长的要求，更看重的是他的方法和态度，只要努力过了，什么样的成绩都可以，重要的是不要偏离大方向，不要掉队。我们要做些调整，学会放手，学会远远地看着，把快乐成长留给孩子。

儿子初中毕业时说，初中太快乐太放松了，高中要把心收一收。

他是觉得中考不太理想。自己知道问题在哪里，心里有个小目标，这是我希望的状况。其实，他的高中仍然是快乐的。高考前一周，他还常去打篮球。我就提醒一句，"简单活动，不要受伤。"我也有苦口婆心的时候，高三那个寒假劝他留校，他后来说，我那两天像是唐僧，《大话西游》里碎碎念的那个。我对孩子看似大撒把一样，其实也在用心用力，把握方向，保持平衡，这让他早早学会了在重要关头自己做主。

　　也有朋友就说，只要不过分，孩子打两下也不算什么。问题是，如果"下雨天打孩子——闲着也是闲着"，没事找事，或者"老子今天不痛快，你不要找打"，拿孩子出气，这又算是什么？这不是孩子的问题，这是老子的问题。

亲子游戏

　　这个亲子游戏，传一段时间了。游戏从"妈妈掉河里了"开始。开放式过程，无拘无束，全凭自由发挥。因为有萌宝参与，所以都是大团圆结局，皆大欢喜，在笑声中结束。

　　妈妈是编剧、导演、领衔主演，年轻，有活力。宝宝是特别主演，男孩女孩都行，两三岁，萌萌的，有点懂事了，又不是很懂。现在的主力出镜，一般是二宝，据说更有"意外"发挥，更有出奇"笑果"。

　　我看到的第一版故事，是个短视频，镜头里只有宝宝，妈妈在画外说话。

　　宝妈轻声细语地唤："宝儿。"宝很自然地看向妈妈："嗯。"这算是游戏准备，戏台上说是叫板。场面很温馨。

　　紧接着，问题来了，"妈妈问你，妈妈掉河里了，你先吃棒棒糖，还是先吃巧克力呀？"很亲切的语气语调，云淡风轻，和颜悦色。听起来，妈妈掉河里了、吃棒棒糖、吃巧克力，好像都不是啥大问题。

　　宝毫不犹豫，很关心的样子，对着镜头外的妈妈说，"救妈妈。"多好的孩子，妈妈没有白疼你。

　　这还没结束。宝很快觉得不甘心，还有别的事，于是，有点期待地，自言自语地，边想边说，"吃棒棒，吃巧克。"话还说不清，但这里还有诱惑，挡不住的。

　　可是，宝宝说着说着，就好像想到，妈妈掉河里了，怎么办呀？

稍微一停，困惑顿消，手指向画外的妈妈，"爸爸救你噢！"救妈妈这活儿，还得请爸爸来，放心了。

全安排得妥妥的了。成功避开妈妈准备好的坑，救了妈妈，吃了棒棒糖，也吃了巧克力，还给爸爸派了任务。这一版，经典。我觉得，可以叫作：别人家的孩子。

我们想想很乐，有点百看不厌。讲给朋友。她看了视频，乐，回家试。隔天发回了她家的故事。她这版，是文字。估计视频录制不顺利，没细问。这一版，很经典，很儿童。可以叫作：宝宝自有主意。

第一番："妈妈掉河里了，你是吃巧克力，还是棒棒糖呢？——我要冰激淋。"宝宝自己手里怎么还有牌呢？没按预想的剧情往下演，游戏结束。

咱要做个懂事的宝妈，不能用同样的问题与孩子纠缠。第二番，换个人掉河里了："爸爸掉河里了，你是吃巧克力，还是棒棒糖呢？"宝宝早听明白了，接话就纠正："是妈妈掉河里了。"妈妈说错了。你说这咋整！

我们脑补出画面，乐。做一回阅读理解，总结中心思想，"宝宝自有主意"，未必准确。

老家的亲戚，也有这么大的孩子。聊天，说到这故事，"你们也问问大孙子，看看他咋说？"电话那头很认真，"这有啥讲哎？"关心有什么说法，不能难为孙子吧。听说没啥特别说道儿，就是个游戏，逗孩子玩儿，放心了，"媳妇带着去姥姥家了，回来了让她问问。"

隔辈儿亲，孩子的事儿，啥都得上心。电话方便，没等孩子回来，赶紧把游戏转述给媳妇。问了，专门给我们回信息，"小姑，我问了，臭蛋儿，你爱妈妈还是爱棒棒糖？伢说爱棒棒糖。"传来传去，越认真越走样，笑。

这个游戏水土不服，转垄了，突变了。一问一答，剧情简化了，直接了，干脆了。宝和妈大概都觉得，这不是我们的游戏。第三版：这算是啥问题？

俗话说，小孩子做啥样子都好看。一家孩子一个样，谁家孩子都可爱。这个游戏，孩子说什么不重要，说什么都会有一家人开心的笑声。

老拿这问题为难孩子，会不会有这样的第四版："妈妈不掉河里，不吃棒棒糖，不吃巧克力，呜呜呜……"宝宝给来个哭戏。这版叫作：宝宝太难了啊！

我想，这个亲子游戏，对特别主演宝宝的年龄要求比较严格，对领衔主演妈妈的心情有一定要求。似懂非懂的孩子才好，太小，听不懂，难以区分轻重缓急，不太会自觉配合演出，难出效果；大了，太明白，很容易出戏，结果难料，问妈妈"你怎么那么不小心！"这就没趣了。妈妈的好心情，有利于游戏的好气氛，有利于宝宝完美发挥。

这个亲子游戏，最好不要练习，问题也没标准答案，别反复做，别抄作业。不过，既然是游戏，较真儿就没意思了。有从回答看孩子，区分聪明、暖心、心大、吃货……如此结论，想多了，也草率了。甚至有说，这问题给孩子带来压力，容易心理伤害。如此担心，首先自己需要放松。凡事"一本正经"，定要有个说法，生活不是这样的。

以前家里孩子多，放养为主，逗孩子的禁忌也比较少。记得有位老人，几十年喜欢逗孩子，"回回逗哭"，几条街巷闻名。有的哭过就忘了，如同寻常一顿饭，不当回事。有的刻骨铭心，长大后成了笑谈，一桩乐事。那也是一种成长。今天，还那样逗，怕是不行了。

读书的孩子

近来读书不多，时间多被别的事占去了。一个孩子，爱读书，还很小，没上学，却隔三岔五和我作些读书交流。

我们那里，叔叔舅舅这辈人，若是家里最小的，就在前面加个"小"，小叔、小姑、小舅、小姨。东北是加个"老"。我们前面加"老"时，就是祖辈、曾祖辈了。爷爷、奶奶和姥姥、姥爷是"自己的"，其他都是顺着爸妈的称呼，加个"老"，升一级，爸爸的爷爷是老爷爷，还有老姑姑、老姨姨、老舅舅。东北是叫太爷爷、姑奶奶、姨姥姥、舅姥爷。

我说的这孩子，叫我爱人老姨姨。我是老姨父。

爱人去年就说，"大姐在教小孙女看书，那么小，能看懂？"显然，她当时不大赞同。我的想法是，小孩子读书，权当踢球、游泳、画画、弹琴，都当是玩，高兴就好，不一定要读懂。二十几年前，我没少给孩子买书画玩具，都是由着他造。书本都是随便涂画、随便撕扯，从来没有一页一页教过。涂过画过撕扯过，就是表达了读后感，我这样想。

终于有一天，爱人说大姐家的小孙女看好多书了，还能看懂。问她，孙少安是干什么的？孙少平是干什么的？她都有答案。又问她，田晓霞是干什么的？她说，书里面没说，不过他们都是双水村的。该是还没读完。爱人一连说了多次。真神了！她说。6岁的小孩子，能读大厚本的书，她原本不信。

"老姨父，你看过《平凡的世界》第三部了吗？孙少安是不是赚钱盖了一座小学呀？"这天，孩子第一次微信问我。我记得，那年国庆长假读过这书，还读了《习近平的七年知青岁月》。节后要和年轻人座谈，读书也算工作需要吧。不想几年后，这孩子问到了。"老姨父现在读书，囫囵吞枣，"我鼓励说，"丫丫，你读书比老姨父好。"

据朋友和同事说，我算是好读书的。爱人也常对亲戚朋友说，"有空儿就看那些书。"说这话的口气，复杂，有嫌弃、抱怨，有吹嘘、赞赏。我的子侄辈，爱读书的不多。我就常被当作榜样，教育晚辈的孩子们。"好好学习吧，以后也去北京"，大概是这样说，知识改变命运的意思。

我读"没用的"课外书，最早该是中学才开始，小人书连环画不能算数，真正读闲书、闲读书是工作以后。大学时读书，专门训练过一目十行，快速浏览中抓住要点，这被看作是一种能力，连英语教材都分精读、泛读。"好读书，不求甚解。"这是我现在的读书状态。读故事性的书，更是如此，读时有写有记，合上书就只剩"大概其"。吃饭于前，拉屎于后，难道就白吃了吗？翻看闲书，已不问有没有用。

提倡读书的常说，把读书作为一种生活方式。就如老年人遛弯儿吧，走走觉得舒服，或者像是年轻人运动吧，不动感觉没精神。书是精神食粮，有点道理，没听谁问过一日三餐有什么用。小孩子读书，该是最纯粹的了，就是喜欢。不过，小孩子读书，需要有引路人。

这小姑娘读书，奶奶是启蒙老师。奶奶，爱人的大姐，语文老师，退休了。大姐愿意让孩子和我说说，差不多是对孩子读书的检查和夸奖。"老姨父，你看过《钢铁是怎样炼成的》这本书吗？保尔是不是把神甫的烟末儿撒到他的教堂里啦？"小孩子喜欢这情节，淘气啊。我想，同样的书，现在的孩子能读出不一样的保尔。

书读了不少，看出来多是奶奶选的。我问她，四大名著读了吗？最喜欢什么书？她说，"老姨父，四大名著我都读过了，我最喜欢《红楼梦》啦。"又问我，"黛玉喜欢作诗，是不是呀？"嘿，怪不得喜欢《红楼梦》，小女孩对八戒、李逵、张飞的印象不会很好。

听说有儿童版的名著，普及本吧，我没有关注，看来还真需要。知其大概，培养兴趣，这是我对小孩子读书的看法。丫丫也读原著，甚至还读医书，我没想到。"丫丫你真棒啊！"我由衷夸奖，"你才6岁，老姨父像你这么大，连字都不认识几个，哪会读书呢！"爱人说，孩子听我这样说，该捂着嘴偷偷笑了。

读书是很个人的事情。读书也需要有他人帮助和引领，互相做些交流。我知道，无论对谁，我还够不上谈经验，只是，遇到喜欢读书的，我乐意鼓励，为他们点赞。

在学校工作了几年，和爱读书的师生有不少交流。不同年龄，不同阅历，不同喜好，不同专业，这样一群人聚在一起，谈谈读书，我常常觉得有意想不到的收获。那些年，对这样的读书会，我乐此不疲。那场景，历历在目，我很怀念。我后来知道，许多师生也和我一样，对此满是美好的回忆。这是我的一个读书收获，也算是一个贡献吧。

读过的书，说过的话，也许，过去了就过去了，但是，总会有只言片语，某人某事，不经意间影响到我们，或者不知不觉成为人生的经验。好书相伴，会给孩子很好的营养，助孩子好好长大。我们也别光说不练，可保留些兴趣，有空也读一些书。

作业

老师在家长群发了张照片，是一位学生的作业，带着老师的批语："写得真漂亮！"又率先留言，"批阅这样的作业是享受。"然后，是家长们的各种夸。负责的好老师，认真的好学生，闻者皆喜。

这情形，无疑，许多家长算是遇到了"别人家的孩子"。当然，有一位小学生会很骄傲地说，"这是我的作业！"最终，也会有许多孩子说，自己也能写得那样好。典型带动，正是老师希望的。

前些年回老家，我也是个"讨厌的亲戚"，爱问问孩子们的学习。说到那些孩子，家人邻居不约而同，"都不好好学"，好像都不是读书的料。很是有点担忧。听说一个侄子还行，老师常表扬。难得，高兴，夸奖。我要来作业一看，傻眼了，咱完全看不懂。语文数学，每页都是红对勾，每本都是糊涂账。我就随便翻着，慈眉善目，问侄子这个是啥那个是啥。他也不知道写的是啥。只好笑了，没法急啊！

像这样，孩子们的学习，真可以说是学生、老师、家长"三不管"了。学不好才正常，学得好才怪啊！于是，"读书无用"流行，恶性循环继续。孩子被耽误得很可惜。听说，近些年有所好转，但愿，一代更比一代强。

写作业，不仅仅是检验学习效果，本身也是一种学习。作业，需要适当，也需要认真。教书育人这四个字，在作业里是有的。我们常说，书写自己的人生。我就想，做作业有点像做事情。我们在不同的年龄有着不同的任务，就如在不同的年级有着不同的作业。"吾道一以贯之"，这话可以用。

我常想起大学时的一位老师，教力学，却爱谈古论今，课堂气氛很好。谈法国大革命，"其实，起因是，土豆歉收"。讲当年的批斗会，"台上喊'你，你，你反对某某'，其实，是他，把他老婆睡了。"老师眼睛不大，讲什么都笑眯眯的，似乎在讨好我们，关键处还有一点点口吃，但口气又很笃定。

有一次，他其实这其实那的，把学校大事小情好好臭了一通，说的听的都很过瘾。要下课了，发现领导在后排坐着，随堂听课，于是住口，好一通笑眯眯点头致歉，"校长，校长，校长……"这笑谈，传了好几届学生。

刁钻之中，有其逻辑。老师布置作业也那样，"其实，很简单，让我一眼看出来，哪儿错了。"写作业，清楚明白不糊弄，其实，真不简单。

我的这位老师算是开放的了。这样的老师并不少，学生们会印象很深。汪曾祺回忆他读西南联大，在《西洋通史》课上交了一张规定的马其顿国的地图，先生阅后，批了两行字："阁下之地图美术价值甚高，科学价值全无。"他感叹先生的开放，"似乎这样也可以。"这样的师生互动，想想都很愉悦，学生可以"这样"展示，老师也可以"这样"褒贬。也算都很用心了。

当然，这样的"更为随便"的老师，最好是在大学，面对已经成年的大学生。我当年的那位老师，如果是面对中小学生，这样讲课、布置作业，恐怕不行，特别是，如果放在今天，会被家长声讨的吧。

写作业，谁都希望得个好评。好不好，自有标准。可是，百人百性，十个指头还不一样长。我读小学时，老师有一句话，"一斤的瓶装满了"，用来评价用功但成绩不怎么好的学生。有些悲观，但也基本客观。所以，批作业，要看学习能力，也要看学习态度。能力强、态度好，德才兼备，天才又勤奋，自是好学生，会写出好作业。当然要大赞！一般的，只要不抄不替，写得认认真真，明明白白，干干净净，不妨也给个好评。

孩子小时候，我也看看他的作业，也参加家长会。现在还会说起，他刚上小学时，美术作业，画画，经常是太阳、花朵、跳绳的孩子。我看了也笑。小孩子不容易，咱就别勉为其难了。好不好的，都给个鼓励。

后来假期，见别的孩子上辅导班，他应该是不甘落后，主动要去。过了几天，我说都学了些啥啊，拿来本子翻翻，一问一看，当真是没咋学。假期嘛，就是玩儿，辅导也算是给带孩子。多少得学点儿吧？一天学会一点也行，要不，咱就不去了，那儿还有老师管着，又玩儿不好。后来，这类班，就给免了，过快乐假期。

我这也是宽严相济了。慢慢地，他却懂了，我要的是态度和方法，真学，不装样子。也鼓励玩儿，高高兴兴，别贪。不可能人人得第一，但是人人都可以努力。好的目标不可强求，也不要毫无追求，许多事情就是这样。

学习是个人的事，教育是大家的事。当年侄子的作业，恰反映了当年家乡的教育。老师外流择业、学生外流择校，高中埋怨初中"送不来好学生"，初中埋怨高中"留不住好学生"，家长学生疑问"咱这儿咋就没个好学校"。谁都不满意，这咋整啊！

终于来了个管事也干事的明白人，想了许多招儿。他劝初中，"别怕好学生往外县跑，到哪儿也是咱孩子，学成了，也有你们的功劳。"他激高中，"别怨生源不好，都是家里的希望，你们做好了，来他个'低分进高分出'，也是大功一件。"各自干好自己的活，道理都明白。有说有练，严抓细管，心齐气顺，各方支持，成绩年年高，有了新气象。

这岂不也是交了一份漂亮的作业。这作业的批语是，百姓的好口碑，孩子的好未来。因为他这一份大作业，许多孩子的人生，许多家庭的境况，就多了许多美好。真是大功德！有的事，大家都希望好，有个能担事的人好好张罗一下，也许真的就成了。

　　我一直觉得，我们需要不断地向孩子们学习。人生是一场旅行，风景永远在路上。你看，有风景，风雨也肯定少不了。人生是一场修行，精进永远在路上。你看，有精进，功课也肯定少不了。人生是一场长跑，赶考永远在路上。你看，有赶考，作业也肯定少不了。俗话说，远路没轻载。在人生的长跑路上，书写合格的答卷，定是要用力用心。我们在教育孩子努力的时候，别忘了自己也要不断加油。

人文学生

　　"人文学生"，是我一个微信好友的名字。我不记得，或者说不知道她的真实姓名，也不确定她是不是知道我的名字。

　　初次见面，说起来有点尴尬。我有一天到学校食堂吃早餐，结账时，换了几个刷卡机都刷不上。窗口售饭的大姐微笑着，起了疑心，"没见过长这样的卡。"该不是怀疑我混饭吃吧？我左右看看，还真是，我的卡与众不同。这还难说了。

　　"师傅，我来替这位老师刷卡吧！"我当然很高兴地答应了，连声感谢，发自肺腑的那种。帮忙的是一位女同学，"没事的老师。"她说完，转身走开了。我好像不应该也一走了之，就过去坐在了对面，想把早餐几块钱微信转给她。她说，"不用了老师。我今天第一节有课，没带手机。"聊了几句，知道是云南的，人文学院的学生。我"循循善诱"，她才留下电话号码。

　　她是一个好学生，我这么想。主动帮我解围，还"做好事不留名"，我如果不是循循善诱，或者好说歹说，她不会给我号码。我知道，课堂上有太多全神贯注玩手机的学生，而她有意把手机放在宿舍，上课时不带手机，不做课堂"低头族"。这该是一个好学生。我这判断有点主观，有点自我，但是，大概也差不多。

　　说是初次见面，其实是唯一一次。我后来通过电话号码，主动加了她微信，不知道名字，就记作"人文学生"。她偶尔给我点个赞留个言，给我发过"教师节快乐！"她似乎很少发朋友圈。我还是注意到，她在准备考研，很刻苦，往往很晚才回到宿舍。

那年暑假的一天，我看到她朋友圈的新消息："早上去买个鸡蛋灌饼，结果打开钱包，发现里面只有6毛钱，然后的然后，阿姨说：姑娘，阿姨这饼不要钱。"我当时就有点感慨，把她替我结账和阿姨要为她免单做了联想。友善，也会传递吧！她暑假没回家，在准备考研。我越发感到，这是一位好学、上进、善良、自律的好学生。祝福她！

我们这样的二本院校，许多学生把考研当作新出路，毕业读研的能十有二三，有的班能有近半数。抛开大道理不讲，考研大概是四种情况：考上去，进更好的学校；考回去，回到家乡；考出去，换个专业；再就是，前几种情况的完美结合，比方说，回到家乡更好的学校。

突然有一天，这位同学微信联系我。原来她报了云南大学，考研很顺利，马上要面试。"如果遇到一个问题，我没学到，该怎么回答？"她很认真地在备考，兴奋又忐忑，"直接回答没学过好吗？还是说我可以随便蒙一下？"这位好学生在预测可能的新问题，万一出现了，如何回答更好。

能为这么具体的问题找到我，应该是已经再三再四思考。我先祝贺，再鼓励，后建议。直接说不会，几乎等于放弃回答，不得分；胡乱说几句，不懂装懂可能离题万里，会减分。所以，既要诚实，也要认真，把自己最好的展示出来。"老师，这个问题我没有接触过，我想按照自己的理解和所学的知识，试着回答一下。"然后说出个一二三，我想这样比较好。

隔天，她给我微信，"老师，面试真的遇到一个问题，我没接触过。按您说的回答了，我注意到面试老师看着我，边微笑边点头。"她很高兴，"老师，谢谢您！"我知道，我没有给她什么帮助，不过是向着奋力奔跑的人，喊过一声"加油！"后来，她被云南大学录取，又一次和我分享了她的喜悦。做事有始有终，我想，这真的是一个好学生。

人生路上，有许多这样的人，不期而遇，匆匆别过，可能再也不见，却在生命中留下印迹。人文学生留给我的回忆是美好的。

小李护士

这个故事不好写。

第一次见到小李护士，她正忙着跑前跑后，"您先找地儿坐会儿，我忙完来找您！"她走路一阵风，很快回来了，"咱就这儿谈得了，别去护士站了，您坐着，我站着跟您说。"我还是客气地站了起来。她叮嘱注意事项，很细致，很负责，也很贴心。"头天一定洗个澡，好好洗，肚脐眼都得洗了。"她做的是住院宣教，必须有的。

进入住院这一层，看着楼道里、病房里的病人，不由得心头一凛。这是一场硬仗。儿子也注意到了，"爸，这架势，真够你受的。""大家都这样，你看，没问题，都挺好。"我和儿子聊天，语气轻轻松松，句句颇有深意。在这里看到的，事都关己。我们在互相加油、打气、安慰、鼓励。

小李护士是主管护士。量体温测数据，这些事有其他小护士做。我还有自己雇的护工，负责简单的护理，像是"扶我起来"、洗脸泡脚之类的。小李护士负责有点难度的技术活。每天要扎个肚皮针，"疼一下啊！"她每次都是这样开始，然后，选好位置，左手两指捏一下，右手进针的同时，左手两指松开，但是并不离开，配合着注射，一个指头肚轻轻地边按边抚。打完针，我下意识地伸手过去。她说，"您不用按的，这就可以啦！"我每次做好要"疼一下啊"的准备，其实并没有，心里就觉得这个护士挺好。

她每次进入病房，就像一个回家的孩子，第一句话总是"我来啦！"然后，有条不紊地工作，亲切自然地和病人聊天，说一些安慰鼓励的话。工作完，临走总是招呼，"好啦，有需要就按铃叫我！"白衣天使，对，我当时的感觉，我现在的印象，她就是白衣天使。

　　她每天重复地工作，我听着聊天内容不断地更新，"您今天又长本事啦！""隔天就可以出院啦！"我听了平静，放心，很高兴。其实，一个一个的病人来了又走，这些话她每天都在重复。可是，我听起来，诚恳，得体，中听，真实，似乎看得见病痛在远离，身体在康复。

　　比较熟悉了，爱人夸她技术好，说话好，人长得还漂亮，"一定年年是优秀吧。"她就笑了，"也不是年年。我是工作兴奋型，一到班上就精力充沛，闲下来无精打采的。"她说这话时的情形，不是自豪，也不是自责，没有炫耀，也没有抱怨，像是两个老朋友闲聊。

　　"你叔叔也这样。"终于聊到一个共同点，爱人套近乎，顺便自夸，"感冒啥的，总是在假期，一说上班，来活儿了，好了！"我想起来也是，这种记忆有多次。最难忘的一次，连续出差，10天走了7个省，每个省都有一两个活动，赶在"十一"长假前回家。当天晚上就发作了，鼻孔、嘴角起火疱，胃肠咕咕噜噜，拉肚子。长假结束，好了。

　　于是，小李说我很快就会好起来，我们嘱咐小李也要注意休息。我看到，医生护士都很忙，很负责。值班护士晚上9点查房，夜里几次巡视，早晨5点量体温、抽血。医生早晨7点半就到了病房，有的晚上八九点钟下手术，还到病房问问情况。他们很不易。这样一份工作，值得所有人尊重。

　　"肚脐眼都得洗了"，事后想想，小李护士本来例行公事的住院宣教，每一句话都那么必要，每个细节都那么负责。扎肚皮针，她那样的手法，炉火纯青，真不是谁都能行。她这是在工作啊！辛苦，但是，自己做得安心，快乐，也让别人安心，给别人快乐。更难能可贵的是，她面对的是病患。她说，"也遇到焦躁的，甚至不讲理的，咱又不能吵，换位思考呗，总会好的。"善莫大焉！

最近看到一线的合同制护士"转正"的新闻。我就想，小李护士也是合同制。记得她说，也没办法，都是合同制。问她一直这样干下去吗？她说，"十多年了，也不会别的啊！"依然快快乐乐的。

　　能把一份工作做到这种程度，佩服，致敬，学习。

给女士写一封信

单位的女士策划了"三八"节活动。活动要男士们参与，给女士写一封信。她们准备充分，送来了信纸信封，是特意选购的，看起来温馨、素雅、新潮、文艺。我若不诚心诚意以待，似乎对不起她们的用心用情安排。

好多年不写信了。上大学那会儿，由于我的信比较多，班里信箱的钥匙也交我保管。我上次搬家，从书本堆里抖落出来几封信，拍照留存，又小心收起。巧的是，那天晚上小聚，两位写信人都在。酒过三巡，我拿起手机，读他们的信，在座的都安静地听着，看看我，或看看他们，若有所思的样子。信里的话，把我们带回到过去。

许多事情会渐渐遗忘，又在很偶然的机会，突然一下，变得十分清晰，历历在目。前几天，一位老友翻盖房子，收拾杂物，发现我写给他的信。他把信拍照给我。信写得比较潦草，但我也还能认得那些字，信上说，"暑假后，爷爷和我一块儿来了学校。"那是大四开学。爷爷是个"要好"也"要强"的人，他要在我毕业前到太原的学校看看。我陪爷爷出远门，只有那一次。

更多的信，都随着岁月遗失了。一路走来，也有许许多多的人，慢慢慢慢就失去了联系。有个非常要好的同学，当年学习尚可，但高考两战失利，后来音讯全无。多年后终于联系上了，我们通了电话，感觉还像上学时一样。但是，他终究不愿再回到这个圈子。

写一封信这样的安排，很有创意，也很大胆。这要感谢年轻人活力无限，也要感谢单位里氛围很好。同事，是一种缘分。天南海北、互不相识的人，机缘巧合地成了同事，或是同学，机会只是亿万分之一。这不是做算术题，说的是要珍惜彼此的相遇。

可是，给女士的这封信没那么简单。写信人要署名，但不知道是写给谁，因为，信要被装入盲盒。虽说这是一个游戏，但毕竟是一封信，可不敢儿戏，即使要营造活动效果，不妨一乐，也应该益智宜人才好。我要认真对待。收信人是随机的，这信还有点难度了。

我突然意识到，写信，虽不至于字斟句酌，但总是要费些思量。真是，开口说话随便谝，落在纸上有点难。怪不得，现在写信的人很少了。我们过生活，更喜欢"傻瓜"一点。有意思的是，我们过去所说的"傻瓜"，已经更多地被智能代替了。通信如此方便，谁还会写信啊！

"家书抵万金"，是因为前面有"烽火连三月"。而我这封信，本意在节庆，其乐当融融。谁会打开盲盒，拆开我的信呢？我的女同事，谁都有可能。所以，谁都可以看，小范围里，半公开了。

那我就公开了吧，信是这样写的：

节日快乐！

我们天天见面，今天却要给你写一封信，想想也是很文艺。这样来纪念"三八"节这个美好的日子，很特别，也很有意义。

我要送上最美好的祝福。岁月匆匆，我们要善于欣赏沿路风景。琐碎的日常，看烦了，或看惯了，换个位置，换个角度，也许豁然开朗，有别样的美。

远路没轻载。人生路上，我们要学会调整和选择。努力把该做的能做的事做好，阳光灿烂，快乐着给自己信心；试着从一些无谓的事情中抽身，放松一下，恰当地给自己留白。一幅图画，疏密有致，浓淡相宜，感觉才舒服。

我们都有自己的角色。到什么年纪做什么事，在什么位置尽什么责。梦在远方、路在脚下，不忘初心、过好当下。在任何时候，都可以坚持读一些书，对当下今后都会有益。

礼物？有。迷你对联，送你一帖。联曰"白天热热闹闹做事，晚上安安静静做梦"，横批"又是一天"，有"福"有"富"。愿：每一天都美好！每一天都快乐！

此致

这封信，也许会早早地随着旧书废报，被回收再利用，也许会在若干年后被人捡起，也许那时候，有人读着信，还会想起这个春天。

失眠·夜读

我们都想做喜欢的事情，过快乐的日子。可是，总有一些小烦恼，不请自来。那些听起来很小的事，往往很影响心情，让人乐不起来。

失眠，就是这样烦人的事。睡不着，故事很多，有的在床上翻过来倒过去，搅得家人也睡不着；有的静静地躺在床上，胡思乱想；有的跟自己较劲，在漆黑的夜里，瞪着双眼"熬鹰"。

失眠的原因，据说主要是对失眠的忧虑或恐惧。多数人的感受是，越想睡着，越睡不着；怕睡不好，反而睡不好。失眠很难受，种种痛苦一言难尽，许多人不堪其扰。说是小事情，真是大烦恼。

董卿爱读书。在一档电视节目里，有人问道，如果晚上失眠了会怎么办。她说，那就起来看书呗，反正睡不着。

关于失眠的故事，这是我听到最轻松最美好的。其实，这个时候，看什么书不重要，心态更重要。去你的失眠吧，我看会儿书去。

难以化开的烦恼，只需转念一想，心态平和，也就烟消云散了。

工作交流的原因，我有段时间住单位，过"单身"生活。偶尔地，躺床上无睡意，或者是半夜醒来难再入睡。曾试过读点儿书，或写点儿什么，甚至看会儿电视，总之是起来，不躺着了，找点儿事，果然，感觉比"睡不着，硬要睡"还要好一些。坏情绪被转移或消化了，也许吧。

有一个小视频，"火"旁变"川"旁，"烦"就变成"顺"。但是，生活不是写字，这一变，并不易。化烦为顺，需要自心的修为。我们熟悉一句话，不如意事常八九，能与人言无二三。到此为止，就有点儿悲观了。总要做些什么才好。

不期而遇的烦心事，大可不必过分计较。不妨换一个角度看，用另一种心情做，再不行，就找个喜欢的事做。不如意事，不要纠结，也不要纠缠。无可奈何地抱怨，心灰意懒地消磨，不如顺其自然，平心静气地面对，积极乐观地克服。

看书对付失眠，当然不是偏方。然而，用夜读代替失眠，像是很有些生活的智慧了。自心清净，能断烦恼。当说起"昨晚又失眠"，就很是暗含些抱怨的情绪；而说到"昨晚又夜读"，就明显的是打开了分享的话题。可以想见，说失眠或夜读时，脸上也会是完全不同的表情了。

我看晨练

晨练，想必由来已久。近些年倡导健康生活，更多的人养成了晨练的习惯。

年轻人健步、慢跑，老年人练功、遛弯，闲坐、遛鸟。最规律的人群，要数大爷大妈；最常见的功法，要数太极拳、八段锦。从以前有一搭没一搭地，到近来慢慢"天天见"，从"只会走路"，到加一点项目，我在晨练队伍中正靠近合格。

"适合的就是最好的"，晨练也这样。无论什么原因，不拘做什么，自身受益、人畜无害就好。在地坛公园，有一位天天爬树，人精瘦，噌噌噌，爬上一棵树，下来抻抻胳膊腿，噌噌噌，又爬上一棵树。如此反复，然后，走人。此君少有，否则树真受不了。见到的人都稀罕，也没有谁说爬树不合适。

我感觉，晨练是好习惯，值得多多提倡。我还认为，晨练需要条件，不是谁都适合。规律的晨练，需要规律的生活；规律的生活，需要规律的工作。说到底，晨练需要时间，许多人时间紧张，讲究不起。

那天，迎面碰上一位晨跑的小伙，30岁上下的样子，一身运动装，满头大汗。擦肩而过，酒气熏人。不用说，昨晚有一场大酒。他要跑出一身汗，回家洗个澡，醒醒酒，散散味，然后，精神抖擞上班去。职场人，打拼，讲究。这"先污染后治理"的事，多少曾经，多少一再发生。

晨练虽好，却不是每个人的必需。如果"早晨的时间最宝贵"，应该舍不得、去不得晨练。一言难尽的是小孩子。一个练网球的男孩，有教练教，有父母陪，可是他打球总是懒洋洋的。有几次妈妈急了，"咱今天不打了！"不打球，追着打孩子。孩子跑起来。我发现，他挨打比他打球欢快多了。孩子们的晨练大多不怎么快乐。很可惜！何必呢？

我出差，一早一晚喜欢在住处附近走走，各地"早晚课"景象相近。有两处印象不同。一天早上，在石家庄的烈士陵园，看到烈士墓碑前的晨练，有点儿讶异。怪怪的。一天晚上，在宣化人民公园门外广场，看到里三层外三层的人群，狂歌劲舞，歌声叫声响彻夜空，印象独特。周围居民得有好耐性。

总的来说，晨练，有我们的特色，很中国。我几次出国，一早一晚也在附近走走，没见过同样的场面。所以，老外们来了，见到"练功"的我们，常会拍照留念。很稀罕，也许回去会指着照片说，神秘的东方，神奇的中国人，人人都有"KONGFU"！

晨练是许多人的功课，但不是所有人的必修课。我理解的晨练，应该是保基本、保运转，人快乐、身健康，与"冬练三九、夏练三伏"的苦功不同。量力而行，适合自己，不追求成绩，要自己舒服，这样就好。

岁月何时曾回头

1

万事如意是个美好祝愿，也只是个祝愿。一个人真的想什么就会来什么，其实是一件很恐怖的事情。每个人的一切都按照自己的设想实现，显然是不可能的。神话里都没有皆大欢喜的故事。

最悲催的是，有的人对美好生活很是向往，却又在一次一次起跑后掉队。我曾和这样的倒霉蛋聊天，他的败绩从中学开始，直到现在的上有老下有小。他似乎是"干啥啥不成"那一类，于是，回顾半生，一连串的如果。他说，如果初三那年学习不退步……他说，如果去年那个事情办成了……

在别人眼里，他是一个幸运的人，父母健康，儿女双全，妻子漂亮贤惠。他只是好高骛远，不切实际，喜欢呼朋唤友，相信贵人相助，从来不肯为眼前的事情付出辛苦，想做的都是一些跟自己不沾边的事。于是，事事不顺心，年年在抱怨。看来，由各式各样大小不一的"如果"熬制的这服后悔药，他是要终身服用了。

老人们说，人不能全舒心。不同的年龄，不同的环境，不同的家庭，不同的期盼，每个人总会有未遂愿的事。面对难以把握或者不太如意的生活，偶尔谈谈如果，畅想美好，也未尝不可。

关键是，谈过如果之后，怎么办？"吾日三省吾身"，也是在检讨自己的不完美。可是检讨的结果，如果最终只是一句如果，一声叹息，对当下只是徒增烦恼，对今后也没有任何助益。

2

一部电视剧名字叫《如果岁月可回头》。我就想，岁月何时曾回头？

有人说，人生最宝贵的是现在。我们都从昨天来，往明天去。今天的我们，不能忘了过去，最好也别空想未来。过去的回不来，以后的还没来，现在才是自己应该把握的。

对当下的境遇，无论是否满意，是否感到幸福舒心，我们能做什么呢？我们能做的，要么接受现实，安于现状，要么做些努力，改变生活。

一位学生给我讲了他家的故事。他妈妈当年高考落榜，现在最引以为傲的是三个孩子都在上大学。"妈妈是不是有怨念，逼着你们学习，考大学？""没有啊！妈妈只是后来说，自己当年走了弯路，不愿让我们再走同样的路，所以就坚持亲自带大我们，甚至一边打工一边照顾我们，怕我们被杂七杂八的事耽误了。"

我发现，在学生的描述中，这位妈妈是活在当下的。她没有忘记当年，却能走出过去。她不攀比同龄的成功，不埋怨命运的不公。她把眼前的生活过得好好的，把几个孩子照顾得好好的。过去她没有成为一名大学生，现在她成为三位大学生的好妈妈。

我把这个故事分享给家人和朋友。我们看到的，是无忧无虑的生活，是幸福快乐的家庭，甚至是子女教育的成功。可是，这背后得有多少艰辛付出，多少生活不易，才有这故事的美好啊！

岁月可以静好，岁月可以如歌，这都是真的。岁月从来不饶人，岁月从来不回头，这也是真的。

没得选，往前走。

3

"子在川上曰：逝者如斯夫，不舍昼夜。"时光流逝，一去不返。岁月催人老。我们长大了，父母老了，孩子长大了，我们老了。

又是一年清明。慎终追远，寄托哀思，生老病死是躲不过的话题。今年的清明节，举行全国性哀悼活动，纪念因新冠肺炎疫情逝世的烈士和同胞。

如果从除夕算起，刚刚过去的70天，改变了一切。现在，一切还正在改变。也许未来，新冠肺炎会改变世界。我们可以这样想吗？

殷鉴不远，我们自己改变了吗？我们会好了伤疤忘了疼吗？志哀，是对生命的尊重。今后，我们如何珍爱生命，热爱生活？

举个例子，朋友来了有好酒。敬烟敬酒，是一种礼遇；抽烟喝酒，是一种成熟。"试之以酒，以观其性"，酒还成了诸葛先生考察干部的工具。试着试着，久而久之，"破坏性实验"流行，酒让我们很受伤。

如果岁月可回头，我们会如何？改变，从这样的假设开始。岁月不会回头，但是，我们还有以后。即使我们已经没有以后，但是，前车可鉴，人生的弯路不要让后人重复去走。

疫情会结束，生活会继续。憋坏了的朋友，也许早已约定：只待酒家又开张，咱重摆美酒再相会。防新冠肺炎，一只口罩建奇功；保身体健康，五脏六腑须善待。"能饮一杯无"的亲友邀约，一件乐事；大碗酒大块肉的简单粗暴，应成过往。

谁都回不到过去，生活不会从头再来。珍惜今天，让生活刚刚好，让今后更安好。珍惜今天，有所改变，可以从一餐一饭开始。小口，细嚼，慢咽，细品，主动试试吧。咂摸咂摸，那是一种不一样的幸福感。

一晃而过，更要好好过

除夕夜，一位老朋友打来视频电话，说过拜年的话，就聊到刚参加工作那会儿的事。这位老兄说，一晃，都30年了。他平时话不多，这次却聊了有20多分钟。还说，再一晃，就真老啦，趁着年轻，多联系，常见面。多年未见，说起话来像家人一样。

30年一晃而过。短短的春节假期，更是嗖的一下，就已经过去了。我的春节是怎么过的？想想，很欣慰。

过年当然要给老人打电话。这几年，岳父给了我们许多谈资，我们笑他，也羡他。他经常骑着自行车，十里八乡地转。"这一阵子又去找同学了呗？"我们很好奇，他过了年都85岁了，在家里还是待不住。那天，爱人的大姐发来一段视频，是大姐的同学拍的，视频里的主角正是岳父。他"巡视"邻村，遇到那位同学，站在街上就聊上了，从省城到北京，大事小情样样门儿清。

今年春节，农村也禁放鞭炮了。釜底抽薪，从不让卖炮管起。可是，岳父手里有存货。"响两声，怕啥嘞！"他这样说，不是要对着干。"那不是成了逗劲了？教他们说几句，多不好。"他们，指的是村干部。岳父是文化人，明白为啥禁放，他也就不放整挂鞭炮，只是拆散了，哄孩子玩儿。"臭蛋儿，咱去院里放炮。"他带着两个重孙子，一个3岁一个5岁，几声爆竹脆响，记录了他们的欢乐。小孩子高兴，老人家幸福。

这两年，每次和姑姑打电话都会说起打麻将。姑姑曾是村医，现在也领养老金，姑父曾是村干部，至今爱管些事。他们都曾非常反对打麻将，认为那就是赌。那几年，偏偏我们兄弟几个都沾麻将，上面还经常抓赌，让姑姑操碎了心。姑姑家表弟和我同岁，有一年他想找我打几圈，被姑姑安排姑父盯上了。我们假装串门，从这家到那家，在哪家也不长坐，但始终甩不掉姑父。表弟出了个招："大过年的，咱喝点吧！"酒菜上来，他挤眉弄眼："让我爹多喝点。"姑父喜欢喝点，就这样被我们"拿下"了。

现在，反过来了，我们都不打了，姑姑却爱上了麻将。我们每次都劝她别打，我说："岁数大了，坐时间长了不好。"她说："不打那么长时间，有时候八圈，有时候四圈。"我说："打会儿就打会儿，那么多人，别让他们抽烟了。"她说："人家来咱家了，能说不让吸？和他们说了，不能几个人一起吸，太呛，一个一个地吸，还好点。"她这也算是能听进劝，尽管只是一点点。我也不能太认真，姑姑也快80岁了，拉家常劝她，也是拜年的高兴话。

和亲友们通话，听到的全是都挺好。我打心里觉得，那不是客套，而是生活真的过好了，让人舒心的事多了，让人烦心的事少了。"这家挺有意思，每年三十下午吵架生气。"这是那几年回家过年时爱人的发现。以前，许多人家一到过年心里就揪着，小心翼翼地维护着，生怕一不小心招惹了谁，却又常常不知怎么就让人动了无名火。现在，人心踏实了，这是幸福快乐的基础。

每逢佳节倍思亲。我很少提起母亲，她很早就不在了。我们兄妹，好像只有大姐偶尔会说到"咱娘在的时候"。我和哥、弟、妹一样，都不怎么说到母亲。我知道，那不是不想，而是不敢。生活的难，让我们性格很刚强，世间的暖，让我们内心很柔软。现在的变化好大，今天的生活真好。过年团圆，亲友说老话，难免忆先人。珍惜当下的美好，过好每天的日子，这才是我们告慰老人、激励后辈的最好选择。

我们常说，新年新气象，新年新进步。实际上，我们新年常说老话，那里面有老理儿、老事儿、老传统，这也是一种年味儿。过年时，我更愿意献出温暖和善意。年前那两天，看着依然忙碌的年轻同事，我说："没有压手的事儿，可以早点回了。"每天跟平常一样，那就不叫过年了。回家，帮帮老人，陪陪孩子，给他们过年的感觉，年味儿就有了，一家人就乐了。我是用自己的生活经验，替别人的快乐着想。

由己及人，换位思考。过年时，更需要这样。除夕，儿子回到了学校，和留校的学生吃团圆饭。他参加工作两年多，成熟了。在其位，尽其责。我在学校工作时，每年的除夕也是这样过的。对那些远离父母的孩子来说，这是另一种年味儿。我们该尽量地加进一些美好和温暖。那种记忆，可能会伴随他们一生。儿子能这样做，我打心里赞成和高兴。

儿子平常就愿意和我聊聊。以前是学习上的事，现在是工作上的事。我的工作变动，带着他不断转学，小学上了两个，高中上了三个。那时很担心因此影响了他的成绩。记得他读初中时，定了个小目标，要在期中考试后让我在学校上台戴红花，他果然做到了。

春节前，他把导师发的邮件给我看，"Dear all, Incase you don't know, graduated in Aug 2019, YX Ma is just promoted to Professor！"导师在用他的成绩激励学弟学妹，"So，if you work hard，you could have a bright future．"他能够自律，知道上进。这让我很省心，很欣慰。我现在对他常说的，不是努力加油，而是把握节奏，不要绷得太紧。"你和我不一样，"我笑说，"要过得更健康。"当然，这个健康包含方方面面。

少小离家，老家人早就把我当成"在外面的人"。妹妹就说过："二哥从小出去上学，和家里不亲了。"爱人说，"咋能不亲哎！"大学寒假回家，小侄女把我当亲戚，"大叔叔来咱家，也不走了。"结婚后，我有一次把她逗急了，她冲着我喊爱人的名字。这是想骂我，不过，她搞错了。假期读书，《沙卜台》里有同样的说法，小孩子干仗吵架，会互相叫对方父母的名字。书中那个"不上锁的村庄"，一个真实的、正在消失的村庄，与我相距千里，那些故事却勾起我许多回忆。

家里的老院子，久不住人，已经荒废了。院里那棵枣树，算起来树龄应该过百了。哥哥拍了短视频："家乡那棵红枣树，伴着我曾住过的老屋。"留言的有一些老亲戚，他们说，看着看着就落泪了。哥哥的小孙子说："爷爷，咱家以前真穷。"小孩子看懂了，孺子可教。他还不知道，这些年越来越好的，也不只咱们家。他也不知道，在我们眼里，一晃，他就长大了。希望他好好学习，将来也能走出去，看看外面更大更好的世界。

2

夏·风正爽

枝头树叶又拉住手

一个春天的生长，枝头树叶又拉住了手。

从阳台的窗子向外望去，远处是城市的高楼，近处是葱茏的绿树。走在公园的银杏大道上，银杏叶堆砌成穹顶，仿佛进入了一个长廊。驾车行驶在国省干道上，行道树筑成两道绿色的墙，在我们的前方延伸。处处又是绿意盎然。

枝头树叶刚刚拉住手，这时候的绿，是新绿，是嫩绿，是浅绿，还有鹅黄的素雅，还有烟柳的缥缈。这时候，不似"草色遥看近却无"的虚无，没有"绿树阴浓夏日长"的倦怠，恰是"无边光景一时新"的新鲜。树，越冬而来；叶，今春新生。这盎然的绿意，是勃勃生机。

前人栽树，后人乘凉。树荫，让人想到荫庇后人，很有点"背靠大树好乘凉"的意思。树影，让人想到"疏影横斜水清浅"，很有点小清新，文艺范儿，意境美。老人们曾说，枝头树叶拉住了手，树凉也由"花凉"变成了"实凉"。把乘凉的树下，叫作树凉。由花凉而实凉，这表达，很传统，很生活，很质感。树，原来这么美，这么好。

每当枝头树叶拉住手，春天就要过去，夏天就要到了。

不知道，我从何时开始留意季节变化，树木发芽。花开花落，云卷云舒，本是自然，但是，看庭前花，望天外云，似乎从来都要有闲工夫，有好心境。从前日子过得慢，这个从前，该是很久很久以前吧。

那个过得慢的从前，我好像没有赶上。我的从前，仿佛就在眼前，刹那间，匆匆过，只留背影。

工作忙，忙得不分昼夜；俗务多，多得不见尽头；身体好，好得不惧风雨。于是，生活就是忙碌两个字。多少人为忙碌骄傲，又为忙碌抱怨？"偷得浮生半日闲"，听听雨声，看看绿叶，唠唠家常，做做三餐，自然清闲，轻松亲切，想来原本应该如此，实际却是那么难得。

抽出点时间，对草木鱼虫有点兴趣，对家长里短扯点闲篇，这是爱生活有生活啊。

叶子绿了又黄，影子短了又长，装点秋天的树叶落了，冬天来了，一年就过去了。春风送暖，万物复苏，秃枝又发新芽，大地开遍鲜花，正说春光无限好，不觉转眼就要入夏。"若无闲事在心头，便是人间好时节。"可是，一不留神，把日子过得急了，难免顾此失彼，错过生活的好。

度春夏秋冬，看世间万物，难得最是心从容。不如沉住气，好好对待此时、此地、此身。枝头树叶又拉住手，看叶，乘凉，听雨落树上，感受好景美意，生活也就有了不同的颜色。

长寿花

过了立夏，阳台上，长寿花还开着最后几朵。从含苞欲放，到竞相绽放，现在渐渐谢落，这花已经陪伴我半年有余。

我家所谓的养花，开始于我，不过由于自己不够上心，慢慢"大权旁落"，成了爱人的一亩三分地。近来换新、移栽、浇水、施肥、修枝、剪叶，几乎都是爱人的新家务。说起来是花花草草，实际能开花的没几样，还都是给点阳光就灿烂的那种，长寿花算一个。

去年由秋到冬，我经历过一段波折。笑对"幸运"的偶遇，感谢上天的眷顾，看起来云淡风轻，但是，毕竟身心备受打击。两三个月，没发朋友圈，"只恐心事被人识"。活动范围也很小，阳台是个好去处。窗外的蓝天高楼，隔壁小学课间活动的学生，眼前七七八八的绿叶，陪我打发时间。

人在百无聊赖中，最困难的熬煎就那样过去了，身体"天天向上"，感觉全面向好。这时候，深秋初冬，窗外的树叶慢慢落了，室内的长寿花却开了！

两个多月不出声，在大雪时节，我发了朋友圈，夸赞这长寿花："去年几块钱买了盆长寿花，去冬今春开花几个月。到今年夏天，窗外百花齐放，绿树成荫，窗内这盆花也散枝开叶，长成了繁盛的一盆草。清理这盆草，掐了两条嫩枝，插栽入小盆。这两条枝，一夏一秋都很不起眼，入冬了却又吐出花蕾，继而竞相开放。"

有朋友留言，"心情不错，看来恢复得很好。"他的阅读理解，道破我内心的欣慰。松竹梅，岁寒三友。我们寄托了许多美好愿望，入画入诗，故事传说，竹报平安，梅报平安，松鹤延年，松竹梅真是神一样的存在啊！我这朋友圈，也算是长寿花报平安吧。

不经意间，长寿花有了别样的作用。

这盆属于第二代的长寿花，由于有过一段朝夕相处，我注意得就格外多些，隔三岔五地拍照留念，记录着它的成长变化。长寿花该是在立冬时就有了花骨朵，冬至已开得很好，立夏还有零星新花，但已不多。本是同根生，花色有不同。红色、白色、淡粉色、淡黄色，甚至淡绿色，"各色花等"一茬一茬开放。好的是几个月间，叶子始终嫩绿，好像吸足了水，刚刚冒出。手机相册里，绿叶的背景，给花朵增色不少。

长寿花，名字很中国，其实来自外国。这花很好养，又是开在冬天，花期还很长，许多人喜欢。特别是，长寿花很上镜，特写照片超漂亮，很适合晒朋友圈。长寿花，有人说寓意长寿，也有人说致癌。我想，只是小小一棵花吧，好坏都没那么邪乎，给家里添些生机，让心情更加愉悦，也就很好了。

已经夏天，我家又掐了几个枝条，培育第三代长寿花。花草也有快餐式服务，需要啥，一个电话送到家。我们这花养得，事必躬亲，还敝帚自珍，似乎对消费没什么贡献。不过，我一直认为，花草对家里所起作用是有区别的，买来的更多是美化，自己养的则兼顾美化和净化。这不是瞎找理，是穷找理了。多一些照顾，今年的长寿花会开得更好吧！

芒种见麦茬

芒种见麦茬。节气到了芒种，就要割麦子了。从种到收，老话依然管用，只是种和收的方式都变了。

农时不能耽误，所以有抢种抢收一说。一个抢字，道出了农民的辛苦与忙碌。芒种过后，麦子"一天三熟"，快得很。这几天，麦田里会多一些守望者，关心着麦穗的颜色，盘算着哪天可以开镰。

我十几岁时割过麦子，正上中学，在家人和乡亲眼里，是个"上学的"，读书人。可是，一位"好把式"见了，说我脑子好、能吃苦，割麦子有模有样，是个干活的好手。他挺认真地给我讲过割麦、扬场的门道，说是力气活也不能使傻力气。

割麦子也有技巧。"好把式"割得快，出活，唰唰唰就到了前头；割得好，麦茬整齐，一般高；割得净，不会遗留麦秆麦穗，颗粒归仓；割得巧，好像不费力，一口气就割到了地头。

麦子割完，运到麦场，在烈日下翻晒风干，用碌碡碾轧脱粒，把麦秸起去留下麦粒麦糠，把这晒场、压场、起场的程序走完，最后就是扬场了。扬场，是个技术活，木锨逆风扬起，画出一条弧线，麦糠被风吹走，麦粒哗啦落下。一气呵成，看起来很简单，却需要全身的协调配合，力道的精准把握。

扬场，现在基本没人干了。还是打个比方来说吧。矿物加工，有个工艺叫水选，扬场就是风选，让风把麦粒和麦糠分离。所以，扬场得有风。打篮球，投篮时篮球出手的要领，有点像扬场时木锨力道的把握，往前抛的同时，要向回带。"好把式"扬场，会巧用风，有点微风就能干活，撒下的麦粒堆得很有形，像是一轮弯月。

这几年每到芒种，天气预报就会有高温预警。我就想到又该割麦子了。割麦子，就得干巴脆的高温天。手握镰刀，弓腿弯腰，顶着烈日，冒着高温，身上渗出的汗水和着麦秆抖落的细尘，干结在脸上，身上，衣服上。一天下来，活脱脱个"煤黑子"，苦，脏，累，全齐。

我一亲戚，割麦子割到有心理阴影，不割麦子好多年了，现在想想还发怵。"光棍扛锄，麦黄杏熟"，布谷鸟的叫声是个信号。他不关心那叫的是布谷是子规，更不会想到"庄生晓梦迷蝴蝶，望帝春心托杜鹃"这些。他说，每年听到光棍扛锄的叫声，就想起过去割麦子，心里发紧，好像腰都疼了一下。

那代人吃的苦，今天难以想象。博物馆里，也没有割麦、压场、扬场的再现吧？乡村游，看春暖花开，观硕果压枝，赏心悦目，欢声笑语，其乐融融，谁会体验割麦扬场，没事找罪受呢？这几年的网络，倒是有一些麦收的老照片。那些劳作的场景真的要成历史了。

现在割麦子靠收割机了，现代化了。新麦客，一个车队，从南割到北。大平原上，黄澄澄的麦田里，几台大型收割机，红色的，绿色的，在烈日下列队开进，秸秆还田，麦子入袋。看着美啊！

其实，庄稼地里的活，没有那么惬意。一位老伙计，有台收割机。收割机是他移动的家，那不是旅游的房车，而是挣钱的工具。吃在田野，睡在车里，那不是三五好友的野炊，而是因陋就简的节省。他说，"那几天河南河北麦地里得有四五十度，那滋味，你想想。"新麦客，老辛苦啊！

这几十年，飞速发展，日新月异，总在往好处走。一代人有一代人的生活。有些东西一去不回，有些东西代代相传。老辈人常说勤俭持家，新时代倡导勤劳致富，求上进相信勤能补拙。一份耕耘，一份收获。这个常识还得有。

芒种见麦茬。节气对于我们，过去是该干什么了，现在是该吃什么了。吃得环保、新鲜、营养，从田间到餐桌，是个好创意。但是，那个"到"字，可不是"说到就到"那么轻松。"粒粒皆辛苦"，这个常识也不能忘。

夏有凉风

夏至后，连着下了几场雨。多日的高温一下子消退了，突然给人一个错觉，好像夏天刚来就要走了。大自然有时也"皮一下"，我们又偏偏喜欢"想得美"。谁都知道，夏日的清凉，是稀少而宝贵的。酷暑还在后面，夏天还长着呢。

芒种、夏至时节，麦子要收割了。庄稼人，心心念念有几天好天气，"可不要闹天儿啊！"干巴脆的大晴天，太阳毒得很，阳光白亮亮的，空气干热干热的，所谓烈日炎炎，很适合麦收。要说哗啦啦来一场雨，许多人会不由得心头一紧，只担心这一季的收成，可没心享受雨水送清凉。

盼晴望雨，真是一言难尽。

北京人说："春脖子短。"南方来的人觉着这个"脖子"有名无实，冬天刚过去，夏天就来到眼前了。作家林斤澜所写，许多人有同样印象，"北京没有春天"。我也老觉着，好像脱了冬装就是夏装，春天短到无感。说这话时，是希望有个像样的春天。

这几年，又觉得春天不那么短了。今年的春天，很是像模像样，好好徘徊了一阵子。长袖衬衣、长袖T恤，往年只能穿一个星期吧，一两件就够了。今年，我也是照经验准备，结果是计划赶不上变化，换了一件又一件，陈年旧货轮番上身，待洗的衣服就攒下了一堆。见面闲聊，也常有人说起，今年春天有点儿长。

天凉，热不起来，就有人担心天气不正常。爱人和老父亲视频，"一直也不热，到时候麦子能长好？"老人却很笃定，"有节气管着嘞！"是啊，有苗不愁长。爱人也不是真愁，只是没话找话，东一句西一句，表示对家里的关心吧。感觉天凉是真的。

"五一"假期，临时起意，到外面走走。早晨出发，身上里里外外套了三层，都是春秋天可穿的，方便凉了暖了一层一层地增减，所谓洋葱式穿衣。就说到当年在煤矿工作，这时节村子里有个庙会，每年过会时都已穿短袖了。知冷知热，感慨自己不比小伙子了。到外面了发现，我的穿衣策略，也就是路人甲，普通而正常，毫无违和感。结论仍然是，今年春长，天凉。

"城里不知季节变换"，这歌唱得有生活。城外一片片绿油油的麦田，麦子早已经吐穗了，正是灌浆期。呵呵，我就笑话爱人，一个不事稼穑的人，"替麦子担忧"，当然是多虑了。天气还是一天天地热起来了。有意思的是，尽管感觉这个春天有点儿长，可是据说，气象意义上的夏天还早来了两天。节气，反映了一般规律，该是什么，大差不差。感觉这东西，是不是科学准确，没什么好讲。

生活会给我们一些小插曲，有时增加一分惊喜，有时增添一分烦恼。"不以物喜，不以己悲"，好像不能用在这个地方。开车，遇一路绿灯，"今天太顺了"，高兴。其实，遇几个红灯，也不会耽搁多少。骑单车，扫到一辆好车，崭新，干净，骑着舒服，高兴。其实，不能骑的"坏"车，极少，大不了换一辆。好或不好，自然是有标准的，但是许多时候，那只是因为我们自己的感觉。

平凡的我们，凡事多往好处想想，也没什么不好。但是，好或不好之间，有时候需要选择和取舍。喜欢春天的理由，自不必说，可是春天长了，又盼着夏天怎么还不来。刚刚有几个高温天，又埋怨"这穷天热死了！"希望能有清凉一夏。"寒冬腊月盼春风"，这没错，可是大冬天的，某些人说"夏天有个这天儿就好了！"颠倒过来？真那样，就坏了。你这伙计，又说笑了。

作家迟子建曾写道："近些年再也听不见动物伤人的故事了，不是因为它们远离了人类，而是因为它们的数量日渐减少。"动物伤人，这事也怀念？不是的。重点当然是，为"它们的数量日渐减少"而感伤。真没想到，一群亚洲象出游，小概率，大新闻，上演了一幕幕温馨故事。这一次，动物离我们那么近，相处得还蛮好。看那画面，我感觉，人和象，真是都身在福中了。

动物闯入村庄，毕竟是过界了。我们小心翼翼地看护着这庞然大物，生怕他们一不小心闯祸。一路平安，人象无害，让人感觉很美好。然而，"子非鱼，安知鱼之乐？"我们不知象们的感受。离家越来越远，行走在完全陌生的环境，大象会不会也有忧愁恐惧？一路"象"北，"象"往何处？我们享受了和谐相处的快乐之后，还是希望它们能尽早回家。"不如相忘于江湖"，各自重回平常的日子。

该来的总是要来，该去的自然会去。这一来一去之间，正是我们的生活。这样那样的小插曲，让生活更加丰满。夏季是高温的，干热连着闷热，高温伴着高湿，果真"清凉一夏"是不可能的。夏季是多雨的，炎炎的夏日，来一场透雨，偶尔"清凉一下"也并非奢望。"春有百花秋有月，夏有凉风冬有雪。"这个"有"，是本来就有。"若无闲事挂心头，便是人间好时节。"享受生活的美好，其实并不难。

长长的春天，清凉的夏日，舒服爽朗，滋润舒坦。我们终究知道，既然四季分明，自然是该冷时就冷，该热时就热，才是本该有的样子。我的经验是，日最高气温出现在夏至前后，也就是六月，高温天，曝晒，那时一早一晚还算舒爽。日均气温最高则是七月份，"小暑大暑，上蒸下煮"，三伏天，闷热，那时从早到晚都很难耐。

夏天的雨，往往是降了温，随即也增了湿。所以，夏至后的几场雨，常常是为入伏做准备。对草木来说，盛夏是最好的季节，它们欢快地舒展着，生长着。天太热了，动物们却都不爱动了。老母鸡都要歇伏，不下蛋的。笨鸡，散养的，从前从前，哈哈！蛙声蝉鸣，最欢快的，该是树上"在声声地叫着夏天"的知了。树下乘凉的人们，却嫌它们叫得聒噪，听着心烦。

寒来暑往中，我们早已熟悉四季的脾性。阴晴冷暖都是一天。炎炎夏日，高温也好，暑热也罢，没什么大不了的。我们还是要各安其位，尽着自己的本分。最理想的，也可以像孩子们那样，能够安排个假期，哪怕短一点也好。这假期，可以走出去，寻个清凉之处，远远躲一下，也可以更纯粹，什么也不做，就地休一下。歇歇脚，落落汗，避避暑，然后，继续我们的日常。

快乐旅伴

做喜欢的事情，过快乐的日子。让自己快乐，我们都应该有这个能力。只是，需要行动，快乐地去做。

到草原，找个美丽干净凉爽的地儿，猫起来，不要赶路，完全放松地休息几天。朋友的建议，说到了我的心里。

我去过许多次草原。喜欢草原，蓝天，白云，绿草，牛羊，还有草原的歌声。

去年夏天，我和爱人说走就走，就像是要去附近的公园，开车去了坝上的草原天路。那是修在草原里的一段公路，沿途有一些观景点，类似高速服务区，大多很简陋，可以观光拍照，休息购物。

在一个观景点，遇到一对老夫妻。他们开着一辆SUV，北京牌照。吸引我的不是车，车干干净净，不好不坏；也不是人，人普普通通，温和儒雅。吸引我的，是车上的空饮料瓶子，花花绿绿，各式各样，鱼网一样的袋子装着，堆得高过车窗。

那人，那车，搭配上那些空瓶子，就有点奇怪。很自然地，我还是把心思转移到了人上。这两夫妻是干吗的？草原拾荒人？一车空瓶子能卖几个钱，恐怕不够油费，也不够饭钱。显然不是来拾荒。环保志愿者？为捡空瓶子，专门从北京驱车来一趟，说是做环保，也不太讲得通。

我和他们聊了几句，知道是刚退休不久，身体硬朗，就出来随便走走。一路风景，沿途人情。他们欣赏着草原的风光，享受着草原的舒爽，在这个点或那个点停一停，看一看，聊一聊，也拍一拍照。

在停留的每一个点，别人随手扔掉的空瓶子，他们顺手捡起来。一路下来，收获满满。"当锻炼啦！"他们洋溢的快乐，感染了我。旅游，观光，捡瓶子，活动筋骨，做些善事，啥都不耽误。他们是这样的安排。

我说，这也算是做环保吧，向您二位学习啊！两夫妻乐乐呵呵，连连摇手，不是不是，和大家一样，是游客。

子曰："一箪食，一瓢饮，在陋巷，人不堪其忧，回也不改其乐。"在艰苦生活中保持快乐，很难得。老话说，没有吃不了的苦，只有享不了的福。在富足日子里，不改节俭，悠然自得，很难得。在喧闹的环境中，闲适自处，不忘善行，很难得。这两夫妻，在富足后、在喧闹中做的这微小的事，也很难得。

两夫妻做得是那样如意，又是那样快乐。我觉得，那是草原上一道风景，在我心里留下深深的印象。心有风景，处处花开。自己喜欢，快乐自来。我也快乐着他们的快乐了。

顺其自然

人的心态复杂得很，状态也就多种多样。"与世无争""无欲无求""随遇而安""逆来顺受""顺其自然""舍我其谁""志在必得"……看着这些词，好像看到不同状态的人，看到不同的人生。

比较起来，综合来看，我更喜欢顺其自然。这可以是单纯的一种心态，一切顺其自然。这也可以作为一种调味品，在各种心态中，都适当添加一些顺其自然。

"逆来顺受"，太苦涩了。"随遇而安"，更轻松一些。"遇"，当然是不顺的境遇，"安"，也是不得已。既已如此，何不想开些，如北京人所说，"哄自己玩儿"。当然，也不完全是哄自己。生活，是很好玩的。

这是汪曾祺先生的说法。当然，他还说"随遇而安不是一种好的心态"。这话，有一定的背景。不"安"，又怎么着呢？他说的那种无奈，更重要的是"遇"，是环境的、生活的，尤其是政治环境的原因。

那代人那种"遇"，现在少了，特别是少了人为的属于某一群体的不顺。但是，属于个人的、生活的、工作的种种不顺，还是有。好在今天的人们，对他人加给的不公，有了据理力争的机会，对自身遇到的不顺，也有了争取改变的可能。这是一大进步。

与世无争、无欲无求，是消极的。我想到的是一种萎靡不振的形象。把与世无争和看淡一切等同，把无欲无求与无所畏惧等同，这是个错误。"采菊东篱下，悠然见南山。"归隐田园的陶渊明，也并非是完全无争无求的，否则也不会佳篇千古留美名了。

争和求，可以定个小目标。舍我其谁，志在必得，一般属于有信心、敢担当、求上进，值得点赞鼓励。可是，如果不是你，假如没有"得"，目标没实现，怎么办呢？"毋意，毋必，毋固，毋我"，孔子要根绝的这四种毛病，也是可以疗伤的四味好药。瓜熟蒂落，水到渠成，都要一些过程和条件。

作为对自我的要求，顺其自然的状态，不同于与世无争、无欲无求。作为对外部的反应，顺其自然的态度，不同于随遇而安、逆来顺受。作为对结果的追求，顺其自然的豁达，不同于舍我其谁、志在必得。

顺其自然，不是无所作为，而是立足现实，尊重规律，有所为有所不为。"三分天注定，七分靠打拼，爱拼才会赢"，这歌词有道理。赢，需要客观的机会、环境、条件，也需要主观的争取、努力、创造。顺其自然，做事是这样，遇事也是这样。

做事顺其自然，应该是个常识。"不违农时""人误地一时，地误人一年""一分耕耘，一分收获"，要在适当时候播种，要付出辛苦汗水。这么说来，最懂得顺其自然的应该是农民。其实，这些道理不仅仅是讲给农民，比如，拔苗助长，"墩墩苗"，哪里还是在说种庄稼啊！

遇事顺其自然，应该是种智慧。从前的西瓜，"黑籽红瓤，保沙保甜"，是吆喝的好卖点。现在的好西瓜，红瓤，但是无籽，也还甜，但是很少沙。变化了的不光是西瓜，还有反季蔬菜，人们早已经习以为常。接受变化，也是一种顺其自然。一位朋友说，这增加了不孕不育的可能，西瓜还是应当吃黑籽饱满的。自是玩笑话。

我喜欢的顺其自然，好的事情要促成，坏的事情要防变，一切都是往好处努力。这种努力，不是"知其不可而为之"，而是"即将成功又加油"。做什么，怎么做，看外部环境，看自身位置，不强求，不硬来。

顺其自然，绝不是"脚踩西瓜皮"。一些人信奉无为而治，特别是一些负责人，对存在问题视而不见，不说不管，还自诩是各在其位，各负其责。这怕是不负责任。甚至有的人，对孩子教育也是这种完全撒手，不管不顾，还自夸是自然生长，快乐童年。这恐难长久快乐。这些不是我说的顺其自然。

学会细嚼慢咽

应邀参加一个讲座，捧场当听众，主题是讲营养。专家讲了不少，给我留下印象的是学会细嚼慢咽。营养没有灵丹妙药，生活常识最重要。细嚼慢咽对我们有益，这是一个很重要的常识。专家说得对。

我们通常喜欢快，似乎快就是好，吃饭也一样，似乎狼吞虎咽，才配大快朵颐。前些年，一位老兄告诉我，从小都是"喝面条"，没有嚼过，直到结婚了老婆数落，他才改成"吃面条"，嚼两下，主要是应付老婆。我起初当笑话听，后来也就信了，真有这样的奇人。

老兄说得可能比较夸张。不过对许多人来说，吃饭像个饿痨一样，要跟谁抢似的，这种记忆并不遥远。我那年高考后，去建筑队打工。有人就教我，干这活儿费体力，得先会吃饭，"太文明了不行"。吃面条，总共两大盆，各人盛自己的，聪明人第一碗先盛半碗，赶紧吃完，第二碗再盛得满满的；实在人上来就盛满满的一碗，吃完了，想再添点，盆里已经没有了。这故事，都喜欢讲，真假另论。因为短缺吧。

这两个故事显得不怎么高级，没经历过的甚至难以理解，其中的意思说不清道不明的。

那天听讲座，有位听众提问，说是爱人手术后不久，吃饭快了会感觉不舒服，该怎么办？专家说，吃饭一定要慢，学会细嚼慢咽。听众追问，几十年快惯了，慢不下来啊。专家说，一定要改，不然早晚吃亏。吃饭快，我们以为是胃口好，吃嘛嘛香。我们吃嘛嘛香时不会想到，吃得太快，对我们不好。医生说的吃亏，当然是有关健康。

民以食为天。吃饭是天大的事，饭桌上有许多讲究。我一直以为讲的是礼节，甚至有一些是虚礼。细琢磨，那些所谓的礼节，许多意味着细嚼慢咽。孔夫子说，吃饭别说话，"食不言，寝不语"。老百姓说，吃饭别出声，别吸溜，别吧嗒。这是不是说，细嚼慢咽，有益健康，老祖宗早就了解到？

"学会细嚼慢咽"，也就是说，在怎么吃饭这件事上，我们需要学习。天天吃，好好的，我学这干吗？也是，有教人怎么做饭的，没见教人怎么吃饭的。嫌弃的说法，"什么也不会，就会吃！"意思是说，谁都会吃。

单位附近有个面馆。我有时错过了饭点，常到那儿吃碗牛肉面。有一次正吃着，桌对面又坐下来一位。他的面一上桌，嚯，吃得破马张飞，挑面条、吃面条，汤汁飞溅，腮帮子左右共享，餐桌上星星点点。这场面似曾相识，当年上学时，有同学常常展示。我就暗自笑了，得躲着点。临走，我悄悄指着那桌跟服务员玩笑，看来吃面也得培训。服务员微笑不语，见得多了吧。

一个专家，讲营养偏偏爱谈细嚼慢咽。听起来也不高级。可是，有没有想过，伺候孩子、老人、病人吃喝，为什么用小勺子？要慢啊！这个慢，一勺一勺地喂，不会烫着，不会噎着，不会呛着，营养健康之外，更多了一层好处，就是安全。

说来说去都是吃面条，面条没啥嚼头，只是拿来举个例子。想说的是，细嚼慢咽，有道理。当然，也有许多人，生冷不忌，百病不侵。不过，无论是谁，在这件事上，讲讲道理没什么坏处。

好邻居

搬过几次家，每一处都有好邻居，给我的生活增添了许多美好。

现在住的算是新建小区。楼下邻居魏姐，是在装修期间认识，没少互相参观学习。魏姐的孩子搞音乐，很专业。在家里，他有时候也练练琴。他弹的曲子好像都很欢快，无论是舒缓的，还是急促的，我听着都很舒服。寒暑假，周六日，琴声没少陪伴我。读书，喝茶，闲坐，午睡，琴声曼妙优美。

沾了孩子光，我们也附庸风雅，蹭了几次他们国家级歌舞团的演出。演出有工作票。有一次，坐下不久，两位很时尚的年轻人来"麻烦"我，"您是不是坐错位子了？"给我看他的票，说是托人买的。座位撞号了。我二话没说，友好让座。人家是掏了钱的。

爱人和魏姐，伙伴关系不断升级，保持经常的联系，互通有无，无话不谈。买了新东西，做了好吃的，你送我送，分享。烦心事，也聊一聊。魏姐有天问，孩子在家弹琴，吵得慌吗？我们开玩笑说，能听得到，不是要收费吧？原来，楼下新邻居对琴声有点意见。后来倒也相安无事。

楼上楼下邻居，难免闹点儿小动静，最好别闹不愉快。这需要互相体谅。还在邢台时，我常常能听到楼上的动静，小孩子噔噔噔噔从这个屋跑到那个屋，或者玩具哗哗啦啦掉在地上。记得我和爱人都说过，这孩子真能闹腾。那种说，是欣赏的，面带笑容，充满爱意。

孩子的爷爷是位老矿工，退休后搬到了城里和儿子住。我参加工作就在那个矿，职工家属上万人。老两口人很好，朴实，勤劳，善良，节省。我们之前算不上认识，只是知道。后来相处得很好，敬称老人叔、婶儿。

多年邻居成亲人。我到北京工作后，给他们留了一把钥匙，帮我照看房子。我的老家在那里，参加工作在那里，那里有我的家人和朋友，所以每年都回去几次。几年间，我那久已不住的房子，窗明几净，利利整整。爱人常说，"比咱在家还干净，还整齐。"叔婶有时间，会下来坐一坐，看一看，开窗通风，打扫打扫。

这几年回老家，先见的是叔婶，我的好邻居。嘘寒问暖，家长里短，亲人一样。后来搬家离开时，老人家要我们"到楼上吃饭"。擀面条，我吃了两大碗。开车走时，他们依依不舍，"啥时候回来了，来家里吃饭啊！"那情景，感人。

"来家里吃饭啊！"这大概有点乡土。在矿上工作时，这事常有。我和爱人是大学"老乡恋"，参加工作，赶上分房。矿上重视人才，大学生结婚就给房。我们当年领了证，分上了房。同年分配去了四五十人，大多还在住宿舍，隔三岔五就有人来家聚聚。不用愁为什么，找个理由就来，"巧立名目"呗。不在意吃什么，甚至不动刀不动火，全买现成的。那些年，我家是个"聚点"。

后来，矿上领导来家里吃饭，矿长科长好几位。这得动刀动火了。爱人我俩有点儿发愁，一琢磨，求助邻居吧！隔壁东北人，对门山里人，给点缀了几样土菜，很受欢迎。我们那里，酒后一定吃饭。那天有人临时提议，吃手擀面。对门霍师傅可以，赶紧叫来。他是机电工，手有劲儿，面和得很硬，擀得很薄，切得很匀。浇了卤子，吃起来筋道，滑溜儿。大家都说好。

霍嫂刚刚农转非，分了房，就带了两个孩子，从山里来到矿上。听说霍嫂还当过生产队长，该是很能干。她到矿上以后，身体却一直不大好，经常熬中药。大概是在农村操劳过度了。有一阵子，她感觉不好，竟提前给自己准备好了"装裹"，就是寿衣。她真是位强人。

我们在那里住了10年。孩子在那里出生，上了小学。霍嫂有经验，没少帮我们逗弄孩子。她家的蔓菁粥、豆沫，邢台山里做法，味道怪怪的，孩子好像喜欢。矿上的生活，还是比山里要好一些。经过几年休养，霍嫂的身体慢慢好了起来。我后来在市里碰到她和大女儿，都很高兴。"身体挺好！""好咦。小马儿，胖了哎！"那时候，她们还在矿上住。

那个矿在太行山前的丘陵，离市区几十公里。我一直觉得，矿区是城市和农村的结合体，生活工作像是城市，人们相处像是农村。我后来到了市里，再后来又来到了北京。各方面越来越城市，可是，与邻居相处，还是有点农村。

每一处都有好邻居，我感到很幸运。那种好，很单纯，真的好。

馄饨馆

我家附近的中街，有许多小店。我常去一家店里吃馄饨，就叫作馄饨馆。其实小店本有字号，也不是只有馄饨。

本来对吃没啥忌讳，也没啥讲究，酸甜苦辣咸，你吃得我就吃得。不挑食，很好打发，也算是有口福了。没想到，有朝一日被建议忌口。发现了这家馄饨馆，北京人在北京开店，做的却是上海馄饨，大如饺子。馅，有虾仁儿、三鲜、青菜等几种，实际都有肉。虾仁儿馄饨是特色，"一个馄饨一只虾"，包时先放整只虾，再放肉馅。分大小份，一碗十个或五个馄饨。我试吃几次，咂摸，忖度，感觉挺好。没问题，放心吃。

春节前，遇到一位大妈。"哪天关门啊？""大年三十！""啥时候开门呢？""正月初三！"大妈不乐意了，"正月初三啊！那我这几天哪儿吃饭啊？"服务员乐了，"过年了，您在家吃吧！"小店如此重要，大妈这年过的，啧啧啧。我可不要依赖上馄饨馆。

馄饨馆终于没能在正月初三如期开门。营业了，先有外卖，后有堂食。店内重新布置，大厅中间空出，餐桌全部靠墙，间隔一米，一客一桌，餐后一客一消毒。疫情防控用心、务实、管用，做得很好。这个春天，街上很是冷清。这家小店坚守不退，供应不断，价格不涨，质量不降。真是一家良心店，也是一家放心店。

开门营业，馄饨馆恢复往日的红火。点餐后，给单子、餐卡、沙漏，"请插卡候餐，超时免单！"十分钟内上齐餐食，是承诺。沙漏计时，有创意。有的客人很"淡定"，很投入地玩手机，饭菜上来后，却指一指漏完了的沙漏。服务员就明白，说声"对不起"，照单退钱。有的客人很善良，看着沙漏里沙子所剩不多，就招呼服务员来，指一指沙漏。服务员就明白，却说声"谢谢您"，热情催单。员工有素质，得体，到位。

小店不大，很用心思，真正来者都是客。偶尔，一对小情侣，点两杯奶茶、几个烤串，小坐。环境也还可以。一位老先生，经常点小份馄饨，取免费泡菜、水果，自备二锅头、花生米，小酌。自斟自饮，有滋有味。最忙碌的是早餐时间，上班的、上学的、晨练的、旅游住店的，急急忙忙，来去匆匆。这一拨看着都紧张。慢节奏的是上下半晌，从公园溜达回来的大爷大妈，可以歇歇脚喘口气的外卖小哥，吃饭，休息，聊天。他们错峰就餐，显然原因不同。有时候还有进京集体上访的，他们在大机关门口坐半天，来了多是要牛肉面或者肥牛饭。米饭可以免费添加，实惠。各色人等，不一而足，都能满足。很佩服商家的经营。

爱屋及乌，我看店员的工装也很舒服很顺眼，颜色样式不落俗套，又像是给每个人量身定制，干净利落合体。店员很职业，对谁都很礼貌，又不失亲切。该是经过培训考核选拔。我想，小店这份工作是他们的生计。

而对我，店里这碗馄饨是我生活的调剂。中街还有许多小店，这家馄饨馆最适合我。在这里，吃得放心，感觉舒服。

罗盘

书架上的罗盘，没来由地引起我的注意。那是我用过的罗盘，旧了，有点儿年月了，拿在手上，像是还带着煤尘，而那煤尘又不会弄脏手。

大学毕业，到煤矿报到，先领饭盆饭票、宿舍钥匙，安顿好了生活，然后领干活的家伙什儿，下井的安全帽、工作服、胶鞋，绘图的三角板、量角器、丁字尺、描图笔、绘图板。罗盘，能顶我当时的月工资，够得上值钱了。我在采掘组搞设计，下井必带卷尺，罗盘可有可无，领导后来认为"下井需要"，也给我一个。

下井是个苦活儿。"三班倒"的工人，常常赶进度"落点"，一下去就十多个小时。技术员要轻松得多，加上我们刚毕业，无忧无虑的，幸福感很强。在黑咕隆咚的井下，我们很能苦中作乐。在"人车"上，一位把卷尺拉出一段，让另一位估计长度，然后用矿灯照亮尺子看数。在采掘工作面，先目测煤层倾角，再用罗盘验证。这游戏，有时可赌一顿饭或一场酒。谁输谁请客，图一乐吧。

我说的罗盘比较小众，叫作地质罗盘。都说那个矿"条件差"，其实就是地质条件复杂，采点煤要付出更多辛苦和成本；煤种还不好，卖不了好价钱。煤层倾角、厚度都不稳定，开掘一条几百米的巷道，从这头到那头，煤层会出现种种变化。我们为那些不期而遇的情况，没少下井一探究竟，罗盘是个帮手。

与"条件差"相应的，往往是"待遇低""工作累"。记得那年，我已经在矿办公室工作，几个退伍兵来找矿长提意见，说话克制，情绪激动，"一天天累死累活的，啥现代化矿井啊！"对下井这活儿，一般人难以预想。其实，没有谁欺瞒他们。就是现在，进步了，更现代化了，煤矿也还是个艰苦的行业。我也知道，"条件好"的矿一切都更先进，有的罗盘压根儿用不上，工人下井很舒适，矿区建得像花园。

井下干活很辛苦，井上的工作几乎也是纯手工。我搞采掘设计，先是描图，从简单到复杂。描图员张师傅，业务特好。她描的图，线条流畅，图面干净，特别是仿宋字非常漂亮。有她指导，我亦步亦趋，老老实实学习。我描的第一张图十分简单，是巷道开口施工图，铺轨道，有道岔。我的第一份工作鉴定，该是来自张师傅的夸奖。不久，通过了描图考察，开始搞设计，依然是从简单到复杂。后来，我熟悉井下的巷道，胜过地面的街道。

回想起来，工作中没有不起眼的小事情。刚刚参加工作的年轻人，做任何一件事情都可能影响今后的走向。决定人生走向的因素很多，而影响决定的主要是自己。所谓口碑或印象，都是点滴小事，日积月累。我记得，当慢慢独当一面了，负责管点儿事了，有时需要安排人下井察看，我会专门叮嘱要带着罗盘，把情况弄准了；有时完成了一项大的设计，我会专门提出请张师傅描图，把图面搞漂亮些。所谓传承，也是在日常中的影响吧。

我没有想过会离开煤矿，大概也不会有意留罗盘作个纪念。煤矿到老家近百公里，我们常带孩子回去。孩子稍大些，有了自己的想法，他说："爸爸，等你老了，矿上就是咱老家。"孩子还真是"以矿为家"啊！意思大概是，他长大工作了，要常回矿上看爸妈。小孩子有意思。我后来几次工作调动，终于没把那个矿过成老家。几次搬家，扔掉或送走许多"没啥用的"，而这个也"没啥用的"罗盘，却几处辗转相随。不是我情有独钟，也不是有特殊含义。是因为个头小，好携带？也不是。缘分吧。

生活中有一些不起眼的东西，不知怎么就成了记忆中的一部分，慢慢成为生命中的好故事。这在当时是不会想到的，所谓无心插柳吧。但是，成就记忆和故事中的美好，需要时时的善念善行。

我的下井情结

煤矿工作，下井是个苦活。我在煤矿几年，没少下井。离开煤矿后，常想起下井那些事。对于下井，不仅不排斥，而且还有点喜欢，甚至，一有机会就想到井下看看。

我毕业后到煤矿参加工作，被分配到技术科，算是矿上的机关。那时候，我们好像很喜欢到基层去，煤矿已是很基层了，我们还更愿意去一线的采掘区队。说实在点，收入高，提拔快。机关科室留不住人，但是又需要有新人接续，那年来了三个学采煤的，都给留在了技术科。

最初下井时，任务是熟悉情况，像极了在校学习。"预习"，提前了解要去的工作面，知道基本情况；"上课"，路上和现场听人说东讲西，掌握更多信息；"复习"，图纸上对照走过的路线，熟悉矿井全貌；"考试"，碰头会上汇报下井所见，接受大家指导。很新鲜，乐在其中。

下井有补助，俗称入坑费。一个月下井13次以上，还发安全奖。刚开始，住宿舍吃食堂，一结婚，就给分了房子。简单、轻松、满足、快乐，生活幸福感很强。

参加工作不久，在井下偶遇矿长。打过招呼，边走边聊。也巧，矿车"落道"了，脱轨，工人正在处理。他停了脚步，我们也站住了看。"上道"不顺利，工人挺上愁。他看了，让把后一节矿车也整"落道"。工人们互相看看，不敢相信，又只好照办。然后，他安排工人站位、扶车、用劲，指挥司机："往前走，碰两下！"碰，就是"点动"电车。三五下，"落道"问题就解决了。看得我很钦佩，矿长能管大事，还要懂小事。

下井苦，最苦的是采掘一线。"三八制"也好，"四六制"也罢，那时候经常会"落点"，不能按点交接班，一个班十几个小时是常事。我有时也跟班，遇上夜班就很难熬。但是，感觉最不爽的，是寒冷的冬天下井。进了更衣室，脱下身上暖暖的衣服，拿出柜里凉凉的工装，如果前一天下井出了汗，更觉工装潮湿冰凉。于是，搓手，深呼吸，默念口诀，"衣服凉，猛一穿"。

学习、交流、调研，我也多次到外面的煤矿下井。有一次到一个小煤矿，听老板一席话，惊得我无言以对。他说从来没有下过井。他听人家说，综采出煤快，省劳力，还安全，就安排买综采支架。可是，他不知道，综采的大名是综合机械化采煤。支架到货了，巷道断面不够，下不了井，如同大件家具进不了门。扩了巷道，井下供电又不够。前前后后一通折腾。这样的事令人难以置信，也难怪人们对煤矿有误会。

我不在煤矿干了，还想着下井。参加安全检查，名单上我不是专业人员，我却把自己当作"老煤矿"。到煤矿了，人家好意安排我在地面转转，我主动要求到井下看看。他们是担心我没下过井，下去是保护对象，反而添麻烦。在许多小矿井，老板们都是"甩手掌柜"。有一次到非煤矿山下井，矿上不信我们真下去，没给准备衣服、胶鞋、矿帽、矿灯。我们将就一下，临时凑了鞋、帽、灯，硬是下了井。这也是我唯一一次不换衣服就下井的经历。

在煤矿的工作经历对我影响很大。机缘巧合，我后来到了高校工作。学校对我而言是陌生的，好在这所学校的主体专业是煤矿，让我又有点亲切感。一天晚上，管后勤的老丁来办公室闲坐。我们提起办公楼几个房间夏天漏雨，反反复复弄不好，还有几栋楼外墙瓷砖脱落，总担心会砸伤人。我就聊到煤矿治水，从渗水处堵，不如从来水处截，要往根儿上找；而在夏季，由于空气潮湿，井下巷道也会有混凝土喷皮脱落，防止砸伤人的措施是"找掉"，主动把松动了的敲下来。他听了，很赞同。不久，两个难题就都被解决了。好多事，理是通的，办法也是通的。

矿区是个小社会，矿井是个大系统。煤矿的不同就在于，安全更显重要，人命关天、安全为天。不管是颟顸人还是蛮干人，温和的还是霸道的，老资格还是新生代，在安全上犯了毛病，被人说几句，哪怕是劈头盖脸的，都得乖乖领教，谁也不敢没理搅三分。我对煤矿工作的突出印象是，冲着问题隐患直言不讳的人，更有威信。

煤矿还有师傅带徒弟的传统。即便没有师徒关系，也会有热心肠的老兄，手把手地教，帮助纠偏，给指方向。下井走累了，在坡头、坡底、硐室歇歇脚、聊聊天，谈的有闲事，也有正事。"择其善者而从之，其不善者而改之。"那些愿意敞开心扉的人，无论他们的职务年龄，都应该视作生命里的贵人。

在煤矿工作，下井才能掌握实情。看煤矿管理到底好不好，不在厕所，也不在会议室，应该在井下，在采掘工作面。工作面，是煤矿的一个点。但是，只顾着下井，只盯着眼前那点事，也可能让人懈怠。下井也要统筹，要带着任务，懂得观察，学会思考，从整体工作出发，为整个矿井考虑，这是该有的管理思维。煤矿，下井，并不轻松。下井，才能增进对煤矿的感情。

煤矿教给我很多。我在煤矿的付出是单纯的，收获却是全面的。我到矿上时，投产10年的矿井，处处都是蓬勃向上的样子。在我最好的年纪，遇到了最好的你，就是这样的感觉。从那时起，我的一切就有了煤矿的印迹。如今，离开煤矿20年了，还想唠唠下井那些事。

看下棋

下棋，"马走日，象走田，炮隔一山打一山，车走千里不敢截"，一学就会，但是，易学难精。我下棋，学艺不精都不敢说，就是个门外汉，臭棋篓子。

"学会下象棋，变成死赖皮。"听这话，下棋极易给人坏印象，黏糊，难缠，没完没了。下棋误事，我对此执念很深。"马踩着车呢！"啥都顾不上了。有人去买菜，回来路上和别人下棋，天过午才散，站起身一拍腿，可坏了！媳妇在家和好了面，等着包饺子呢。众人笑他，改擀面条吧。

下棋的，似乎是些闲人，懒人，不操心的人，无所事事的人。这当然是个误会。棋能经典流传，自是因为无性格歧视，无人格偏见，无规格高低，不拘什么人，都可以有此一好。我想起下两盘时，是在"有点闲"的那样的状态，时断时续，不像是享受下棋的乐趣，更像是用象棋填补空闲，没正经用心学习，也就总没什么长进。

下棋毕竟是个游戏，"看会了"，难免跃跃欲试。高中的一个暑假，同学到家里来，没电视没网络，总不能整天去田里看庄稼，就借了象棋来下。邻居热心肠，提出和同学杀几盘。输了，他说"你同学善于用马"。再下，先把马给干了，也输，他说"还善用炮"。又来，先拼了马和炮，还不赢。这棋下的！生猛而肤浅。

善弈者，善用每一个子。车马炮更重要，善攻能守，称为"大子"。特别是车，长驱直入，最厉害。"车不落险地"，要重点关照，给其有利位置，不可掉以轻心。真走到"丢车保帅"的地步，恐怕棋就难下了。"马换炮，瞎胡闹。"大概是说换棋兑子要有意义，开局就能炮打马，可是，不能那样走。而那些"小子"，也不可小视，残局，兵、卒、士、象都可影响局势，决定胜负。

路边下棋，有一些歪招，"不按规矩出牌"。杀到酣处，棋子掼得啪啪响。"哎，哎，你的车走斜线了啊！"趁机耍赖，熟人老伙计惯用。"将一将，慌三慌。"局面胶着，难解难分，有人就连续将军、将军、将军。扰乱军心，寻找机会，甚至浑水摸鱼，搞小动作。这些，图一乐呵，上不得台面。

"喝酒，越喝人越厚；赌钱，越赌人越薄。"酒桌劝酒，都是喝干喝干、倒满倒满，希望别人多喝一些。赌桌数钱，亲兄弟明算账。你两个互不过账，别人也不答应啊。下棋，爱打嘴仗，都闷声不响的很少，往往是手不停、嘴也不停，进入长考，手停了、嘴也不停。有的嘴很毒，说话刁，不饶人。街边、门洞、公园下棋，很考验人，脸皮儿太薄的，不敢往那儿坐。

观棋不语真君子。不语，难啊！下棋的爱斗嘴，观棋的爱支招儿。有的两边指点，有的选边站队。当局者迷，旁观者清。这话对了一半。观棋，没有胜负心，看的更超脱，有好招儿；观棋，输赢无所谓，想得不全面，有昏招儿。看棋的，有的事后诸葛亮，"你不听，坏了吧！"有的本来随口一说，冷不丁真给个杀招。看破不说破，有人说是智慧、是修养、是境界。到这程度，不是常人，真君子了。还是常人多啊！

也有例外的。在公园见一位，他下棋，面带微笑，一言不发。他棋下得一般，看棋的一边倒，帮他，指手画脚，出谋划策，他这样比那样试，"无可无不可"。我这样的，都忍不住想给他支招儿。他输多赢少，脾气超好，输赢都是笑模样。他对面那位，水平高出许多，稳准狠，利索快，能忍慢性子，敢战臭皮匠，一圈人都是对手，但是，下棋时，连损带催，赢棋了，急赤白脸的，倒像是输了。这也是一绝，绝配。

下棋，总归是看棋力。棋逢对手，将遇良才。这对手，当然是指高手。下棋打发时间，未必都是高手，但是要水平相当，才能玩儿到一起。尽管说，和臭棋篓子下棋，越下越臭，可是两个臭棋篓子，也算是对手，能玩儿得很热闹。这棋大概没法看。两个高手下棋，那种深谋远虑，妙手连连，应对自如，独到想法，我做不到，但看着都舒服痛快。

象棋也早就上了网。最初很"弱智"，不小心主动送将，能把老帅给捉去，很像童子学棋。不过，规则平等，常捉违例，偷棋的小把戏不能用了，超时违例，慢性子熬到别人认输也不会有了。现在很智能了，功能强大。棋力测评，自动匹配棋力相当的对手，基本可知道自己几斤几两。复盘分析，回顾评估主要失误，会发现失掉的机会，留下的漏洞。最大的好处是，棋友招之即来。

我下棋常出错。有时"眼贯不满棋盘"，要么来了机会，一心想着进攻，后方留下致命漏洞，被人抓个正着；要么处于被动，不能跳出圈子破局，难以发现新转机，只顾应付防守。有时"一着不慎，满盘皆输"，煞费苦心争来大好局面，一瞬之间，稀里哗啦，碎了一地。有时吃亏在耗不起上，局面胶着，忍不住先行发动，忘记了闲棋的妙用。

下棋，要替别人想想。两个人下棋，我走一步，你走一步，每一步都有多个选项，每一步都有多种变化。不能只想着自己应该怎么走，还要想想对方可能怎么走。思考选择，推演计算，决定棋力高低。下棋，棋盘前是个人项目，两人对阵，各显其能，棋盘上却是集体项目，车马炮士象卒布局，互相照应。下棋，终究是要争胜负，给别人制造麻烦，给自己创造机会。这就是象棋思维吧。

下棋的人，都会遇到瓶颈，区别只在瓶子大小。有的无所用心，花架子；有的无人指点，野路子；有的走不出圈子，老面孔；有的打不开思维，老套路，总之就那些招法，简单重复，很难进步。玩嘛，就这样了，也还好。如果真想玩得高级，下得一盘好棋，还真得要用一番真功夫。

　　棋盘上的许多话，生活中也说。生活中的许多理，棋盘上也讲。有人就说，棋如人生。在我的生活里，下棋没那么重要。

路边文字

我每次路过同仁堂药店,都会默念门口那副著名的对联,"炮制虽繁必不敢省人工,品味虽贵必不敢减物力"。地道好药,一定是人工和物力兼备,让我对同仁堂的药深信不疑。这副对联蕴含的道理,耐人寻味,越品越有正能量。

在街上溜达,店铺的招牌和墙上的告示之类的,难免会引起注意。一些文字,让人过目不忘,有的颇有哲理,值得咂摸;有的温馨提示,含情脉脉;有的很有喜感,引人发笑;有的随心所欲,个性张扬;有的似是而非,无所用心。

我在邢台街上,见过一个小店的招牌:"丈母娘大锅菜"。大锅菜是当地人的最爱,过年过节,红白喜事,绝对的兜底担当。简单易做,猪肉、白菜、豆腐、粉条、海带是基本食材,葱、姜、蒜、花椒、大料是基本配料,煸炒的油,调味的香油、酱油、醋等各取所需。越简单越是考验。"咱中午吃熬菜吧!"一个熬字,可见是慢炖,"火候足时他自美"。丈母娘大锅菜,是新女婿拜年时的特供吧?这里面有青春的故事。

土味十足的招牌,让人想起悠悠往事,也算是亲情营销。路边文字,有了记忆的联结,就让人产生共情。在小城的胡同口,看到"理发刮脸剃光头,巷子内北头",我想到需要的人,恐怕多是一些上年纪的。"剃头挑子,一头热",难得一见了。这剃头的手艺快失传了。在东北许多地方，看到"吴老二杀猪菜"，我想到那个小品，"瞅我一眼就浑身发抖"。吴老二，不是有后遗症吗？这热度蹭得莫名其妙。

路边文字，也有不走心的。大城市，厕所难找。北京街道上公共厕所不少，但是许多长得古香古色，外地人极易误会，不把它看成厕所。北京欢迎您，为您方便，大街小巷有许多标示"公共厕所"的指路牌。我在一个厕所门口，看到蓝底白字的牌子，中英文对照写着公共厕所，还画有一个箭头，指向厕所，箭头上方的字是"2米"。抬腿都能进门了，还栽个杆子指路，这算是认真，还是不认真？死心眼啊！

新冠疫情防控，常会在一些区域采取管控措施。"非必要，不外出"，耳熟能详，写得明白。各类温馨提示，也就大量定制。高速检查站，见到过那种可移动的牌子，四个超大字"温馨提示"，说的是："请您想明白，离开这里，您可能就回不来了。"这提示，温馨不？人狠话不多，简直是，杀气腾腾。我突然想到了小两口吵架，"你今天敢出这个门，就别想再回来！"

标牌之外，最多的是标语。引导动员，这也算是一大特色。标语，一般中规中矩，通俗易懂，因时因事而变。一些老旧的墙上还有几十年前的标语，学校的"学海无涯苦作舟"，农村的"生男生女都一样"，很有时代感。防控疫情的标语，"早发现，早报告，早隔离，早治疗"，突出有病早治，"勤洗手，戴口罩，少聚集"，强调没病要防。信息化了，标语并没有减少的意思。

放慢脚步，还能看到很个人的文字。我常路过一个老小区，喜欢看看房前小院种的丝瓜，绿叶，黄花，攀爬的藤蔓，大大小小的瓜，看着很养眼。我有时停下来和老人聊几句，有时用手机拍几张照片。有一天，瓜蔓上多了一块硬纸板，手写的大字："哪位将这没长好的丝瓜摘走啦？手真欠！"还有署名，"九单元101"。说的话不温不火，写的字端端正正，真好。我微笑着，想到老人写字时可能的神态。

路边文字，随处可见。各式各样，长短不齐，大小不一，亦庄亦谐，雅俗共赏，这就是生活的样子吧。

我看排序

我看了一部电视剧，剧情不错，三位主演也挺好。可是，在演员名字的后面，却写着"按姓氏笔画排序"。我一想到这句话，不由得就出戏了。

排序，明的暗的，自有他的规则，有的必须说明，有的约定俗成。比如说话吧，有时话不说不明，有时话不说自明。许多时候，话说多了就画蛇添足，或者越说越说不清，甚至搞到此地无银三百两，总之，会有一些出乎意料的效果。

有个故事，不知真假。某位学界名人，参加一场豪华婚礼，听到主持人按职务高低介绍了在场嘉宾，非常恼火，当场痛斥："这种场合也有官本位，如此陋习，令人作呕！"说完愤然离场。故事想说，此公快人快语，不留情面。我倒觉得，是他去错了地方，进错了圈子。

婚礼之中，如何是好呢？若说"按姓氏笔画排序"，闻所未闻，似乎也逃不脱官本位之嫌。此公身在学界，若"按职称高低排序"，别出心裁，倒是显得尊重人才。问题是，有职称的人也是少数，何况职称也有个高低先后，还都要在赴宴前问一句："您是副高正高？哪年上的啊？"没这么办的。婚宴，来的都是客，不必在这上头费心思。

谁会在意名单上的排序，又是从什么时候开始在意的呢？你看学生点名，没有哪个老师特意强调"按姓氏笔画排序"，或者"以成绩高低排序"。尽管事实上也有一个顺序，但是都不说出来，说了就有点搞笑。现在，按成绩排序，还不允许了。

给人排个序，可能是用在官方多些，但不能说就是官本位。长幼有序，序，是一种礼。礼，讲着讲着就有了规矩，有了仪式，有了风俗。比如我们参加聚会，围桌而坐，无论是大圆桌，还是八仙桌，哪儿是主席座、上菜口，谁往那儿坐，就有些讲究。这也是排序。再比如我曾工作的煤矿，干活的最一线，有"占号工"，两个人占号，也要明确一个是号长。这也是排序。

我想到关于排名的另一件小事。见过一份文件，单位通报批评两个职工，他们名字的后面，也有"按姓氏笔画排序"这一句。批评俩人，为啥要特别强调排序？我至今想起来，还是搞不懂。担心他们争先恐后？从没听说过。以示批评严肃认真？反而不严肃。

决定姓甚名谁的不是别人，而是他老子，那么"按姓氏笔画排序"，意思就有点"排名不分先后"。所以，这办法自然就有其适宜的地方，不是哪都好使。什么场合用呢？一是需要排个次序而又不方便排名，二是本来没有次序而怕人误会有排名，可以用一下。

排名不分先后，能有什么误会？在一些事情上，比如提拔、评优等所谓的好事，真的有一份"不分先后"的名单，拿去征求意见，也会有人挑剔说："既然不分先后，为什么他在先我在后？"于是有言在先，咱按姓氏排，也算个办法。

这样说来，强调是"按姓氏笔画排序"，都不是无意为之。有意而为，就会有一些讲究。这讲究，我建议尽量别学，尽量晚学；当用则用，不当用就别用。放错位置，适得其反。

实际上，名单就是一个圈子。不管加入了多少圈子，我就是我，自己的路自己走，自己的饭自己吃。做好自己的事情，过好自己的日子，别说排名先后了，就算不在名单上，又有什么关系呢？

有意思的是，"按姓氏笔画排序"，往往只是在名单上，"排名在前"并不表示"前排就座"。我上大学时就知道，以姓氏笔画，我在名单上一般会在第一行出现，我没觉得有什么好处，当然也没什么坏处。

我不追星，但看剧会关注编剧、导演、主演。我想，电视剧好不好，他们提前已经把了一关。这就是口碑吧，演员好，戏不会太差。当然，因姓氏而排名在先，未必戏演得更好。所以，我说的是怎么看排序，不是怎么排序。

管好一亩三分地

我住的是个新建小区，总体上管理还算可以。当初该是下了功夫，绿化的基础不错。稍大些的树，国槐、古栾树都长得很好。夏日的国槐树下，是老人们乘凉的首选。小区花园，总有人遛弯儿、健身、闲坐，一到傍晚，就成孩子们嬉戏的乐园。

对小区真的没有意见的居民，应该真的没有吧。我前几年觉得，花花草草一年不如一年。每年都有小树枯掉。有棵榆叶梅，树形很美，花开时节，垂枝婆娑而婀娜。那样子很春天。那年，花落后，却没再长出新叶，干掉了。草地就更不景气。有的被疯长的野草盖住，有的被抄近路的行人践踏，有的像是脱发似的露出一块地皮。

没几年光景，竟显出些荒凉来。有洞就补，才能防止破窗效应。这小区，像是要先破而后旧，该是会落入俗套了。我闲操心地这样想过。

很偶然地，我注意到，有几处草地上补栽了月季，花开得很好。草地中，常有人干这做那，浇水、锄杂草、栽新草，给那些树修枝剪叶、修身整形，不紧不慢地侍弄着。总算有人管这事儿了。我问，"这月季从哪儿弄来？"他说，"这好弄，一年要剪几次枝，选一些，栽上就活了。"说得很随意，简单，平常。

慢慢觉得，花草树木时来运转似的，又重新占领了草地中间、小区边角的空地。小区的绿化，没再一路败下去。遇到贵人了。

这一切，就因为新来了一位花匠。我和他有过几次聊天。知道他姓王，家在山东聊城农村，有两儿一女。孩子大了，就松了口气，出来打工。先是当保安，机缘巧合，又开始管绿化。他说到孩子："能帮多少就帮多少，还得靠他们自己。"说到绿化："这些都是眼前的活，没啥难干的。"我说："你这是花匠，园丁，也是技术。"他谦虚地笑："啥啊！也没学过，上心就行。"他有点把这里当成责任田，很上心地劳作着。

　　我住过来有10年了，老王管绿化得有5年了。他干得正是时候，在草地"要起坏了"的裉节儿上。听其言，观其行。我觉得这人心里想干，眼里有活，手上有功。草地上的草又重新护住了地皮。这些草都没花钱，他说："杂草要拔，好草要间。间下来的草，哪儿有空地，就栽上些。"一点一点移栽，年年有进步。他务实得很农民。

　　那天，我见草地边上多了些竹篱笆。竹竿都还是翠绿的，高度到膝盖吧。小小篱笆墙，给小院增色不少。"你这活干得漂亮！"我玩笑说，"提档次，弄不好房价都会涨点。"他不关心这个，"等有了竹竿，把剩下的几块地也扎起来。"我问他竹竿哪来的，他说："隔壁甲六号院，他们砍下不要的，我给弄回来了。"因陋就简，也算是化废为宝了。一般人不会这么干。

　　篱笆扎得很讲究，上下整根的横竿，稍微粗一些的立竿，左右斜交的短竿，立竿、短竿、横竿结交处用细钢丝拧紧。听老王讲，实际上，篱笆是编起来的，要点在短竿的布置。短竿长短、间隔、倾斜要均匀，向左倾的与向右倾的要首尾相交，中间和首尾相交处要里外相反穿插。这样，竹竿根根都较上了劲，篱笆才是一个整体，很牢靠；短竿组成对称的、相连的菱形、三角形，短竿中间交点又在一条线上，很整齐。原来这么多门道。

　　被竹篱围了的草地，少了不礼貌的打扰，没过多久，就显得更加滋润一些，长得很茂盛。邻居们也注意到这篱笆，有的聊天时，冲着那草地说，不白下功夫，还真是不一样。

我就问，领导平时管不管，多干了有没有奖励啥的。老王的想法是，好赖都是干活儿，为啥要叫别人挑毛病？这是个要好的人，图的倒不是奖励。他说："活儿做不好，自己看着心里别扭，要是被当头儿的说两句，那更别扭。"

他这说法，帮到了我。楼里的保洁，墩地很不讲究，每次地皮见湿，经常异味冲鼻。就如当年街上扫地机，轻易变身"扬尘机"。做了保洁，带来污染，搞形式，哪儿都有。我给保洁提过，不听。这回打电话找管事儿的。人家轻车熟路，客套之后，马上就办，"您甭管了，我来安排。"在这儿，他们的话好使，问题很快就解决了。多聊聊有好处，容易捡个好思路。

不知为什么，沿着小区围墙，留下一些空地。今年春天，来了机器，把地刨了，又拉来几车新草、冬青，十多个人，大张旗鼓，来了个绿化全覆盖。遛弯儿碰上老王，我请教："能活吧？"他很肯定："咋能活哎？活不了！"直摇头。后来发现，栽下的不少，活了的不多。

不计成本，不问结果，这像是公家做的事。能留下的，大概只是年终总结里的一句话吧。老王这人不来虚的，不归他管，他也不多说。是啊，不要说他这干具体事的，不论是谁，能把自己该做的做好，就是很好的担当了。

事情要做好，需要一些条件，人是关键。事情做不好，会有一些原因。这要是从人身上找，有的是能力低、不会干，有的是标准低、不知道啥是个好，有的是管理差、干成啥样算啥样，故意不好好干活的人，也有，很少。

管绿化的老王，很朴实，身上还带着点乡土气，一个精明的老实人。他十分普通，很本分地做着平凡的事。该做的事，尽力做好，心安理得；管不了的事，多说无益，少发牢骚；需要找人做的事，孩子哭了给他娘，该说给谁就跟谁说。做事明白，活得清楚，人到这程度，烦心事就少了，舒心事就多些。

我们大多有这样的体验，许许多多的新小区，用不了几年就会破败不堪。这变化往往从绿地开始。先是草木退化，在自生自灭中不断减少；然后就有人占用，被分割成私家车位、菜地、小院；最后绿化、停车、卫生、秩序、环境全面退步，整体上归于脏乱差。我曾认为，投入不足，一般难逃厄运。

可是，老王肯投入，当然不是投钱，他该干的能干的，动了心思，下了力气。就凭这一点，我对老王说："你是过日子的一把好手。"在这点上，他很自信："不吹牛，他们干活儿一般比不上我。"老王的勤劳，保住了小区的小环境，说不上很好，也还不那么坏。

平凡小事中有生活的智慧。平凡的人往往告诉我们深刻的道理。做好自己的事情，就是最好的贡献。农村人老王，对小区有贡献。也许，他并不这样想。一分耕耘一分收获。管好自己的一亩三分地，庄稼人信这个。

希望老王在这里多干几年，我们小区的绿化更好些，他们家的日子也更好些。

保安的哲学

每天都在关注疫情。疫情防控是一场大考，是一面镜子。这次很公平，每个人都要被这场考试考一考，被这面镜子照一照。考场和镜子有许许多多。在城市，小区是一个考场，门口有一面镜子。

小区封闭管理，通行证多次升级。通行证，越来越正规，不再是一张小纸条，俨然一个永久卡，卡片背面提示着"众志成城抗疫情"注意事项。门口的保安，检查得也越来越认真，居民出门买菜回来，都要重新验明正身，测量体温。

保安的流动性很大，换了一批又一批。我和这一批保安更熟悉，完全是因为疫情防控，出来进去都要打招呼。出门时，他们说上班去啊，或者说锻炼去啊；进门时，他们会问带通行证了吗，或者说咱量一下体温。

那天下雪，保安站在雪地里，制服显得很单薄。我说，你这穿得有点少啊，可别冻感冒了。他笑了，眼神里满是亲切，语气轻松地说，习惯了，没事。他接着夸我，你遛弯儿这习惯真好，下雪天也不耽误，走路可得当心。

我们两个不知道对方名字的人，互相关心地打着招呼，然后各干各的，我走我的路，他站他的岗。我要是说，那一刻雪地里好温暖，纯粹是矫情的忽悠。但是，你一言我一语的"废话"，起码是开心的。现在想想，心情都是愉快的。

小区门口的不开心，往往是因为保安的"哲学三问"。你是谁、从哪来、到哪去，保安一不小心，就会问出某些人的优越感，一言不合就开骂。某些人是极少数，但是同样的剧情时常上演。

疫情期间，严要求与不适应迎头相撞，有些人和保安的冲突更频繁，更激烈，话说得更难听。

有些人对保安表达优越感，往往开口就用升调说出，"我在这里住8年了！""你管我是谁！"显示自己高人一等，自然就会端着瞧不起人的架子，颐指气使地训斥保安，"德行！""样子！""外地人！""看大门的！"最后的总结，一句话，"管得着吗你？！"

小区门口，主角应当是保安。不过，在门口的争吵，保安又往往是配角。保安被数落急眼了，也没什么新话，无非就是"请你配合请你理解"这一类。不是命令，不是要求，更多的时候像是乞求。职业和生活限制了他们的想象力？也许。

任何的冲突，结果都没有皆大欢喜。任何人在小区门口与保安的争执，都不涉及任何利益，结果也都得不到任何的好处，只有都不痛快。

保安在岗，工作认真有什么错呢？不认真才不应该。

大地回春，天气很好。披发缓行，信步广庭。公园开放，但是坚持入园测体温。我感觉公园门口测温效率很高，行人几乎不用停下来。那天瞄一眼测温枪，显示数字22，测过我的，还22，扭头看下一位，也22。我笑对小伙："这可不得了。"小伙笑答："今天太冷了。"还有一次，看一眼测温枪，显示三个短横，没数。我看小伙，小伙正招呼下一位："入园测体温，拉开距离啊！"哈哈，演得真真。

回家，小区门口保安攮着测温枪打招呼："回来了，咱量一下。"我撸起袖子一伸手，开玩笑："这一天得好几枪，咱再来一枪。"

想起公园门口的虚晃一枪，和小区的保安聊了几句。他说，"量一量不费啥事，为咱小区好。"

应当提倡认认真真，但是大可不必凡事都较真。有些事，风一吹就散了，一转眼就没了。有些事，这样看不可理解，那样想恍然大悟。公园的保安有他的变通，小区的保安有他的坚持，我们都得适应或将就。生活不易，学会寻开心，善于找快乐。那是我们生活的一部分。

　　生活本来充满快乐。有人说，烦恼都是自找的，所谓自寻烦恼，找不痛快。我很看不过公园门口保安的虚晃一枪，但也只好选择笑对。我内心里感谢小区认真的保安，尽管有人嫌他们麻烦，但是我会给他们善意。

好觉好梦

　　一夜无梦、一觉睡到大天亮、一觉睡到自然醒，常常形容睡了个好觉。说是睡得好，后两个好像好理解，躺下就睡，睡得很香很深，一夜之间没醒。一夜无梦也说是睡得好，开始领会不深。梦想成真，好觉好梦，多好啊！怎么无梦也是好觉呢？原来，失眠和多梦是有联系的。许多睡不好的人，就盼着一夜无梦。

　　睡不着，睡不好，有时是因为自己。太闲了，不累不困，反倒无事生非，容易睡不着。所以，养生的建议就说，适当地运动，晚饭后散散步，也可以睡个好觉。但是，太忙了，累得要命，也容易怎么躺都不舒服，睡不下。所以，就有个说法，少喝点酒，或者洗个热水澡，热水泡泡脚，解解乏，可以很好入睡。还有，杂事太多，心事重重，躺在床上思前想后，睡不着，即便是看起来睡着了，做梦梦得很辛苦，睡觉比干活还累。心宽的人就谈经验，"头一挨枕头就着"，什么也不想，才能睡个好觉。

　　总归是，睡不着睡不好，可以找找自己的原因，从自己这儿想点儿法。

　　睡不着，睡不好，有时是因为环境。睡觉要有个好环境，很好理解和体验。比如阳光刺眼，很难入睡，所以许多人卧室的窗帘要能遮光。窗帘管用了，午睡都可以很好，早晨也可以多睡上个把钟点。周围的人也是环境，楼上太吵，院外太闹，都让人睡不着睡不好。有时想要早早上床，补补觉，偏偏有人在院里的树下烧烤，如果某人"嗨点儿"比较低，两听啤酒就可能嗨皮得又唱又跳，或者某一位邻居，夜半发生点儿冲突，桌椅板凳乱响，小夫妻沟通一声低一声高，这时候恐怕要练练修养，静静地听，慢慢地耗，什么时候熬得他们歇了才好睡觉。

一般来说，人一天要有三分之一的时间用来睡觉。算一算，睡觉还真是一件大事，睡不好还真是一件大事。失眠很痛苦，痛苦得无法形容。睡个好觉很是幸福，幸福得无法形容。偶尔睡不着睡不好，无论是自扰还是他扰，都不必太过计较，好与不好都是丰富多彩的一部分，说多了显得矫情。长期睡不着睡不好，除非自己是特殊材料，否则还是要认真想个法子才好。毕竟睡得好也是一种好，有谁不愿意好，不愿意好了还更好？

所以，睡不着睡不好，自己的因素排除了，还要尽量在环境上搞搞，有一些容忍，更要有一些改造或创造。休息好，身体好，才能工作更好，生活更好。小不忍则乱大谋，但是长期忍又可能"逆转本性"，忍出这样那样的病来。

凡事有度。睡觉，乃至睡得着睡得好，也有一般的属于必需的健康的标准，这个标准属于大多数人的一般化的正常性的需要。

有一幅画，记录周恩来总理连续30多个小时没合眼，接下来有外事活动，在卫生间刮胡子时睡着了：总理垂落的左手下，有一条面巾，他微屈的右臂，手里仍虚握着沾有肥皂沫和胡子茬的刮脸刀，他就歪在镜子前边睡着了。史料说，长征中，连续的急行军，红军战士难得有个囫囵觉，一停下来就会睡着，站着都能睡着，甚至行进中走得慢了都能睡着。

偶尔，被人打扰了好梦，也算不上什么。大可不必有"起床气"，翻来覆去睡不着，也不必非要躺着数羊。可能，失眠也算是"清闲病""富贵病"？忙碌的人，或者说充实的人，心静的人，或者说纯净的人，不失眠。当然，没有谁愿意整天忙碌或回到贫贱，但是，谁都可以做出一些积极的改变，哪怕是为了睡个好觉。

微笑游戏

"吾日三省吾身"，检讨自己"不忠乎、不信乎、传不习乎"，这似乎在纯粹地找自己的"不是"。推而广之，往平常了说，今天或今年过得好吗？工作顺吗？在找"不是"知不足的同时，也不妨找找"是处"，尝试自足的生活。

见面寒暄，大多会是"好着呢""挺好的"。其实，不管好不好，还不都是图个好。有一次外出，偶遇久未联系的老友，都很高兴。站定了，我刚问了句"最近怎么样？"不想这位老兄却说"别提了，大病一场，逃过一劫"。说得轻松，就像是告诉我"昨天大醉，已缓过劲儿来"。我有点意外，未及多问。他谈笑风生，一如往常。"还好还好，都多保重啊！"匆匆别过，竟不给我关心几句的机会。这老兄，把"不太好"说得"也还好"。洒脱，看得开。

"今天你微笑了吗？"这小游戏，有点鸡汤，又很深刻。说来很有意思，心理学的试验说明，微笑让人感到快乐。人逢喜事精神爽。这么说，心里愉悦，脸上才有笑容，高兴时，脸上会乐出花儿来。一般不会想到，闲来无事或忙里偷闲，有意地让自己面带笑容，也会感觉心情很好。所以，这个小游戏，是个"快乐操"，都可以试一下。

面对一些不如意事，大小坎坷波折，不要用许多"如果"增加懊悔，"笑对"才是对的。也许，笑一笑，会有意想不到的收获。

好不好，有一定之规。有时候不得已，需要退而求其次。我那次查体"中奖"，发现情况。医生说，"很幸运"，甚至说，"有时候真希望父母体检是这样的情况"。一开始，我感谢医生的敬业，也对这"职业性安慰"将信将疑。慢慢地，我了解的多了，知道那次查体的关键，再早些可能发现不了问题，再晚些可能问题就大了。因为刚刚好，真是"很幸运"。医生不过是就事论事，"职业性解释"。

许多事，明白了，也就释然了。遇到不好的事，能积极地从中看到一些好，这就是笑对人生吧。

止于至善，大概是三省吾身的追求。然而生活中哪有什么尽善尽美啊！记得老人们常说，人活着就不能全舒心。这话常用来劝人，遇到不舒心的事，别太把它当回事。前几年流行的"天空飘来五个字"，该也是这个意思。只是，一个更生活，一个更戏谑。

谁都有感觉不爽的时候。无论遇到怎样的不顺，都不要怨天尤人，更不要缴械投降。不舒心不爽快之后，还是要坦然自若，抖擞精神，再出发，往前走。

"无灾无难到公卿"，苏东坡这诗句，是一句祝福语，更是一句牢骚话。然而他在自叹"我因聪明误一生"之后，又说"雨中荷叶终不湿"，道出不会自我失落的志节。我就想，对我们的境遇，对我们的努力，如果不是"特别好"，希望也能是"我看行"，最起码的也该是"尽力了"。不尽如人意，也莫自怨自艾。

反躬自省时，只要不是自我麻醉，来一点自我感觉良好，未尝不可。许多时候，我们需要自我宽慰，自我激励，自感满足。这自足的生活，是积极的，是快乐的。

非典型婚事

老家的亲戚朋友，还有一些联系。他们讲事情，家长里短，这家那家如何如何，都是曾经熟悉的人，都是鲜活的故事。故事之中有是非好坏。婚事是件大事，也是绕不开的话题。

彩 礼

一个远房的亲戚，父母离婚了。孩子很精明，常年在外打工。家里穷，该寻媳妇了，还住着爷爷的老房子。好在孩子争气，认识了一个好女孩，不嫌他家穷，也不要彩礼，但只有一个条件，结婚后要有一个"窝巢"，家里房子要翻盖。

说来，他真算是幸运。

在农村更多的是，结婚时，房子要新盖，汽车要买，彩礼要单出。算下来，怎么着也得花费三五十万。这在一些富庶的地方，也许不算什么。但是，如果无厂矿、无企业，单靠地里的粮食和打工的积蓄，几十万元真不是小数目。

必备的彩礼，有些家庭，咬咬牙就拿出来了，然后再拼尽全力去堵窟窿。另一些家庭，压根儿都不敢想，那是个一眼望不到头的数字。对彩礼望而却步的，就没有了下一步。

这现实，有点儿残酷。

婚　宴

看到一则消息：农村禁止婚宴大操大办。村干部与村民发生冲突，村民说，干吗管这事？

说起来，农村的传统婚宴，的确很壮观。在大街里，或在空地上，露天摆上一长串或一大片桌子，男女老少三四百人，热热闹闹，又吃又喝，很是少见的一道风景。

然而，这婚宴背后，是还不完的人情债。出礼随份子，一家有喜，全村出动。原本古朴的民风，似乎正在演化成陈风陋习。大家都反对，大家都照办，送出去的要收回来。生生不息，恶性循环。

干部们有了婚丧喜庆事项的禁令，于是，往下延伸，村民们怎么办喜事，也开始有人管。但是，事情往往从一个极端走向另一个极端。一些地方已经要求，结婚吃饭禁止"坐席"，说白了，不准动白酒、不准摆桌子、不准上盘子。

婚宴就变成另一番景象，一大街人或一院子人，或站或蹲，一人一碗，一人一筷，边吃边聊。想想也是恓惶得可笑。

这还是婚宴吗？

光　棍

好多地方，一个村子2000人算是平常的。成百上千的人，有几个人寻不下媳妇，打了光棍儿也不稀奇。

据说，如今不一样了，在一些村子，同一茬的小伙，会有几十个找不着对象。危言耸听？绝不是。

我闲谈时，不经意地提到："他家孩子有媳妇了吗？"得到的回答常常是："那孩子恐怕只能打光棍儿了。"他们扳着手指算账，这个岁数的男孩，全村有二三十个，而小丫头只有三四个。"你想想，能寻下媳妇的，得是家里条件好的啊！"

不要指望找外村姑娘了，十里八乡都是一样。除非家庭条件特别优越，多数孩子注定是要打光棍儿了。这是谁的痛？

这问题，当下该如何解决呢？

离　婚

朋友圈见了一篇文，说是一些地方的农村，近年的离婚率50%。也许不那么准确。

我听到的真实故事是，小两口刚刚闹点小别扭，女方回了娘家，上门说媒的马上会踏上门槛。来说媒的，是多么盼着小两口早离快离，会讲出多么极具诱惑的前景，让女孩抓紧找下家。这主动得太过了。

农村人，亲戚连亲戚，彼此熟悉，知根知底。说媒时，每个人的上下、前后、左右，光辉业绩或是斑斑劣迹，都在选择取舍之间。

古训说，"劝合不劝散""宁拆十座庙，不毁一桩婚"。

是非对错，如何定夺？这个不应当是问题。现在，偏偏是个显而易见的问题。

复　婚

一些故事，似乎在告诉我们，结婚是物质的，离婚是物质的，所以，复婚也是物质的。

有一对小两口，过得好好的。女方娘家有些特殊情况，需要格外照顾。丈母娘提出要求，小伙子没有满足。不得已，最终离了。

离婚后，女方家挑来选去，终于有一个男孩答应，愿额外再出8万块钱，给小舅子买辆车。

离婚后，男方一直不甘心，密切关注着女方的动向。当他知道了8万块钱的条件，一狠心，毅然准备了10万。登门，摊牌："咱俩复婚吧！"事情就这样反转。

问题是，姑娘，哪里是你的家？将来小两口过日子，谁来挣回这10万？今后如何与婆家相处？如何与娘家相处？

　　故事，有的绝无仅有，有的似曾相识，有的抓住一点、不够全面，有的先入为主、主观性很强。既然发生了，被当作谈资，就让人想些什么。

　　后记：一位朋友读后留言：经常看一个纪实性电视节目，里面的很多案例是结婚没几年要离婚的，原因有各种，但寻求帮助的都是男方，希望和好。更多的案例是不养老的，我觉得，这种婚姻容易导致不养老。

防震记忆

　　从小学到中学，由于地震，曾经有几次睡在场院里、操场上的经历，给我留下深深的防震印象。

　　小时候，农村住的还多是土坯房。四面的房墙，里面是土坯，外表是立着的砖，形象地称作"表砖房"。都是平房，夏天纳凉，也常常睡在自家院里，或者房上。那房子不坚实，很难抗震。记得唐山地震后，为了防地震，都不睡在屋里。几家邻居，大人孩子，相伴着睡在空场院里，或听着故事，或伴着雨声，或数着星星，这是我最深最早的防震记忆。

　　读初中时开始住校。那年秋季，一天夜里闹地震，大家都被叫醒。我们两个班住一排平房，一百多个十几岁的孩子在宿舍外面站了一地，有的惊恐，有的嬉闹。第二天，学校接到上级要求，做好防震。于是，我们全校学生睡到了操场上。那几天，已经满头白发的老校长，每天夜里都会来看我们，嘱咐我们不要悄悄回宿舍睡觉，晚上要盖好被子，不要着凉。过后，一位同学写了一篇作文，记述了这次防震过程，夸赞了我们的老校长。现在想来，老校长真是很负责很细心。

　　读高中时也遇到过两次小的地震。一次是冬天的周末，一些同学没有回家，半夜里被地震惊醒，光着脚赤着身子就跑了出去。学校宿舍正在改造，我们班住在老礼堂的舞台上，有同学就从二层的窗户跳了出去。惊魂未定中，同学们七嘴八舌说着谁先醒的，谁警觉性高，谁睡得太沉。待到确认平安无事，要回宿舍睡觉时，才发现脚下的冰都被自己焐化了。另一次地震，正在上课，突然看到教室里的灯管晃动，有人惊呼"地震了！"大家呼啦一下就跑了出去。这两次，我们没有再到操场上睡觉，不知为什么。

类似这样所谓有震感的地震，还有几次。

读大学后，离开了家，到了外地，没有了半夜被震醒的情况，也才在学习中知道，原来不是每个地方都有这样频多的小震。刚到大学时，一位老师在课余聊天，问我是哪里人，我说是河北邢台，老师脱口而出，"知道，那里爱闹地震。"真是无言以对。没有爱这个的。老师的意思当然是，因为地震才知道了邢台，或者说除了地震并不了解邢台。

在唐山地震前10年，1966年邢台发生地震，是新中国成立后发生在我国人口稠密地区、造成严重破坏和人员伤亡的第一次大地震，周恩来总理三次亲临震区。

邢台地震20年后的1986年，我到当年地震的中心区隆尧县白家寨，还能看到地震留下的印迹。在隆尧县东部，白家寨附近的几个村子，许多村民还住着地震后建的抗震房。与以前的"表砖房"不同，抗震房都是砖房，不用土坯，原来墙外表的立砖和墙里面的土坯，都由平放的砖来砌，另外就是房子比较矮，房间跨度也比较小，看起来也比较坚实。乡亲们形象地称作"卧砖礅"。在隆尧县城，同学的家里还保留着抗震床，我多次到同学家里去，都是一起睡在那抗震床上，去得多了，由新鲜到习惯。

抗震床也好，抗震房也好，既是一种防震方法，关键时候能发挥很好的作用，也是一种防震教育，经常提醒我们不断强化防灾的意识。目前，得到公认也容易理解的是，小屋子要比大跨度的屋子抗震好。同样一座建筑，比如大会堂或大厅，门道那一块儿相对比较安全。从抗震角度来说，大空间、大空场比较起来，就不如小门道更安全。再比如地震来临时，桌子底下小小的空间就可能救人一命。

1966年邢台，1976年唐山，相隔10年的两次大地震，也许是那个时代外界对河北的最深印记，这也就是大学里老师所说的"爱闹地震"吧。随着教育的普及，信息的便捷，人们对地震了解得越来越多。特别是2008年汶川地震之后，自2009年起，每年5月12日为全国"防灾减灾日"，我们对防灾减灾更多了一些关注和投入。

　　灾难来临，我们众志成城。灾难过去，我们面向未来。

抽烟与戒烟

抽烟需要学，但往往是无师自通。记得从前，小孩子偷偷抽烟，常被教训的话是"不学好"，多说一句就是"这赖本事，一学就会！"对别人递过来的烟，推辞不要时，一般是说"我不抽"，或者"我不会"。前者可能曾有尝试，后者该是从没学过。

抽烟好像是成人的特权，特别是男人的特权。开明如今日，女士抽烟还是会被侧目，在包容现代的大城市也不例外。成年男子抽烟，似乎理所当然。"每月工资只给自己留个烟钱"，这常常是顾家节俭好男人的"标榜"。照这话，抽烟不算啥毛病。"士不吸烟饮酒，其人必无风味"，不抽烟反倒显得寡趣。

我从小对抽烟的印象不坏。小时候，冬天屋里生了炉子，大人围着炉子抽烟，小孩子偷空玩火，会把干了的丝瓜蔓啥的折一截，点上模仿抽烟。小学老师曾在课堂举着一盒火柴说，"有同学分不清紫和柴，看见了吗？柴字下面是木。"他兜里装火柴，是抽烟用的。初中有位老师，抽不带过滤嘴的那种烟，一支接一支。他是真"接"，用食指和拇指把烟卷一头搓松，另一头在桌子上猛地一蹾，松了的烟丝就掉出来一些，这一头和正抽着的烟一对一拧，就接上了。他那烟接得非常完美，抽半天只扔一个烟头。高中时，班主任有一次晚上查寝，进宿舍就说，"谁刚才抽烟了啊？还是外香型。"我们很佩服，老师真厉害。那个年代，抽烟的种子早早地就给撒下了。所以，在抽烟上，我有点早熟。

"醉之以酒，而观其性。"不光是酒，抽烟也可以察人。有人只抽一种烟，换烟抽不惯；有人兜里三种烟，看人下菜碟儿；有人慷慨大方，掏出烟来会散发一圈；有人护着"口粮"，悄悄地从兜里摸出一支自己抽。有的人点烟，大模大样地坐着，自己或是别人打着火，慢慢递近嘴里叼着的烟，惬意享受地吸上一口，这形象，起码是小圈子的C位担当。反过来，火就在那儿，点头哈腰地凑过去点烟，这是典型的小弟。大人物"用火找烟"，小角色"用烟找火"，不妨试试。

成长为一个烟民，有这么几步：呛嗓子、辣得慌，抽完一支头晕恶心，好像缺了氧，别人不提，自己不想；咋都行、兜不装，抽不抽都不太在乎，俗称"半截烟"，有时不抽，有时猛抽；挺过瘾、真挺香，深深地吸每一口，感觉很享受，乐在其中，赛活神仙；离不了、时时想，只要醒着就想烟抽，生活一部分，烟不离手，里外熏透。走不完第一步，入不了这一行。这第四步，离不了、时时想，是合格烟民的验收标准。

奇怪的是，抽烟的人大多都试着戒烟。原因大致是抽烟不健康、不安全、不经济。戒烟最容易了，一天能戒好几次。这是玩笑话，正说明戒烟不易。戒烟成功的人，让别人很佩服，认为有了不得的毅力。戒了又抽的，倒是很多，他们的"经验"是不如不戒，因为"后来又吸了，吸得更多"。戒烟成了"闭关"修炼，越戒瘾越大，那是不应该戒。

我上大学时，班里全是男生，笑称"和尚班"，抽烟的不在少数。那时我已经关注到戒烟。我参加全省英语演讲赛，决赛出现平分，加赛发挥超好。当时我说，抽烟是个坏习惯，要戒烟除非两个人说必须，一个是老婆，一个是医生。我把两个必须区分为 must 和 have to，讲得绘声绘色。一位评委，手里正夹着烟，自在地吞云吐雾。他给我打了断崖式的低分，虽招来了现场一片嘘声，也成功地把我拉成了第三名。我犯了他的忌讳。当时想，我不该谈烟，而不是他不该抽烟。

那只是一个比赛，戒烟纯粹是临时起意的话题，用来说明习惯的力量。我当时并没有要戒烟的想法，后来到煤矿工作，抽的烟更是加量又加价。煤矿下井的人，有个似是而非的说法，抽烟可以帮着把吸进的煤尘咳出来。这自我安慰，很不科学。井下工作几个小时，绝不允许抽烟，也不允许带烟下井。许多人升井后就想吸两口，进澡堂打开更衣柜，没脱工作服先把烟点上，洗澡时头枕在浴池沿上，斜躺着泡在热水里，脸上的表情"痛苦得很舒服"，是水很热，也是烟很好。我那几年的抽烟，是被环境熏陶了。

我存着一个空烟盒，作为成功戒烟的记录。那烟名曰"荷花"，烟盒主体是绿色，中部黄色打底，正中是荷叶衬着荷花。我们的烟盒画面温馨，大多都很养眼。里面的锡纸上，有我写的几个数字，那是一个日期，表示那天抽完了那盒烟。从那天起，我戒了烟。

那样的数字，我之前写过多次，有点惭愧的是，"总把新烟换旧盒"。内心的想法大概是，只要不过分，可以少抽点。其实再往前，我有过第一次成功戒烟，但是毫无理由地，8年之后我又吸起来了。从实际经历看，我觉得，戒烟就得干净利索，所谓慢慢减量，根本靠不住，只是给自己抽两口找个理由。

戒烟的过程，说不上痛苦，起码不咋舒服。我要是谈点经验，应该是：下决心、真想戒，无论什么原因，都要发自内心，要自己想戒；利索快、不拖延，别想着选什么好日子，也别尽量少抽点儿，要马上就办；好环境、利于戒，不往抽烟的人堆里扎，别考验自制力，要远离烟友；不尝试、防反弹，如想着抽两支无所谓，有可能功亏一篑，要不再招惹。

真到了有一天，谁递过来的烟也不接了，甚至谁抽烟自己都心里抵触，哪怕离开了那个场合，还感觉满身烟味儿，需要换身衣服，乃至洗个澡，这时候，心理上受不了烟了，戒烟才算通过验收。不抽烟了，整个人都清爽了，真是舒服多了。

当年，是尽力为抽烟创造条件，提供方便。机场车站里的抽烟室，火车汽车上的烟灰缸，曾经是高级的标配。去谁家串门，主人即使不抽烟，也会拿出烟来待客。现在不同了，带顶的地方都禁止吸烟，更有像学校、公园、医院这些地方，即使院里空地上也不允许吸烟。尽管执行得不咋好，但是对打算戒烟的人来说，大环境是非常地利好。

在抽烟这件事上，是整个大形势变了，也是我这个人变了。抽烟，已不感觉那么有面儿。戒烟有好处，已是大家的常识。现在的烟盒上都有两行字：尽早戒烟有益健康，戒烟可减少对健康的危害。

走近煤炭

当我走进地下八百米，似乎进入了一个黑白世界。矿灯晃动，一道道白亮亮的光，像是一把把利剑，划开四周黑黑的包围，又落在黑黑的煤壁之上。煤矿深处，在我人生中留下了深深的烙印。

每每想起在矿井下的情形，我就一次次深深地感知，又一遍遍深情地赞叹，我的矿工兄弟，他们是那样的不易和崇高。我也常常在闲谈中，提到矿山的事情，自然绕不开谈煤说炭，那情绪，该是有一丝丝的隐痛，更有很真诚的礼敬。煤炭啊！我在有意无意地把你宣扬，为你正名，为你请功，为你歌唱。

煤矿井下，开采煤炭的矿工，那辛劳的场景，看上一眼，就会让人记忆终生。

采访矿工的摄影家，似乎更喜欢用黑白影像。这是我的错觉吗？还是说这是最适合的记录手段？在那些黑多白少的照片上，我看到的是明眸皓齿，我看到的是黑暗中的光明。那些矿工，他们是被黑色包围着的，如同是在走着长长的夜路；他们的头顶是亮的，那是一盏驱散黑暗照亮前路的矿灯；他们的眼睛是闪光的，那是心怀梦想护佑平安的心情；他们的牙齿是白的，那是他们显示力量不惧困难的坚韧。那是怎样的印象！

矿工，这是一群鲜为人知的人。有人称他们煤黑子，有人叫他们走窑汉。有人为他们哀叹，"谁人知道采煤苦""唯患伐取艰"，有人为他们讴歌，"正是为了地上的温暖与光明""他们像最好的煤一样燃烧"。他们工作在地底，那里没有阳光，只有灯光，那里可以呼吸，但没有新鲜空气，那里只有爷们儿，那里单调、乏味、压抑……

矿工，为探寻光明走入黑暗，为采取温暖走入湿凉。他们习惯了把自己藏起来，有时默默无语，他们学会了苦中作乐，有时高声大嗓，他们忙碌着，欢笑着，挥洒热汗，把青春奉献。他们的工作，太特殊了。

煤炭，多少个日子啊，你在地心的深处，静静地，沉睡着。你像是被佛祖施了咒语，遭受比那只猴子还要重的惩戒，五指山太轻，五百年太短，你被压在深深的地下，长长的亿万年。你等待的，不是路过的取经人。你需要的，是勇敢的盗火者，是那些愿意暂别光明，冒着种种风险艰难，敢于大胆亲近你的矿工。

开采煤炭的矿工，像极了煤炭。你们是同样沉稳的性格，"一对沉默寡言人"，你们有同样黑黑的颜色，被人嫌弃"颜如灶底锅"，你们有同样炽热的内心，被人赞扬"内心藏着一团火"。这也许是你们的宿命吧？或者是你们的缘分。

当我靠近你，走进你，细细端详你，依稀还能看到你往日的模样。你啊！你来自茫茫无际生机盎然的大森林，你原是挺拔雄伟高可参天的凌云木。你的祖辈，一代又一代，前赴后继，潜身归土，一层复一层，掩埋沉积，沉积掩埋，终于，远古的绿洲成为今天的煤海。

树变成煤，是别样的脱胎换骨。形变了，色变了，你的模样不再可爱，看起来就是一块石头，冷冰冰的，黑乎乎的。你的小名就叫过石炭吧。你躲进大山深处，埋在穷乡僻壤，你的外表那样的黑，样子又是那样的丑。多少人说你来自另一个世界，又有谁会不惧路途艰险，去一睹你的容颜。多少人怕你弄脏了他们的手，又有谁会放下他们的身段，放下对你的憎恶厌烦。

煤炭，是你的俗称，也是你的统称。在汉字中，煤的本义是"烟尘"，"烟中灰粒"，炭的本义是"木炭"，"烧木余也"。当初，叫你是煤，称你是炭，似乎就有了对你身世的猜测，对你用途的概括，对你未来的期许。"凿开混沌得乌金，藏蓄阳和意最深。"你是木的遗留，你有火的潜质。你终究要像木一样，燃起熊熊的火，发出光和热。

树木生长，深扎本根于大地，开枝散叶于天空，离不开阳光、空气、雨露的滋养。叶落归根，是树对大地的回报。树变成煤，是树给人类的遗产。煤燃成火，发着光、献出热、变成灰，是煤向本色的回归。这是自然的规律，是生命的轮回。

此时，我不由得想，该为你唱一支礼赞的歌。你是煤，你是炭，你燃烧了自己，变身明亮的炉火，让寒冷的日子变得温暖。化成灰，归入土，质本洁来还洁去，你终于奉献了全部。是大树，是铁石，你几度换了容颜，可是，你的初心不曾改变。

这样来评价你，好像有点夸口了。其实，还远远不够。你不仅仅是能发光发热的燃料，还是能千变万化的原料。早就有定论了，你是"工业的粮食"，你是"化工原料之母"。你和人们的生活，有着千丝万缕的关系。

可是，人们对你的认识并不深入。由于了解得少，所以误解就多。你是什么呢？有人说烧起来没烟的是煤，有烟的是炭；也有人说，看起来细碎的是煤，大块的是炭。这时候，你在人们家里用来烧火做饭。也有人说，电厂用的是煤，所谓电煤，钢厂用的是炭，所谓焦炭。这时候，你已经入了城进了厂，在工业生产中可堪大用了。可是没多久，有的说因为请你出山，开采引起了地面塌陷，破坏了地下水源，又说因为让你燃烧，排放了二氧化碳，造成了环境污染。

是啊，哪里都有你。这是你的使命。你到的地方多，惹的事情就多。其实，这不能全怪你的。自然，你有你的优势，你有你的短板。你沉默着，奉献着。

粮食，绝不止一种吃法。当年，我们满足于吃一顿饱饭，不会太计较营养，太盘算搭配，也就少了些禁忌，少了些选择。如今，我们希望吃得更健康，就要挑一挑原料，讲一讲做法，有的要少脂，有的要减糖。无论怎样讲究，主食或多或少还是要吃。煤炭，作为工业的粮食，依然是我们的"当家粮"，离不了啊！只是，吃多少，怎么吃，就有了新的说道。

你的成长经历、生存环境、先天条件等诸多因素，养成了你不同的气质和性格，就如天南地北的人，有的高大，有的娇小，有的刚烈，有的温婉。龙生九子，各有不同。一个家庭，几兄弟都会不同。不要说不同地方的煤炭，有时就算是一个矿井，小到十几平方公里，你也会表现出不同的香臭、软硬、厚薄。对你，我们还应该更熟悉些，分得更细致些，才能更好地量才适用，用得其所。

人们知道，你还有潜力可挖，还有更好的出路，还能做得更好。开采时对你更加友好，不再挑肥拣瘦；升井后对你洗选加工，更加清洁规整；给你促成一桩好姻缘，煤电牵手；给你搭建一展身手新平台，液化气化。如今，你也赶上了好时候，你连同矿山、矿工都有了崭新的形象。这变化，让人对未来满怀新的希望。

人们相信，一切都会更加美好。在这越来越好的日子里，煤炭正在淡出人们的视野。这感觉是对的。上一辈入冬前要预备的过冬煤，乡亲们前不久摆宴席要垒砌的大锅灶，我小时候曾经睡过的热炕头，一家人围坐取暖的煤火炉，都早已成为过往。如今，家家户户的日常，连煤炭的痕迹都没有了。我知道，你并没有缺席，比如时时用到的电吧，三度倒有两度是你的贡献。是啊，你退身幕后，尽着本分。这是当下最好的安排，挺好的。

"但愿苍生俱饱暖，不辞辛苦出山林。"请你出山，真不容易啊！矿工们为了唤醒你，激情满怀，又小心翼翼。他们宝贝似的叫你乌金，浪漫深情地唤你太阳石。他们懂得你的价值，晓得你的重要。他们也知道，你沉睡得太久了，一动身，就会扰动伴着你的顶底板、煤层气、地下水，那是一群脾气古怪的家伙，处置不当就会不管不顾地闹些事情，让人很受伤害，让你也背黑锅。我们从那时候就想到，对你应该有更多的善待。

煤炭，我愿让更多的人了解你，理解你，善待你。煤炭，我愿让你有更好的发挥，更好的作为，更好的归宿。我相信，会的。那不仅仅是更好的你，也会是人们更好的生活。

3

辑三

秋·叶着妆

风语

风言风语可能是只言片语，但是，只言片语未必是风言风语。

课本上说，"空气的流动形成风"。风，是一种自然现象。风向、风速，都有具体定义。风，还分了等级。

民谚说，"不兴春风，难得秋雨"，"春风化雨，润物无声"。对春风，农耕的古人尊重自然，尊重规律，淡然处之。进步了的今人，又爱又恨。春风常伴沙尘，许多人不喜欢春风；雾霾频繁光临，又有许多人时不时地盼望"风，快点来！"

风，在自然之外，却常常被赋予了感情的因素。战国宋玉《风赋》的"风起于青萍之末"，就包含了很多字面之外的意思，小事情会发展成大气候。现在更多的人爱跟风，学着外国人谈蝴蝶效应。

人们常言，大海无风三尺浪。以此说明大海的波澜壮阔，讲的是自然中的现象。人们又说，无风不起浪。以此说明凡事都有原因，讲的是人世间的道理。

宋代禅宗的一首诗偈："春有百花秋有月，夏有凉风冬有雪。若无闲事在心头，便是人间好时节。"心中自在，时时都是好光景，处处都是好去处。

刘邦的《大风歌》："大风起兮云飞扬，威加海内兮归故乡，安得猛士兮守四方。"有人悟出了胜者为王的慷慨豪迈，有人读出了前途未卜的恐惧焦灼。

如今，雷锋同志"秋风扫落叶"那样的形容已经很少用了。许多人喜欢秋天的色彩斑斓。然而，深秋之中，一夜秋风骤，万树枯叶落，着实有一些肃杀之气。

风，也是中医术语，即风邪。风热、风寒、风湿都是中医常用语。最常见的感冒，也分为风热感冒、风寒感冒。中医之神秘，在风的理解上可见一斑。

对任何事情，"不能听风就是雨"，要看事实查究竟。然而，防患于未然，对"风言风语"还是应该保持警惕，以期抓早抓小抓细。"任凭风浪起，稳坐钓鱼台"的自信，既需要实力，更需要事实。

风由气成，风气却是另外的意思。人们痛恨不良作风，人们希望风清气正。其实，每个人都受风气影响，每个人都可影响风气。

红墙蜗牛

立秋后，紫薇花成为花中主角。地坛斋宫四面红墙，南墙外有几株紫薇，吸引着人们的目光。常常有人停下来，拍张照。深红的墙，紫红、淡红、粉红的花，翠绿的叶，入镜感觉很好。

有一天，远远地看到，有几个人在那里拍照。走近了，有一位男士，大单反，长长的镜头，很高级很专业的装备，却不是在拍花。他对着红墙，举着大相机，很投入地端详，不断地按下快门，拍了又拍。

我有点好奇，一面墙，能照出什么来呢？我停下来，默默地在他背后看着。等他忙活完了，我请教："您在拍什么呢？"这是一位很温和很有礼的人，他笑着说："红墙蜗牛。"用手指着红墙给我看。

我顺着他的指示，看到墙上有蜗牛，很不起眼。这越发引起了我的兴趣，"我能看一看照片吗？"他很友善，一边选择照片，一边把相机递近给我看，拨动按钮，放大，放大。红色背景，一只蜗牛，纹理清晰，对比分明，很漂亮。

红墙蜗牛！有想法。他可真是眼光独到，细致入微，苦心孤诣。也许，我言重了，只是很好玩儿吧。星期天休息，带上心爱的相机，到公园遛弯儿，看到那段红墙，那些紫薇。拍花中，无意间，红墙上的蜗牛进入镜头。于是，走近，调焦，一个新构思出现。嘿，多好，红墙蜗牛！

红墙，是北京的特色。许多人在红墙下留影，很少人会留意红墙上的蜗牛。单给蜗牛拍几张照片，好像就没什么意思了。可是，他说红墙蜗牛，一下子就有了画面，听起来美美的，再看那照片，也感觉很搭。

红墙蜗牛，这个说法好，很有想象力。这事给我一些启示。把镜头拉近，能看到纹理细节；把目光放远，会感受辽阔大地。熟悉了的身边，换个角度，也许能发现不一样的美。

二八月

　　家里来了个小朋友，四岁半，是三胞胎的老大。我们问她："一宝，为什么妈妈没带弟弟妹妹来啊？"孩子回答很认真："弟弟妹妹还小，要上学呢。"哈哈，她也就早出生一两分钟吧。没有一个问题能难住她，欢乐，常常让我笑出声来。

　　这孩子给我许多惊喜。除了睡觉，她说话，吃喝，玩耍，跑闹，没有消停的时候。她一进家就脱了鞋，袜子也不穿，就那样光着脚丫，在凉地板上跑来跑去。我们说，都秋天了，别着凉。知道了孩子一年四季都这样，我说，这孩子火力壮，我可不敢。话音刚落，小朋友接过，"你怕凉呗！"说得肯定又轻松，不容置疑。

　　小朋友说的是真的。我这才发现，最近天气忽冷忽热，我一直在防范着感冒发烧，小心得很，处处谨慎，时时注意，不惹麻烦不添事儿。

　　前些年，我也曾这样感慨秋天：在睡眼惺忪的早晨，当披衣下床，我会脱口而出，天气一天比一天凉。在阳光明媚的中午，听树叶沙沙响，依旧是林荫小路，树的影子一天比一天长。在夕阳西下的黄昏，小鸟儿叽叽喳喳，是在争论一天的收获，还是畅想冬天的去向？我感受到秋天的气息，那是成熟的果子，那是绿色褪去的叶子，那是雨后增添的寒意。在秋冻中我们不断加衣，也更加喜欢享受午后的阳光。那时写下的感受，更多的是享受。

老话说，"立秋把扇丢"。秋后风凉，扇子都不要扇了。信这句老话的人，有，但少。许多人连空调都还照吹不误。我是信这话的。那天参加个会议，通知穿正装。空调正对着我吹，受不了，悄悄让人关了。关了，又有人嫌热，又让给开了。我却注意到会场一位奇人，短衫短裤，冷热不忌。简直岂有此理。

走在街上，看着或匆匆或悠闲的人们，想起另一句老话"二八月乱穿衣"，我突然有了点儿新理解。以前认为，乱穿衣就是薄的夹的厚的，可以随便穿些什么。现在感觉不是这样乱法。乱穿衣，乱在人群上，放眼一看，各式各样，差着季节。但是，不能乱在个人身上，长、短、薄、厚，要看自己的情况和感觉，不能被别人带了节奏，也不能不顾冷热随便穿。穿衣，与他人比薄攀厚，恐怕身体是要出状况的。再说，穿的都一样了，哪还有乱穿这一说啊！到现在才明白，在这方面，我看来是有点晚熟。

由此想到，孩子们每到冬天都抱怨，"有一种冷，叫作你妈认为你冷"。其实，该是孩子们正开心撒欢儿，妈妈却真的感觉到天冷了，赶紧叮嘱孩子"多穿点，别冻着！"所以，孩子们，可不该嫌妈妈爱唠叨。妈妈和你们差着季节。

春天里百花开。我也曾这样描述过我的春天：案牍劳形，不知窗外春色美；步履匆匆，无视沿路百花艳。且起身，伸个懒腰，权当磨磨砍柴刀；当慢行，二目远眺，披发缓行乐逍遥。安步当车，田园巷陌是风景；不忘初心，修养补给宜远行。想当年，山花烂漫时，我却不在山水之间，想想有点辜负风景似的。

光着脚丫满地跑的小朋友回去上学了。小朋友童真的"你怕凉呗！"说得还真对。她不怕凉，我怕。小朋友给我欢笑以外，让我思考冷暖，感慨少壮。问不倒的小朋友，一定想不到这一层。

二八月乱穿衣，这样的事实，是因为要换季了，每个人的反应不同。天冷了多穿点，这样的嘱咐，是因为关心和疼爱，亲人挂念着你。知冷知热，可以是照顾自己，也可以是关照亲人。秋高气爽，秋色宜人。秋深露重，请君保重。

九月菊

　　霜降过后，冷空气一股接着一股。这一段，轻霾污染、大风降温、艳阳高照，你来我往，轮番值日。攒了好几天，终于人闲天好，去看了菊花展。

　　"不是花中偏爱菊，此花开尽更无花。"我去看菊花，更多的是填补一下空白。以前，我们那里似乎把菊花当作药材，我最初知道叫作"九月菊"。姑姑曾是赤脚医生，记得在院子里栽过一些，九月开出黄色的花。花有药香味，干花泡水喝，可以降火明目。我印象中的菊花，多年就是这个样子。

　　后来上学读书，知道还有菊花酒。《过故人庄》，老朋友的农家饭吃得很美，于是约定"待到重阳日，还来就菊花"，重阳节可要回来喝菊花酒啊。《饮酒》，自家院里篱笆下就有菊花，还可以采来"下酒"，"采菊东篱下，悠然见南山"，多么悠闲自在惬意的生活。很长时间以为，那诗中写的菊花就是我知道的九月菊，区别只在是拿来泡水喝还是泡酒喝。

　　再后来，知道菊花还能吃。苏轼在山东密州任太守时，那时还没有苏东坡之号，写过《后杞菊赋》，"循古城废圃，求杞菊食之""春食苗，夏食叶，秋食花实而冬食根"。虽为自嘲，当确有其事。也可见，陶渊明东篱采的，苏东坡废圃求的，都是野菊花。

　　药食同源，这是我们老祖宗的智慧。现在，杞菊丸还很常见。菊花既入药，自然可以食用。"还来就菊花"，我突然有一个歪解，除了赏菊花或饮菊花酒，有没有本来是"吃菊花"的可能？"就菜吃饭""就糖吃苦药"，在我们老家说话，"就"字这样用，是伴着一起吃。

什么东西首先想到吃，当然是惦记着温饱的时候了。日子好过了，会追求美。公园里的菊花展，名品荟萃，争奇斗艳。再想能不能吃，简直是罪过。我像是刘姥姥进了大观园，看哪儿都很新鲜，美得一塌糊涂，只能啧啧称奇。

养花的讲究，拍花的也讲究。一位老者，坐着马扎，摆弄着三角架上的大单反，看一会儿拍一张，拍一张看一会儿，欣赏着别人养的花，也欣赏着自己拍的花。我得他的空，请教拍照技巧。他乐意分享。"用您的参数，我的手机能不能拍出那样的效果？"我拿着手机，指他的相机。"那是开国际玩笑了！"他玩笑得很认真，"要这个效果，得有这个投入。"

拍照养花都有达人，肯投入，用心思，有经验。

梅兰竹菊，这其中说到的菊，既为花中君子，该也不仅仅是哪种高贵的菊，需要小心地好好伺候。记忆中的那九月菊，长得有点儿土，菊花展上只能是外围的路人甲。篱下、废圃、农家院都可以生长，所以，我想可以弄几株菊花养养，哪怕就是那种九月菊。就如手机拍照，谁都可以来一下，出不来专业的效果，稍微用点心，自我感觉赏心悦目，也很好。

一步一步上山来

　　终于又实现了一个小目标，趁着好天气，去爬了香山，还顺利登顶。这在我，也算是"蓄谋已久"，不是第一次，胜过第一次，很高兴。

　　我似乎是喜欢爬山的。走路，已经是我每天的功课。爬山，我当是走路的升级版。毕竟山路与平路不同，爬山路，步步高升，人会自然而然地深呼吸。就算每天健步走，爬山归来，也会感到浑身都被紧急拉练了一次。我很享受爬山的累，累得很舒服。

　　第一次爬山，是读高中时，爬学校附近的尧山。往根儿上说，尧山是太行山的支脉。在华北平原，它像是从地里冒出来的石疙瘩。那次爬山，我印象模糊，也许是一堂作文课。说是山，实在太小了，不过毕竟是山，也有许多传说故事，由我们各取所需地写篇游记。

　　我后来离开老家，读书，工作，到过不少地方，到此一游式地爬过许多山。我感觉，差不多是"无山不登、有山就登"了。老家在平原上，从小没进过山，只知道太阳落山那个很远很远的山，现在喜欢爬山，以至有山就上，不知是何道理。

　　见多了墙上的"泰山石敢当"，又在书上读了些"齐鲁青未了"，在我心里，泰山是神一样的存在。走过路过，不可错过。出差，下午得个空，登泰山去。到南天门，已是太阳西下。这时在山上的，多是要留宿观日出。我没有那么从容，在天街四处看看，稍作休息，赶紧下山。下山路上，迎面不断还有要登顶的，不时听闻"还有多远啊？"

很绝望似的。越往下，天越黑。突然，身后传来嗒嗒嗒嗒的声音，一个小男孩，手拖着木棒，从身边跑过去，嗒嗒嗒嗒，很快就没影没声，把我落远了。这是山里的孩子吧？一方水土养一方人。我小心着脚下，自叹不如。那次上泰山，很纯粹，独自一人，快上快下，连一张照片也没留。

登黄山，时间比较宽裕，还有同伴。观日出，用心地找好了位置。云海下，山峰后，眼见红日将出。一瞬间，云海翻滚升腾，我们也在云雾中了。所谓抢占好位置，一厢情愿了。云开雾散，眼界大开，太阳高高在上，云海脚下起伏，怪石各具神态。黄山归来不看岳。登黄山，峰连峰，不是一上一下，需要几上几下，如同一次登了几座山。看得是真美，走得是真累啊。同去的一位老兄，累坏了，几天叫苦不迭。埋怨山，"也没听说这黄山是山连山啊！"他没思想准备，以为下山了，却又往上爬，没想到。埋怨人，"再也不跟你们这些下煤窑的爬山了！"他嫌中带夸，煤矿人下井，爬上爬下习惯了，体力好。

那时候还是年轻。有好奇心，想看外面的世界；有好胜心，不惧前面的挑战。我来去匆匆地，浅尝辄止地，不假选择地，登过许多山。那时爬山，如果说跟玩儿似的，那是说体力好、不当回事。实际上，赶场似的，掐着点儿，来去匆匆，甚至算不上一游，更别说悠闲自在地游玩了。

说起来，爬山是很平常的事情。在老家，孩子们节假日也会去爬山。交通方便了，太阳落山的那个西边的山里，好像也并不太远。在北京，喜欢爬香山的人很多，周末常会让进山的环岛路堵车。而住在山下的人，有的一大早就上山，当作日常的晨练。香山不算高，主峰香炉峰海拔575米；也不算大，从山门到山顶大约3500米。香炉峰俗称"鬼见愁"，可见，爬趟山也不轻松。

双休的早晨，洗漱，早餐，"今日得宽余"，爬香山去。许多次，我一步一步上山来，人来人往，仿佛看到不同的我，从前的、现在的、还有未来的。偶尔来"游"的，镜头对准自己，立此存照；经常来

"玩"的，心思已在林草，巡视山野；结伴的老山友，一路唠着家常，如在庭院。带娃的父母，目光全在孩子身上，充满关爱和鼓励；读书的学生，口中常是新鲜话题，更多憧憬和蓬勃。青壮年，活力四射，不惜力，"三步并作两步"，气喘吁吁，大汗淋漓；中老年，经山历海，有定力，"胜似闲庭信步"，不急不缓，淡然从容。

有的人，一辈子走不出大山；有的人，一辈子没进过山。我有日子没往外走了。这次爬香山，是努力了一把的，要试试脚力心力气力，想重整行装再出发。但是，并没有决心登顶，想着走到哪儿算哪儿，做好了半途而废的准备。走走停停，别出大力，不流大汗，吃吃喝喝，不时加点油补点料。登顶！这次用时最长，这次最为高兴。那种失而复得的欣慰，事儿不大，很幸福。

山路，如同人生，急、缓、平，山脚下、路途中、顶峰上，每一步都平常，每一步都重要。爬山，是乐趣也是苦趣，但山路上的人是愉悦的，话语是轻松的。"不怕慢，就怕站"，要一路向前。"累了歇歇脚，不要出大汗"，要把握节奏。"汗出来了，人就不累了"，是加油鼓劲。"上山的路，都是平路该多好啊"，是幽他一默。爬山的人，各有各的感悟。

爬山，需要有体力、有心情、有时间，最好三者兼备。这废话多正确啊！体力充沛，不惧山高路远，不忧后劲不足，哪会想"尚能饭否？"自有底气"会当凌绝顶"了。心情舒畅，看山是山，看水是水，看山山好，看水水美，就会处处好山好水好风光，时时便是人间好时节。时间允许，不急着登顶，也不急着下山，赖在山上，漫步上下，像个在自家菜园子的老农，这里瞅瞅，那里看看，才能好好享受山的美山的好。这句正确的废话，很是重要。

"醉翁之意不在酒，在乎山水之间也。"喝酒之人，心思不在酒上，而在山水之间。这境界难得，是小酌微醺吧。酒，不过是个"乐引子"，只为浸润山水之乐。我的爬山，心愿该是什么呢？我要乐趣不要苦趣。"山水之乐，得之心而寓之酒也。"我愿退而求其次，不必佐之以酒，心得山水之乐，足矣。

酒·苹果·我

戒了酒，吃苹果，这是最近在我身上发生的事。

"这一年吃的苹果，比以前多少年都要多。"有一天，不知怎么就说到了这个话。有点夸张，倒是基于事实。以前一年吃的苹果，大概屈指可数。现在差不多每天吃一个。

"苹果还真是平。"这是老家一句土话。平，是说平稳，平和。从健康的角度，是说吃苹果不怎么惹事儿，大可放心。一句话，吃苹果，老少皆宜。再具体点，比如，便秘或拉肚子的人，都可以吃苹果，还都有好处。按专家的说法，苹果具有双向调节作用。

有的人体质弱，有的人易过敏，总是这个不能吃那个不敢吃，一吃就出状况。"保温杯里泡枸杞"，有人喝了就上火。"一杯奶强壮一个民族"，有人喝了就拉稀。可是，吃苹果上火了，吃苹果拉稀了，好像没听说过。这就是我说的"平"。

送苹果，祝平安，不光有其名，而且有其实。一天一个平安果，可不仅仅是谐音。真的有道理。

许多地方产苹果，而且苹果也有很多品种。哪里的苹果好吃？答案好多，"谁不说俺家乡好"啊。老家邢台，官宣自称太行山最绿的地方，山里有个岗底村，培育一种苹果，起了个名字叫富岗，该是寄意村子致富，闯出了名堂。前几年，记得有礼品盒装6个，卖99块钱。这两年，他们自己总结致富经，"卖苹果过去论筐现在论个，一个一百块"。贵，应该是因为好。

这苹果好吃，沾了李保国的光。那位把论文写在太行山上的大学教授，了不起！现在好多乡亲怀念他。不过，这里的苹果终究是后起之秀，又因地域所限，比较"小众"，不像"烟台苹果莱阳梨"那样，全国人民都知道。我也只是当作一个山区致富或市场营销的故事，并没有在意苹果到底好不好。

前年开始，苹果成为我每天的标配。我家买苹果，也就"过去论个现在论箱了"。电商时代，加上消费扶贫一说，我最初吃的多是陕西苹果，特别是延安苹果。记得第一箱，打开，中间一个大苹果，拿起来去了护套，苹果上清晰印着"梁家河"三个字。果农为了卖个好价钱，给苹果套袋，"晒"上文字，很是用心了。网购了很多次，不同的商户，同样的纸箱简装，共同的特点是：好吃不贵。

吃苹果，脆的，沙的，细甜的，酸甜的，甚至大的，小的，都会影响个人的口感。一次吃一个，苹果个头就不能太大，一百块钱一个那种就不适合，不仅仅是贵。男女老少，各有所好。我现在吃苹果，喜欢脆的、甜的、水分大的，最不喜欢的是嚼起来木木的那种。

我这样的稳定用户，需要可靠的货源。一年下来，试吃了许多苹果。在网上看着有点名堂的，动动手指就来一箱。后来，在新苹果下来之前，可选的很少了，几乎要断供。经朋友推荐，网购过新西兰苹果。甜，细致，瓷实，个头显小，也真的贵。这时候，老家那种苹果又进入视线，有货，竟然还不算贵。兜兜转转，最后发现最合适的是这苹果，品质口感都可以，而且全年都有货，每个果子都有"身份码"，买起来放心又省心。我想，这也是打出了牌子。所以，就吃它了。玩笑说，也算是为家乡做一点点贡献。其实，那果园离我家并不近，吃着顺口并不是因为一方水土的缘故。

戒了酒，吃苹果，本来没啥因果，也没啥联系。只是这两样在我身上先后发生了。我戒了酒，不是下决心做的；我吃苹果，不是有意识做的。我倒是喜欢这个变化，舒服，享受。

酒是彻底戒掉了，滴酒不沾了。关于喝酒，不是寅吃卯粮，而是喝够了喝超了，指标无余，容量不剩。填过几次问卷，什么时候开始喝酒的，多长时间喝一次，一次或一天喝多少，评判我的酒龄、酒瘾、酒量，等等等等。大概每次填的都有些出入。现在再填问卷，就简单了：以前喝过，已经戒了。不够精确，但很准确。

朋友来了有好酒。我只好换换章程，以茶代酒了。过去还有一个"礼节"，见面敬烟。记得刚参加工作时，烟和酒是这样讲究的，"端起来的酒，再辣也得咽下！递过来的烟，再赖也得点上！"那是好作风，也是好人情。现在大不同了。我现在感觉，吃苹果比抽烟好多了。偶尔，看到有人在楼外的抽烟处抽烟，我想到的却是回去要吃个苹果。今昔对比，关注如此不同。

习惯这东西力量强大，养成个好习惯也很重要。无论从哪方面讲，我很赞成这话。俗话说，半路出家，照这个造句，我算是半路捡起个苹果。吃苹果，已经是我的一个日常习惯。实际的感受也真好，没发现有任何禁忌。

只要方向正确，迈出一步就是胜利。这是说大事，小事也是如此。当一切状况都很好时，我们需要积极地保持，而一旦哪里不太对头时，我们需要及时做一些调整。这个不容易，但是很值得。

平安，不仅仅是内心美好的祝愿，平安，更需要我们日常的付出。祝你平安！

另一种生活

有位老友，很会聊天，不仅见解独到，还让人听着舒服。我曾感慨说，年纪真是大了，净长没有用的东西，过去能两三个月才理发一次，很平常，现在是才二十天就觉得不理发不行，太长了。这位老兄说，不是年纪大了，是更讲究了。这话，多中听。

一年年的，年纪肯定是大了。这是事实。朋友来访，很自然地谈到读书，谈到作息，谈到饮食，谈到烟酒。这些话题，与其说是在谈论生活和爱好，不如说是在关心身体和健康。我就半玩笑着总结，各方面都讲究了，良好睡眠，标准体重，很规律，很健康。

我非常佩服身体的神奇复杂，不可思议，像超级机器，高效运转，投进去什么样的料，都能给轻松"化"掉。那些年，每到一地，入乡随俗，"变态级"的特色小吃，"很地方"的名优土酒，都会不妨试试，一验滋味。一方水土养一方人。更何况，太"土味"的东西，当地人也不当家常便饭。我一个外地人，不甘示弱，傻小子睡凉炕，是全凭火力壮了。不够科学，不太健康。

如今各方面都讲究了吧，变化也就徐徐而来了。即使是在空旷的街上，如果刚好有人抽着烟走过，我都会有意地避开。因为，那二手烟一近身，好像就挥之不去，一定要陪伴我一段。想当年，我也抽烟喝酒很"男人"。烟酒不分家，抽烟不分场合，饭前饭后，室内室外，会上会下，互敬互让，吞云吐雾的很多，深陷其中，身在其中，也乐在其中。如今，避之唯恐不及，没想到。

烟，我是不想了，也不会试了。有朋友说，烟不抽就算了，酒可以少喝点。实际上，真正需要烟酒的，不是肠胃而是心理。所谓馋了，就是想了。所以，学会抽烟喝酒，先是内心想试试，然后才是身体能适应。"曾经沧海难为水"，用在这里很不恰当，但是，烟酒于我，已经过了。要说这个烟那个酒挺好，试一试，尝一尝，没这个冲动了。

喝茶，公认的雅好。我把这个也丢了。那次，我主动做隐患排查，除险加固，请教恢复期注意事项，提到了喝茶。得到的建议是，"不要喝浓茶，要尽量淡，最好的还是喝白水"。规规矩矩，谨遵嘱咐。这样一段时间之后，与好友闲坐，酒不喝，烟不抽，自然要喝杯好茶。晚上，竟然失眠了。

这失眠，是因为茶吗？前所未有。新老生熟浓或淡，绿黄青白红乌龙，喝茶，我不择茶，也不择时。茶随主人意，有时忙忙碌碌，跑这里跑那里，一天不知要换几种茶。人家以茶相敬，咱们欣然接受，享受送来的好意，也是应有之礼。茶能解酒，据说不太行，水能解渴，这是个常识。酒后易口渴，喝茶也就几乎是标配。为了消化那些灌下去的各色酒等，不知喝了多少睡前晚茶。喝茶不讲道，但是，未曾影响到睡觉。

不胜酒力，有此一说。茶也这样？我决定一探究竟。隔三岔五地，想起来了，就沏茶来试。结果是，提精神，屡试不爽，影响午休夜觉。我对茶，也已是如此敏感。于是，我就断了重拾喝茶这雅好的念想，常常要说"我来杯白水就好"。

年轻时，做加法。那时，什么都敢试，然后说，这个我也可以。于是，经一事长一智，常常是"这个没问题"。我现在的体会，常常是"这个添麻烦"，吃一堑长一智，咱最好不招惹。于是，这个应该删除，那个应该缩减，多了一些禁忌。做减法，不年轻了。

说实话，这个变化的过程，并不容易，也并非主动。一切从简，颇有由奢入俭的意思。今昔对比，我有时也干脆说，不年轻了，身体弱了，耐受力低了。这有点儿否定和消极。当然，也可以按那位老兄的说法，讲究多了，身体净化了，敏感度高了。我喜欢这个，肯定又积极，安慰，疗愈。我满意当下的结果，也享受当下的状态。

刚刚，当我输入净化两个字，后面跟着的选项有空气、心灵等。是啊，空气、心灵都可以净化，身体也是可以的。欲身安心清，讲究也好，净化也罢，可能是有的。值半百之年，能力下降，有些弱化，肯定是真的。至于"不胜茶力"，也没那么邪乎，也没那么虚弱。当下是不培养这兴趣了。

工作原因，很熟悉隐患排查、专项整治、警钟长鸣、抓早抓小这些提法，都是在说亡羊补牢、防患未然之类的操作。身体的净化，可以套用一下。烟不抽了，酒不喝了，饭也不是"来者不忌"了，可以说"气""液""固"来了个全面清理。所以，经过一番净化脱毒，休养生息，这一堆一块的小环境恢复清净，整个人清爽多了。这是进步了。

牵一发而动全身。人的神奇复杂，由此可见。比如身边的环境吧，由浊而清，不会怀念过去的浊，那里面有许多不得已，但会很在乎现在的清，有意无意地小心呵护。吃喝的变化，许多习惯爱好随之而变。会不会少了许多乐趣？嗯，我想，只是换了一种生活。许多人本来就是这样过的，他们并不缺少乐趣。

烟啊酒的，有朋友关心啥时候开戒。我想是不会了。大好局面，来之不易。生活多种多样，人生多姿多彩。我对现在这另一种生活，也曾心向往之，但是求之难得。这生活，安静，干净，清爽，还讲究，又健康。如今真的来了，我自然是安之若素，才对。

余生，做个健康生活的受益人。

来点儿年轻态

许久不去银行了。最近去了两次，有点儿被嫌弃的感觉。不是人家嫌咱钱少，而是我这个"年轻人"，也要傻傻跟不上时代了。

气温骤降，晚饭后有点儿犹豫，还要不要去遛弯儿？忽又想到，需要去趟银行，一张好久不用的卡，查查能不能用。天冷，捂严实，就当遛弯儿了。街上人很少，银行大厅没有人。我在大厅溜达。爱人去查卡，第一次还操作错误，我过去"指点"，退卡重来，再查，余额不足10元。真不值当来一趟。

嗨！没想到，结果招来了保安，全副武装，驾车赶到，推门进来。一照面，都一愣。我们惊讶，由玩笑而认真，咋还把我们当坏蛋了？他们释然，由严肃而放松，这两人也不是坏蛋啊。看不清脸上表情，应该是这样的心理。"这里不能长待啊！"原来被监控注意了。互相都放心了，说声没啥事，拜拜。

被误会，只怪咱捂得太严实，棉衣棉服棉帽，加上眼镜口罩，武装到了不见眉眼。在监控那头看，大概不像是好人，像是两个闯入者，或者有人想骗老太太，不好判定，需要现场确认。据说，现在的预警系统，可以捕捉人的异常行为，加以识别，直接发出警报。我们在那儿有三分钟吗？不知是被人还是"云"发现的。他们应急处置真够迅速。两辆电动车编着号，003和004。我想，这还是正规军。

隔两天是周末，趁着冬日的阳光，又溜达到银行。一进门，工作

160

人员很职业，轻声细语，很客气，"您办什么业务？"我说明来意。"您这边请。"来到机器前，先刷证，再刷脸，屏幕上按这里按这里，一通确认，完事儿。简单到出乎意料。

从进门到离开，整个过程安安静静，工作人员全程陪同指导。我这是贵宾待遇了。这才注意到，原来等待排队叫号的休息区，没了，原来特别标明的贵宾室，也没了。银行变了，办事方便多了，来办事的人少多了，显得更高级了。

我好像是落伍了。

我摘下口罩刷脸那一刻，玩笑地说那天晚上把保安给招来了。工作人员见惯不惊，说是安保和业务办理都很先进了，客户更安全也更方便了。我能把保安招来，没想到；屏幕上就把业务办了，没想到。

更没想到，我两次郑重其事地到现场办的事，实际上，足不出户，手机上也能办。一位朋友说，手机能办的事，她都不愿意跑腿，上次更换驾照时电话咨询工作人员，被告知在网上申请提交资料即可，高兴之余问了一句："能在手机上体检吗？"工作人员调侃说："您体检一个我看看！"这是青年一代的生活。

我想到岳父。他退休快30年了，发了退休费，月月取成现金，日子都不带差的，见了真票子心里才踏实。我们都有点儿笑他。他高兴，也就由他了。老话说，"十七的不跟十八的玩儿"。这老话说的，比"代沟"有意思。两次去银行的见闻，我突然有个疑惑，我在"沟"的哪边呢？无论如何，但愿是小沟连小沟，不要有"鸿沟"。

有位朋友明年退休。有一天闲聊，他问，"你说有没有那样的培训班，教我们退休的用手机？"我说，"别逗了，你用手机哪还要别人教。"不过，还真有这样的班。老人们也是不甘落后，想紧走两步跟上来。朋友的安排是"超前"的。不过，我建议他，有些事不要等到退休后。

实际上，每个人都有自己的舒适圈，时间一长就不愿意走出去了。新和老之间，哪里更合适，每个人感受不同。年轻时，领风气之先；

变老了，常怀念过去。不断往前走，快或慢最好由己，最好感觉舒服。我需要紧走几步，努力跟上新人；我还需要关照老人，有意放慢脚步。

流逝的时光

如果回顾我的一天，有什么可以说说的吗？如果记述我的一天，该用一个什么标题呢？有那么一瞬之间，思来想去的，竟是这个问题。我的一天，很熟悉很经典的标题，内容不确定，含义很丰富。所以，这个瓶什么都能装。

上学时写作文，都用过这题目。少年的世界是美好的，眼里见的是美好，心里想的是美好。在他们笔下，小猫小狗、花花草草；过家家、做手工；吃饭、睡觉；哭、笑，似乎都美滋滋的。想当年，"扶老大娘过马路"这样的一件好事，城里孩子写，农村孩子也写，大娘和马路不一定是真的，都可以靠想象。现如今的孩子，脑洞大开，不屑于再这样"小儿科"了，也不会如此千篇一律。因为爱，孩子们真实的一天是那么美好，即使他们偶尔写些并未发生的故事，也显得很美，不仅不会被指为编谎，反而可能会赢得开心一笑。

长大后，生活教育了我们。回顾一天时，常常不再全是美好，还有许多其他的，比如充实、忙碌、奔波、辛苦、悠闲、无聊、烦心，甚至糟糕。我们真实的一天，往往五味杂陈。一生中，我们能够印象深刻的一天不多，值得好好记述的一天也不多。那样的一天，要么能代表了你的每一天，日复一日的那种；要么是影响了你好多天，刻骨铭心的那种。

每一天都重要，但不是每一个日子都值得讲述。每一个人都值得尊重，但不是所有的故事都有人倾听。记叙"我的一天"，也就是少不更事时写写作文吧。成年人，对"我的一天"这话题，真是欲说还羞，于是欲说还休。各过各的日子，好也罢，坏也罢，不愿说，懒得说，没得说。我们习惯了感叹，"日子过得真快啊！"如此而已，一言蔽之。

我听到过一些玩笑话，高度概括一年时光。一年就是元旦、春节、清明、"五一"、端午、中秋、国庆。说这话，有的是因为工作，"别人过节，我们过关"，节节平安，就是一年；有的是因为游玩，自驾游、近郊游，出国游，山山水水，就是一年。一年就是两个学期、两个假期。说这话，是学校的老师，也有一些学生，有的盼着学期，两个期末之后就到了年末，有的盼着假期，两个长假过了就是新的一年。一年就是二十四个节气。"大寒小寒，立春过年"，这话是有点年纪的种田人说的。

看来，一年时光就在三言两语之间，何况一天。然而，生活不是这么简单。这一天，带孩子，陪老人，在路上，在家里，加班、开会、休闲、娱乐，管理者、打工人、老农民，各有各的生活，各有各的精彩或烦恼。所以，一天当中可以记述的事情很多，何况一年。

成年人的一天，一言难尽。看似平常的日子，却又复杂得很；说是多彩的生活，却又简单得很。今天怎么样？可以总而言之，可以慢慢道来；可以兴高采烈，可以郁郁寡欢。内卷，凡尔赛，这样的年度流行语，细品起来营养不足，却正是一些人的一天。前者，让自己烦；后者，讨他人厌。可是，生活这出戏，无论我是谁，时光都一样地流逝。

在流逝的时光里，终究需要向上向前的力量，来成就生活的美好。逆行者，打工人，后浪，神兽，飒，这样的流行语，展现给我们的是高清画质：生机盎然，活力四射，动感十足，能量满格。

任时光匆匆流去，我们还是要做些事情。太把自己当回事就做不好人，太不把自己当回事就做不好事。做人要放低身段，不要牛气哄哄的；做事要担起责任，不要无所事事的。流逝的时光，不要终究还是错付了。

关于我的一天，这样的题目一直陪伴着我们。电影《最长的一天》，讲"二战"、诺曼底，最长这两个字，妙极了。真人秀节目《爸爸去哪儿》《极限挑战》，明星们游戏中的一天，花样百出，各种比拼，寓教于乐，好创意。近年的新春走基层，劳动者的一天，顶风冒雪、起早贪黑、认真细致工作，很感人。今天的这类节目，像极了当年的那种作文，早晨，"新的一天开始了"，做完一系列任务（游戏），然后，"紧张的一天就这样过去了"，总结，大家收获了许多，如此所以的，一通感慨。

真说到"我的一天"，其实没啥好说的，因为没啥好玩的，也没啥好看的。坐了一天的车，开了一天的会，看了一天的书，有的。公园里逛小半天，沙发上坐小半天，写文章想小半天，有的。早晨打打拳，饭后散散步，晚上看看剧，有的。和爱人打闹，陪孩子疯跑，听老人絮叨，有的。喝酒，打牌，抽烟，加班，熬夜，也曾有的。现在，我在书写中整理着这些碎片。

想起在孩子婚礼上的寄语。"孩子们，一辈子很短，一转眼你们就大了，成了单位里的骨干、咱家里的顶梁柱，我们就老了，成了家里爱唠叨的家长、街上年轻的老头大妈。一辈子很长，有许多平常而美好的日子，也有成长的烦恼和成功的喜悦，也要经历风风雨雨、坎坎坷坷。我想说，最要紧的，是过好当下。"

这话，也要说给自己听。"逝者如斯夫，不舍昼夜。"过好当下，由他去吧！流逝的时光，不会停留，不会回头，一直向前。我的一天，也要不断前行，前行。

用一些时间，读一些好书

读书人，这个曾经相当于文化人的称呼，一度属于一小部分人，让人满怀敬意。随着时代的进步，教育的发展，上学读书早已"飞入寻常百姓家"，高等教育也迈过了普及化门槛。毫无疑问，传统意义上的读书人的数量绝对地增加了。

人均一年读几本书？据说，我们自己的数据很不好看，也不知道那个数据是怎么统计出来的，总之是，喜欢读书、经常读书的人不多。我自己的感觉，经历了技术人员、管理人员、教育工作者、党务工作者，一路走来，周围有那么多识文断字的人，虽有喜欢读书的，但的确到不了蔚然成风的程度。

按说，读书是很个人的事情。常有人说，爱读书的都是喜欢静的，能坐得住。这一说法，不知爱读书的是不是认可，喜欢动的是不是认可。我总觉得，这说法有点儿想当然。果真如此，读书也有点"性格歧视"了。

用喜欢静或动来判断读书多与少，实际暗含的意思是有没有时间读书。爱动的人，时间用在了跑跑跳跳或游山玩水；爱静的人，就一定是宅在家里读书吗？似乎不好下结论。

读书，所谓开卷有益，总是有些好处的。而这好处，有的很具体，学以致用大概属于这一类；有的好处，"腹有诗书气自华"，读书修身的自我提升，是潜移默化的一类。这两类读书，都值得赞许。大致来说，有组织的读书，更急于见效果，强调学以致用的多；作为个人兴趣的读书，不怎么看重具体的用处，只为那种感觉。

只是近来文化的快餐化，读书也越来越功利，少了沉潜把玩和心游物外，冲着寻找灵丹妙药解决具体问题去的多了。读书不再快活，读书也就少了。过分功利化，希望立竿见影，工具、指南、秘籍式的读书，不能说不是读书，只是显得窄狭了些。

不得不承认：纯粹的个人阅读是不存在的。现实和梦想，经典和潮流，你的亲朋好友，你的经历职业，都会影响到你。这些可能影响到你的种种情形，你可以选择，但不能回避。有人说，"两耳不闻窗外事，一心只读圣贤书"，问题是，这圣贤书怎么进入窗内的？读书是交流，而不是封闭。

职场中人，更准确地说是体制内的人，"干什么学什么，缺什么补什么"，对这句耳熟能详。熟悉工作，这是最基本的；胜任工作，也不是高不可攀。想要熟悉和胜任，很多时候，学点什么和补点什么，读书不可缺少。人不能只有工作，读书也不能只是工作那点儿事。五音、五味、五色都需要调和，适当读一些闲书，会让生活更加丰富，也会让精神更加丰满。

回想起来，我这几年的读书，受了工作的牵引。阴差阳错，不断地变换工作，每一个岗位都希望能尽快地胜任，都希望有更好的成效，逼着读书的兴趣的不断扩充。不要讲读的书了，就连订的报纸杂志也都有明显的变化。工作需要之外，我这几年的读书，也受到朋友和同事的影响。出差途中，有的往返都手不释卷；茶余饭后，有的把经典讲得深入浅出；交流探讨，有的一张口就显出学养厚度。见贤，可以无动于衷，也可以敬而远之，但是最好的还是主动而努力地向上向善。

读书，为了更好的自己。更好的自己，可以有不同的内容：更好的自我修养，更好的与人相处，更好的精神状态，更好的工作成绩，或者是更好的放松，更高的追求。总之，读书是要当"学生"，学有所得，而不能读死书而"学死"，进入胡同；读书是长力气，修养提高，而不能是增负担，越读越笨重。

　　校园应该有书香，作为校园人有点儿书卷气，甚至是书生气，都是最好的搭配。校园外也该有书香，好处多多，需要培养。如今，生活多姿多彩，读书已经慢慢地成了奢侈的事——不是每个人都能享受这种生活方式，有的是没机会，有的是不珍惜。

　　捧一本书，怡然自得，无远弗届，实在是很经济很高级的妙事。

闲话锅碗瓢盆

锅碗瓢盆，就是生活里的日常。这四样东西，经常连着说，似乎密不可分。可是，现在看这四个字的造型，又好像没什么关系似的。

锅

锅的历史很长，变化很大。人声鼎沸，鼎，就是锅。釜底抽薪，釜，就是锅。尝一脔肉，知一镬之味，镬，就是锅。

石锅饭，汽锅鸡，砂锅炖汤，铜锅涮肉，铁锅炒菜，高压锅，电饭锅，电火锅，锅的材质在变、模样在变、功能细分，便利着我们的生活。

我手里握着锅铲，把厨房里的锅点了点，竟然有两位数之多。各式各样的锅，各有各的用处。电饭锅功能很多，我只用来蒸米饭，家里吃饭很北方，所以，闲置的时候居多。两个铝锅，煮饺子、面条，一大一小，视人多人少选用，偶尔，也蒸一锅馒头。另有一小锅，熬粥，几乎天天用。

占多数的居然是炒锅。这不是因为很会做菜，恰恰是因为不擅做菜。做不好菜怨锅，为炒好菜买新锅，于是不断添锅。不过，有的商家自诩夸口，过家家，信不得。有种带涂层的，说是炒菜后要晾凉后再刷锅。如此娇气，怎么烟熏火燎过日子？

我也有点疑惑，一些老物件用得好好的，怎么就没市场了呢？我记得有个小炒锅，铸铁的，从矿区带到市区，用了十多年。再搬家，嫌它丑，或者觉得不值当的，就没带上。从那之后，一而再，再而三，没个用着顺手的炒锅。

好锅难寻，为什么？我们在家里讨论过。答：是嘴头更刁了，要求高了。那，难道手艺一点也没长进？答：以前的未必真的好，这是在念旧。那，难道对现在真的好，会浑然不知？我觉得，虽有自己的问题，但主要还是现在许多东西吹得很好，言过其实，华而不实。

慢工出细活，这话还得记住。造一口好锅如此，做一餐好饭也如此。章丘铁锅，听说是一锤一锤打出来的。最近买来一用，感觉物有所值。我还是能分清好赖。

不过，说真的，这个锅真是很贵。如果真的是纯手工，真能用下去，也值。

炖肉、煲汤，小砂锅是个好东西，食材多样，做法简单，汤汤水水，热热乎乎，吃着舒服。熬粥，防溢锅也不错，省事省心。

碗

碗和筷，是绝配。老祖宗留下的这两样，看似简单，颇有智慧。

碗的历史也很长，但是，从古至今形状没多大变化。我家也曾跟风，买过有些创意的新潮碗，最终还是回归传统。我想，应该有许许多多的人这样尝试过。历史选择了碗的形状，不用论证，自有道理。

美食不如美器，碗也应该在美器之列。美不美，就有了差别。我小时候，家里有细瓷碗。那碗似乎很薄，盛了韭菜馅饺子，隔着碗能看出浅浅的绿色。我对此印象很深，是见多了粗瓷大碗，那细瓷小碗就显得有点特别。

前些年，农村人都是大大的碗，吃饭时，左邻右舍端着碗上街，或蹲或坐，边吃边聊。有人到城里走亲戚，回来就说没吃饱，碗太小，不好意思盛了一碗又一碗。说来也怪，现在日子好了，农村的碗也变小了。那种很夸张的大海碗，只在一些面馆里能见到了。

用碗就要洗碗，但喜欢洗碗的人不多。饭后洗碗，这是常规操作。也有例外，不愿洗碗的，吃完饭把碗和锅用水一泡，用时现洗，号称"不到炒菜前不刷锅，不到吃饭前不洗碗"。小两口，有把洗碗当作游戏的，石头、剪刀、布做决定。

洗碗难免打碗。洗碗效应，说干活多的人容易落埋怨、受责备，很形象，但也不确切。爱不爱洗碗，也与此说没啥关系。

洗碗时，偶尔失手打个碗，我对这无心之失没多少印象。我小时候，家里大人说起一个爷爷吃饭，手一哆嗦，把端着的碗打了，一家人都很担心，说他真是年纪大了。我儿子小时候，学着自己吃饭，筷子一划拉，把他的碗给打了，我当时很高兴，说他会用碗吃饭了。我记得的就这两次打碗，一忧一喜。

铁饭碗，不怕磕碰，不用担心打碗。我不喜欢铁饭碗。

外面相聚，说"加一套餐具"，家里来人，说"添一副碗筷"，有碗有筷就可以落座吃饭。这是我们的吃法，吃饭要用碗。西餐用刀叉，配盘子。

碗，是居家必备。"饭碗"，是生存必需。

瓢

葫芦对半剖开，就是瓢。瓢，不多见了。做瓢的葫芦，就是匏瓜，瓢葫芦。

瓢，是用来舀水的。"弱水三千，只取一瓢饮。"这个很美好，也很务实。瓢能舀水，就能舀酒。"我有一瓢酒，可以慰风尘。"水和酒，都能瓢饮。想象那画面，瓢饮水很古朴，瓢饮酒很豪气。

想起小时候，就是这样原味的生活，用瓢舀水，也用瓢喝水。大人们从井里打水，用扁担挑到家，倒进水缸，做饭时用瓢往锅里舀。

半大孩子帮厨时会问："锅里加几瓢水啊？"夏天从外面回来，伸手拿起水缸中的瓢，咕咚咕咚饮一通，一抹嘴，很舒坦。

"一箪食，一瓢饮，在陋巷，人不堪其忧，回也不改其乐。"老夫子此番夸奖，我想想不久前，只有感叹，瓢，用得何其久也！过去日子过得真慢，千年之后，瓢饮依旧。

能种得好葫芦，就用得起瓢。瓢，自是寻常人家易见的物件。因此，人们就拿瓢说理。"依葫芦画瓢"，照样学样，简单模仿，可以批评，也可以自谦。"按下葫芦浮起瓢"，事情繁杂，问题很多，是说忙不过来，也是说没搞彻底。这些话也快过期了。

锅碗瓢盆，瓢最能凑合，就地取材，因陋就简，没啥技术含量，也最先被淘汰。先是铁瓢、铝瓢代替了葫芦瓢，紧接着，普及了自来水、桶装水，瓢没用了，在厨房里也就消失了。炒瓢，名为瓢，形似瓢，其实是炒锅。

现在的一切都在飞速变化，让人高兴的事很多。几十年走过几百年，我们很熟悉这句话。我们想想从前，有时候也感叹，太快了！

瓢，已难得一见。

盆

说到盆，就想起大学的英语课。老师有一次谈到发音："英语要有英语的腔调，让人一听就是英语。"他有腔有调地讲了一句。我们都跟着模仿，但不知何意。"缸比盆深，盆比碗深，碗比盘深。"老先生笑得很顽皮，"这就是中文喽！"我们也都笑了。

老先生，把英语课上成了生活常识课。盆，是比盘子深的敞口盛器。缸、盆、碗、盘，传统上，缸和盆盛水，碗和盘盛饭菜。

参加工作，吃食堂，要自带饭盆儿，是小号的盆，用于盛饭菜，碗盘功能兼备。报到时从人事科领饭盆儿，爱人（那时是对象）回来说，前面一个男的不顺眼，挑走两个带花儿的，剩下都是净一色的，不好看。巧了！这伙计和我是同县老乡、中学校友，又都被分到技术科、住一个宿舍。这成了一桩乐事，从那时谈到现在。

盆的功能也在退化。在厨房里，水缸、水盆不多了，还常用到的是洗菜盆、和面盆。洗菜盆用得更多。许多人家，连包饺子都不擀面皮了，买现成的，和面盆也几乎不用了。

瓢和盆，都跟水有关系，所以才有两个词：瓢泼大雨，倾盆大雨。今后给孩子解释，要费些口舌，大概先得说清楚瓢和盆吧。

还记得，锔盆锔碗补铁锅的手艺人，吆喝着走街串巷。那些锅碗瓢盆，很是经久耐用，修修补补，用了再用。因短缺而有的曾经的记忆，都成不值得忆念的过往了。

人间烟火气，锅碗瓢盆曲。如今，这曲子是新的旋律，新的演奏，新的风格。

小吃小喝小聚

"小吃小喝小聚",这是一家小吃店"上新"的广告。它成功地引起了我的注意。就因为那个"小"字,吃什么倒没太在意。

这年月,少不了吃、喝、聚。朋友来了有好酒。这个酒,本来是礼。无酒不成席,如果只吃饭不喝酒,似乎不够意思,有点不上台面。许多时候,那酒喝得很不讲理,也就无礼可说了。"总要醉上几次",交友察人,一度竟这样"试之以酒"。挺朴素,也挺坑人的。

有一段时间,我经常出差。工作内容之外,两样事必须有,一个是坐车,再一个是招待。那时,一般是开车去。高速公路还不多,导航仪还不咋准,跑长途全靠记忆和经验。随车有一本全国公路地图册,怎么走、到哪住,要提前做功课。当年,酒风正盛。吃大餐,喝大酒,许多人有这经历。入乡随俗,喝酒也有许多规则章程,美其名曰酒文化。跑了很多路,喝了不少酒,也是一种辛苦。

有两年,跑内蒙古。下马酒、上马酒,半是玩笑,半是讲究,就吃了几次"硬早餐"。"早晨喝酒,一天牛气!"当然是玩笑话,其实,一天发晕是真的。吃"硬早餐",也是因为头一天错过了,要补上敬酒之礼。所谓工作餐,有一项任务就是"把客人陪好"。我陪过,也被陪过。陪来陪去的,那种吃与喝,没有聚的意思。"都是工作",当时的场面话,想想真是没理搅三分哎。可是,陪过的客、吃过的饭、喝过的酒,哪个还记得哟!

174

在外面跑，没"任务"了，就想吃得素净些，能多简单就多简单。有一次办完事往回走，本来是要中途住一晚，结果路上跑得比较顺，领导说，"往前赶一赶，看看晚上能不能到家？"肯定能啊！穿过一个小城，天已大黑，沿路有家店灯火通明。"吃口饭，歇一歇。"靠边停车，是一家新开的小馆。进去一看，"就吃臊子面！"结账，"4碗面，8块8毛钱。"我说就给10块钱吧。店里小姑娘不答应，很坚决地找给我1块2毛钱。

多年以后，那些所谓面上的事，重要的饭，都已印象模糊，早无所谓了。而这一次，陪着领导，坐着大奔，4个人、8块8，我却记得清楚。现在说起来，都好像不怎么可信。吃一顿饭花多少钱？这8块8、1块2的往事，是唯一能记住的一次。普普通通的一碗面，有什么好说的，也许不少人会懂。

我内心好像是喜欢那种小聚。有一次，同学来参加学习，多年未见，抽空中午见个面。我下午要开会，他下午要上课，那顿饭就矫情了一下，找了家老北京面馆，芥末墩、麻豆腐、炸酱面、北冰洋汽水。就我们两个人，吃得很安静，聊得很开心，品尝着几样小吃，分享着彼此的故事。像是在当年大学的食堂，把那些有点儿寒酸的饭菜，吃得有滋有味。相比之下，这样的记忆显得少些，有点可惜了。

暴饮暴食，大吃大喝，一度竟流行成病。裹挟之下，许许多多的人深陷其中而不自知。当年的影视作品，不自觉地记录了那时的"吃喝观"。无论古装戏、现代戏，甚至军旅戏、谍战戏，家里外头相聚，满满一桌子菜差不多是标配。戏中人也是富态的多，即使剧情是在忍饥挨饿的年代，也都显得营养过剩。今天再看时，与其说那是粗制滥造，不如说那是不知不觉，无意中标记了一时的风气。

我们真实的能吃饱吃好，想想也没有多少年。我读初中就住校，食堂的伙食很差。说是粗粮70%，却只有星期五的午饭给"改善"一次，有馒头。馒头很暄软，十几岁的我们，能轻易地把它攥在手心里。常吃的是玉米面，不是窝头，不是饼子，是"捧子"。做法非常简单，和好的玉米面，两手里一捧，笼屉上一蹾，蒸熟。简直比窝头更难吃，私底下叫那"狗拍掌"，骂食堂大师傅。

操场边的空地，储了过冬的大白菜。入冬后，宿舍里生了火。有同学趁晚上天黑，悄悄地挖回两棵白菜，火炉上用饭盆还是脸盆煮了，加把盐，分而食之。很快就被教导主任在宿舍抓了现行。都说他爱打人。他训着人，质问是谁偷的菜，情绪上来了，眼看就要动手。班主任却及时进门，"你要干什么！我的学生，我管！""护犊子"的王根春老师，来得不早不晚。他一直在外面盯着的吧。王老师，是个好老师。平时很严格的。白水煮白菜，淡而无味。我们加点白盐，吃得很美。那年月，真是的。

生活刚刚好一些，先是在吃喝上惊了马似的，怎么吃喝都止不住。招待餐，亲朋聚，七碟八碗，大吃二喝。小吃小喝小聚，竟然有点稀少，因而也显得珍贵。七宗罪，其一是暴食。过分贪图享乐，奢侈浪费要不得。"富贵不能淫"，不能不节制。我更愿意按这个意思理解。凡事有度，过了，就会起坏，变形走样，变味变质。

初心易得，始终难守。生活中，那些微小的事情，不经意间就影响或改变了我们。

我们都会经历许多事情。随着时间流逝，一些事情在记忆中不断沉淀，提示着我们曾经走过的路，见过的人，经过的事。往事在头脑闪现，常常是过往的细节。记忆也会有选择，如果这样能多一些小小的幸福，也是普通人需要的自我修养。

用户已关机

坐在沙发上，看了几眼电视，习惯性地拿起手机，点了两下，屏幕却没有反应。我才想起来，已把手机设置成自动开关机。该上床睡觉了。

按道理，总有一段时间，不会打电话给谁，谁也不会打电话来，可以关掉电话。可是，多年来，我一直是24小时开机。像我这样的，应该有许多人。我所知道的，多是所谓的工作需要。手机晚上开着，当然是怕错过了半夜来电话。可是，"最怕晚上来电话"，每个人都这么说。意思是，电话一响，都是突发状况，准没好事。

夜里刚刚睡着，或者睡得正香，突然被电话叫醒，往往是惊醒，很不爽。可是，深更半夜，无论是谁来的，都得很耐烦，好言好语对待。工作上的事自不必说，电话打来，肯定是有点儿关系。即便是被无端骚扰，恐怕也得克制一点，把电话那头的骂恼了，重复来扰，就真的别想睡觉了。再说，真高声大嗓，家人也就被吵醒了。

"我的网龄：13年。"这是客户端的显示。其实，我用第一个手机还要早10年。20世纪的事了，基本服务费，俗称座底儿，每月50元。然后，双向收费，打电话、接电话，都按分钟计费。似乎很合理吧？来电显示，也是单独收费。还有个漫游费，最讨厌。工作的地方，处在两个市交界处，信号飘忽不定，坐在办公室不动，也会有漫游。

那时的手机，功能单一，说是"移动电话"，很贴切。新鲜物，价格和收入比起来，显得有点贵，通话费也不低。一般人通话，简单利索，闲话少叙。我刚用手机那段，办公室斜对门一伙计，没事了用固话打我手机，"试试电话怎么样，清楚呗？"使坏！后来更干脆，接通了，嘿嘿乐，"咱聊10块钱的。"不能跟他闲扯，我摁了电话就过去了，"咱面对面好好聊。"爱玩爱闹爱新潮，年轻人的好时光。

手机给生活带来方便，也让日子过得更加忙碌辛苦。只要你愿意我愿意，天涯海角都可以保持联系。现在，我也听到年轻人抱怨，下班了，大半夜，常会接到老板派发的任务，"还不敢关手机！""真是烦死了！"多数情况是，只好乖乖的，加班，干活。问题是，真的有那么急吗？也许，有时是。

待机，有点待命的意思。夙夜在公，枕戈待旦。有一些人，配得上这些高尚的词语。他们全年无休，即便有个休假，也要"保持通讯畅通"。这几乎是纪律要求，"不能也不敢关机"。很值得尊敬的一个特殊群体。而对更多的人来说，24小时开机，可能只是一种姿态，有点表明态度的意思，实际的意义并不大。

我的长年待机，有工作成分，也有个人因素。心里老搁着事，有牵挂，就是所谓责任，把自己当回事吧。有段时间，孩子、爱人、我，三个人在三个地方，自然是随时要能找到人，电话一打就通才好。工作也是，十防九空也得防，晚上开机，以防有万一情况。"怎么不接电话啊！""怎么偏偏就关电话了！"这情况，谁遇到都可能着急。

我在大学工作时，管过学生工作，最操心的是学生安全。有一天夜里，被电话叫醒。伸手摸过手机，显示是个学生。我激灵一下，不会出啥事了吧？"姥姥去世了，不许请假回家，学校这是什么规定啊！"一开口，火气不小。安抚情绪，我细细问，他慢慢说。原来是同学的事，他打抱不平，"老师，我们也是没办法了，才给你打电话。"这之前，也不知道他都找过了谁。我还得夸他关心同学，"现在，好好睡一觉。"

第二天中午，我找到宿舍，小伙伴们已经一切OK。辅导员也是听取了父母意见，说是就别让孩子回去了。小伙子带点歉意地冲我笑，"老师，打扰你了。"很不好意思的样子，又说，"不过，我们也是真的急了。幸亏你接了电话，没训人，还和我们说了那么多。"好吧，这算是感谢我。经历了，就成长了。不知他们会不会记得那个夜晚。

这小事，也算是一件正经事吧。更多的时候，半夜来电，纯属打扰。那几年，酒风很盛，常会在深夜听些醉话。道行深的，甜言蜜语，头头是道，哥哥兄弟的，说些让人高兴的"拜年话"；道行浅的，胡言乱语，乱七八糟，天上地下的，讲些让人摸不着头脑的"混账话"。不是朋友，就是亲戚，都不把自己当外人。都不可当真，还都得对付一下。有时，还有那些不相干的，被吵醒了，人家"打错了"。多可气！

现在，手机智能了，也普及了。不再是"移动电话"那么简单，而是"移动互联"了，啥事都能办。水费、电费、燃气费，订票、订车、订饭、订房，手机无所不包。居家过日子，家具家电衣帽鞋，水果饮料矿泉水，都能靠手机搞定。带上手机，说走就走，离开手机，寸步难行。

各种应用层出不穷，不同年龄不断加入。十多年前，给岳父买了个老人机，可是老人说，"又没啥事，拿那个做啥样？"基本都是人机分离。现在好了，快90岁了，一打就接，一聊半天。这是习惯了。我侄女，给人联系转账，"把钱打手机里吧"，被她婆婆听见，就问她"这手机里能装下多少钱啊？"很是感兴趣。在景山公园，我曾遇到两父女，听他们边走边聊，孩子仰脸指着辑芳亭问"这个是什么"，爸爸低头看着手机说"我现在就查查"。我暗笑，抬头看，写着呢。手机，离不开了。

手机成了生活的一部分，啥事都能干，也就啥事都能犯，该有的毛病和问题也就多起来了。治理，发了许多文件。上班常有"指尖上的形式主义"，浪费时间；老人遭遇电信网络诈骗，损失财产；孩子沉迷手机游戏，耽误学习。手机，不但与人方便，让人依赖，而且给人添乱，让人心烦。

本来，手机是很友好的，是我们把它使坏了。微信，谁都会加几个群，但是，你可以"消息免打扰"。一对一不好免扰，比如"在吗？""睡了吗？"的随时招呼，但是，手机"超级省电"，就能回到单一功能的"移动电话"。"自动开关机"，这个也很友好，管开，还管关。

　　我现在用的这个手机，从买回来就没主动关过。偶尔关机，是因为系统升级，重新启动。从什么时候手机长开了呢？不清楚。因为关手机曾错过什么重要的事情吗？不记得。一直保持待机曾遇到什么重大情况吗？也没有。那，我为什么还要长开机呢？习惯了。回想起来，也就是这样。关机，对极少数的人，在极端的情况下，可能会是不负责任。开机，对绝大多数的人，在通常情况下，可能只是自我安慰。

　　我意识到，现在清净多了。是环境变了，也是自己变了。是外面变了，也是内心变了。我也是一觉睡到自然醒了。既然一切安好，何必无事自扰。关机，睡觉。

几件纪念版

我突然觉得，自己用的一些东西，有的日久生情，已成纪念版，有的仅此一件，已成绝版。

前年冬天，在爱人数次鼓动下，去买件新外套。导购员给推荐一款，试效果，把我和衣服一通好夸。"您看，多棒！"她说非常适合我。莞尔一笑，"我看先生穿衣服很省，花几千块，穿好多年，很值得！"我就也笑了，"我身上这线衣有讲，改革开放四十周年纪念版。"

导购人不错，有素质。我随随便便出门，金玉其外败絮其中，被她看了家底。"您在家纪念版，出门最新款，多好！"我也夸衣服好，夸她眼光好。不过，我还是经夸，就笑说她这最新款和我那纪念版不般配，其实嫌贵，欢乐中说拜拜。

把衣服穿破，今天已经不易了。不过，我的纪念版线衣，终于是穿破了。

我所谓的纪念版绝版，当然是玩笑话，也是借了个概念。旧衣服穿着舒服，旧物件用着顺手，有这感觉，可能还不光是图省俭，该真的是年纪大了。

我刚刚又注意到了一件纪念版，用了几年的钥匙包。工作变动，交接之后，包里只剩一把钥匙，家门儿的。这几乎空了的钥匙包，露出庐山真面目，Design by Italy，Since 1888，似乎是真皮，也像是仿冒。终归已少皮没毛，龇牙咧嘴，寒碜得很，也该淘汰了。天天用，没动过这念头。

线衣和钥匙包，并无特殊之处，只是被我用成了绝版。钥匙包陪我走过了两个工作单位，装过不同的钥匙，开这个门那个门；线衣在家里陪我度过了许多冬天的夜晚，见过我晚上的状态，加个班，读本书，追部剧。实际上，都没什么可纪念的感人故事，破了，也就扔掉了。

想起来，老家的老屋里有架织布机，全身枣木，真材实料，于我还真是有点纪念。我小时候，祖母、母亲她们，每年还是要织几匹布的。忙碌穿梭，说的就是织布的身影啊。纺棉、拐线、挂楸、浆染、缠棒、织布，一经一纬，虽尺寸之功，须日夜操劳。我初中就住校，带的被褥就是自家一线线织出来的老粗布。

织布机能留了下来，其实也并不是为个念想，而是屋里有那空地儿，也是用不上那几根木头。我在许多旅游点，看到有织布机，随便仿造的，都不咋地，只是有那么个样子。我家的织布机，不知还能留多久。也许捐出去，可以留下去。谁要呢？怕也只是我有这一闪念。

许多非常普通的东西，走进了我们的生活，就承载了一段记忆。我家阳台上有盆虎皮兰，看起来没什么特别。我和爱人浇花时，它却像是个提词器，让我们常说起在煤矿工作的那些事那些人。在煤矿工作时，同事给了这盆很好养的花。后来，这盆花随我们离开煤矿，先进了城，又到了北京。几次欲要割舍，但是它"特别能战斗"，给点阳光就灿烂，于是就留下来了。一转眼，30年过去了。

如今的东西更新很快，许多都是一次性。修修补补的手艺，好多也就失传了，大小物件无一例外。家里没什么用的东西，该扔就扔，这是一些人的经验之谈。我是觉得，没什么用的东西，能不买就别买了。这想法，暴露年龄。

好吃不过饺子

关于饺子，有许多俗语，极言其好。"好吃不过饺子，舒服不过倒着"，有它就够了，知足者常乐；"谁过年还不吃顿饺子"，既是说家家必需，也来表穷人志气；"饺子就酒，越喝越有"，有吃有喝，简单快乐；还有头伏饺子、冬至饺子，几已无所不能，无所不在。

饺子算是北方美食，称得上"老少通吃"。包饺子，如果不能说人人会，大概可以说家家会。女孩子，小小的就开始学。以前在农村，寻媳妇找对象，请到家里吃顿饭，包饺子是个小考验。婶子大娘，左邻右舍，包着饺子聊着天，姑娘的模样、言谈、干活，也就相看了。

包饺子，看似很"傻瓜"，把馅儿包进面里就行了，其实要做得可口好吃并不简单，和面、醒面、揉面，剁馅儿、调馅儿、擀皮、捏包，甚至煮饺子，每一步都有点儿门道。同样的面、馅儿，皮擀得薄或厚，馅儿包得多或少，即使同样的饺子，煮的火候大小，都会影响口感。

我老家，是说捏饺子，吃煮饺。这乡土话，一捏一煮，形象又准确。捏饺子、擀面条、大锅菜，家乡待客的三大样。饺子要一个一个地包，有点最高规格的意思。过年捏饺子，多是白菜猪肉馅儿，当然要配大葱，加些十三香之类的调馅儿料。最有家乡味的是，调馅儿要用炒酱。吃时，嚼得着白菜、肉粒，嘴里有些许酱香。有人喜欢咬一口一个肉丸那种，会嫌弃这饺子"酱多肉少"。

吃饭是有感情的，味蕾是有记忆的。自己家的饭未必真好，因为加入了情感这味作料，就有了别样的好滋味。饺子更是这样一种奇特的东西，承载了尽在不言中的许多美好。端起饺子碗，常把亲情念。"送客饺子迎客面"，一碗饺子，寄托着亲情、团圆、尊重、礼节、祝福、期盼。

饺子不仅仅是一样食物，早就已经是一个符号。老一辈包饺子，在盖帘上怎么摆放都有讲究。方盖帘，一排排的饺子，要"有来有回"，一排朝前，一排朝后。圆盖帘，一圈圈的饺子，要"团团圆圆"，先摆满外围一个大圆，再往里一圈围着一圈。孩子们起初并不在意，经年累月，也就接受了这寓意。毕竟是好意，没理由拒绝。

小小饺子，大大容量，可谓"兼容并包"。制熟，有水（煮）饺、蒸饺、煎饺。馅儿料，就地取材、因时而异。白菜、韭菜、茴香苗，甚至萝卜、酸菜，猪、牛、羊肉，还有鱼肉、虾仁、蟹黄，都可以入馅儿。饺子馆里，竟有西红柿馅儿。吃法，有的喝汤，"原汤化原食"；有的不喝汤，有个笑话说，"难道吃油条还得喝油？"有的与粉条同煮，"金丝穿元宝"；有的更绝，"大锅菜煮扁食"。扁食，饺子的古称。连名字都很包容，入乡随俗。北京曾叫煮饽饽，也不太久远。

饺子很中国，很传统。快餐化了，有机器了，"手工水饺，薄皮大馅儿"仍然是很好的招牌。每家都有辈辈相传的独到经验。并且，荤素的搭配取舍，调料的几个少许，全凭经验和喜好，一人一个手法，一家一种味道。我图省事，买过市面上的水饺，品种丰富，价钱不一，却没感觉哪一种特好吃特别值。后来就很少再买了。

我喜欢吃饺子，在家里常包。过去吃，论碗论盘。现在论个，配些别的菜，营养更均衡。和面，软硬要适度，既易擀皮、包馅儿，又耐煮不破。调馅儿，无论荤或素，重在调，不能散。当然，面与馅儿，都尝试了种种新玩法。可是，记忆常回到家乡，想起年根儿集市上卖十三香的吆喝，"有花椒有茴香，有卤桂有良姜""捏饺子儿，调馅子儿，尝尝咱的好味气儿"。"酱多肉少"的家乡味，仿佛就在齿颊之间。

注意脚下

读到一个佛教故事，参禅悟道的称作公案。

五祖法演禅师门下有三个杰出的弟子佛果、佛鉴、佛眼，时人号称三佛。有一天，法演带着三个弟子，在山下的凉亭夜话，回寺的时候，灯突然灭了。在黑暗中，法演叫每一位弟子说出自己的心境。

佛鉴说："彩凤舞丹霄。"现在伸手不见五指，他说心中却有五彩的凤凰在青天上飞舞。十分美好，有"诗与远方"。

佛眼说："铁蛇横古路。"这时一片漆黑，他说感到好像一条铁石般的巨蟒，横在古道之上。前路凶险，有"忧患意识"。

佛果说："看脚下！"暗夜走山路，顾不了那么多，他说最要紧的是"注意脚下"。简单明了，最务实具体。

法演当场给佛果点赞，"将来能传扬我的宗风的只有你呀！"后来，果然如此。

寻常一说参禅悟道，高深莫测，大有拒人于千里之外的感觉。大道至简，我们想多了。想多了，搞复杂了，反倒是离本来更远了。黑咕隆咚的，走夜路，"注意脚下"才是实实在在的啊！

"看脚下"就是"过当下"，要注意此身此时此地，就是自己当时所处位置。

曾有位同事，打了报告，要提前退休。可是，他对工作依然尽职尽责，该出差出差，该值守值守，该开会开会，该加班加班。老哥们儿调侃他，"还这么卖力，怕退休了没的干吧。"他说，"这不还没退嘛！"终于有一天，他与我道别，"领导谈话了，批准了。我明天就不来了。"第二天，他就没再来上班，正式过起了退休生活。

在岗时尽力地干好本职工作，退休后尽情地享受美好生活，听起来简单如废话，好像也不是谁都能处理好。这也是值得佩服的。

豁达的人，不过是能够该干吗干吗。

如果是平静地过着日子，花开花落，云卷云舒，一切都是该有的样子，任谁也没什么可纠结可纠缠的，或者净整那虚无缥缈不着边际的。可是，有时候突如其来的事情闯进生活，让人措手不及。变化，特别是变故，考验人的心性。在黑暗中行走，"灯突然灭了"，最要紧的是"看脚下"。

一位朋友，早早就做了领导，向来自律很严。突然有一天，听闻他被处分了。原来，属下出了状况，问责到他。许多人为他抱不平，大有"一世清名被毁"之憾。他却说，自己还是有责任，所以才会被问责。几年过去，他没有一句推脱或埋怨的话。

有人说，领导干部的事情，离咱比较远。说一件生活中经历的事情。我那次害了一场病，从治疗到康复很长时间。我就想，撞上了，就面对，别吓唬自己，也别不当回事。就如"吃饭时吃饭，睡觉时睡觉"，尽量让一切保持正常，治疗时治疗，工作时工作，休息时休息。如此而已，这是我的努力。

事到临头知不易。有一些难事，只能靠自己。昨日已去，明日未来。被一些难事或坏事撞上时，痛心疾首地"想当年"，信心满满地"盼未来"，都不如脚踏实地地"做当下"。

一切过往，皆为序章。我们听到太多珍惜今天把握当下的劝勉。解透这个理儿，看脚下的路，做当前的事，才会不负青春。走好每一步，笑对每一天，才会让每一个日子都充实，让自己的人生更踏实。

他说得真对啊

读汪曾祺的书，许多小故事，很好玩儿。

《名优逸事》中，讲到京剧名家郝寿臣受聘为戏校校长。就职那天，对学生讲话。他拿着秘书替他写好的稿子，讲了一气。讲到激动处，他很有感慨，一手高举讲稿，一手指着讲稿，说："同学们！他说得真对呀！"

"这件事，大家都当笑话传。"汪先生写道，"这没有什么可笑。这正是前辈的不可及处：老老实实，不装门面。"

这个比较久远的故事，今天来看也还耐人寻味。这故事也是笑谈，也是美谈。

领导在台上讲话，不是和朋友聊天。漫无边际地东拉西扯不行，轻松随意地说错重说也不行。每句话都要能上得了台面，每个字都要传递准确信息。特别是今天，一句之失乃至一字之错毁英名，这事儿，有。这样说来，领导讲话不可不慎，不可不认真。

郝校长一句"他说得真对呀"，想一想，他还真是很认真。他这位戏校的校长，当时没有"入戏"，跳出来说了句实话，自己戳穿，讲稿是秘书捉刀。

讲话，当然应该"入戏"，既要知道自己身份，又要考虑听众身份。要说自己该说的话，也要说听众想听的话。入戏，但最好不要演戏，那就整虚了。讲话，要把该说和想听处理好。这需要下点功夫，用点心。功夫不负有心人。

一位老朋友曾笑言，两种"听起来不错的讲话"，不能多听，不能细听。一种是，不管什么样的稿子，都可以抑扬顿挫，念得有滋有味；另一种是，不管什么样的会议，都愿意临场发挥，说得很开很嗨。不提前做功课，而注重现场演，这有点舍本逐末。讲话讲虚了，听起来热闹，或没实际内容，或不切合实际，大家听了之后会说，"他说了些啥呀？"

关于讲话和发言，也曾听到经验之谈。一位年轻的同事说，他参加会议不光认真听别人讲，也会思考换成自己该怎么说，有时候还真就临时"讲几句"，反响不错。一位老领导则曾经嘱咐，不要轻易地在会上讲话，真需要讲话了，一定要提前准备，搞清楚为啥讲、给谁讲、讲些啥、怎样讲。

这经验之谈，也是对自己说的话负责啊。果如此，大家听了也会说，"他说得真对呀！"多年前，郝校长是夸写稿的，在这里，大家是赞讲话的。

幸福生活的几种模样

　　人们相聚在一起，要么是有血缘上的关系，要么是有经历上的交集。见面聊聊，怀念过去或畅谈未来，享受生活或感慨人生，常是用一个一个场景、片段、截面等，讲个小故事，举例说明。

年　货

　　回家过年，走走亲戚，见见朋友。有朋友玩笑说，年货要自己花钱采办了。说这话的，是一位有工作还管点儿事的。

　　曾几何时，年货是待遇的一部分，身份的象征，内容无所不有。单位集中办一些，兄弟单位走动送一些，下级单位照例献一些，个别下属意思意思，于是，有的人年货相当丰富。米面粮油，烟酒糖茶，鸡鸭鱼肉，这些都有，还都是基础中的基础。年货，除了居家必备以外，还应当有一些高端大气上档次的，不仅是居家的一部分，还可以是今后生活的一部分；除了年节必需品以外，还应当有一些经久耐用可贮藏的，不仅现在可以用，还可以长时间持有；除了满足小家庭以外，还应当有一些可以表示礼尚往来的，不仅自己可以用，还可以转送亲戚朋友略表心意。

　　有的朋友说，自己采办年货，就连春联和年历这样的小物件儿，也要知道到哪儿去找。也有的说，一个最直接的好处是，市场上转转，知道了肉啊鱼的都卖什么价。还有的说，买年货，又找到了过年的感觉，在买这买那中，早早地感受到越来越浓的年味儿。

我想套用一句广告："这味儿，正！"

出　游

回家过年，家人团聚，是老传统。三五亲友，相约出游，是新选择。有意思的是，除了周边游，热门目的地是一南一北。有的到东北，感受寒冷；有的到海南，享受温暖。

在海南买房的不少。一位朋友，驾车2500公里，举家到三亚过年，父母兄弟姐妹都去，车上装满了吃穿用度，锅碗瓢盆。这旅游，几乎是一次搬家，他们搬得很乐呵很享受。

一大家子人，重新安营扎寨。那几天，他们不再操心别的，就是吃喝玩乐。这是个私享的春节。

冰雪游也很流行。另一位朋友，约了几家好友，一同去了东北。他们看了冰天雪地，更奇妙的是，在冰天雪地里泡了温泉。露天温泉池，往外不远处就是两尺厚的积雪。这情景，想想很是奇幻。

说来也都是老大不小的人了，一个个赤身从温泉池子里出来，走进没膝的雪地，很嗨地留影。那一刻，一下子找回了童年。雪地拍"裸照"，不仅是身体好，更是心情好。

朋友说，外面过年，真轻松。

我想，轻松，是因为放下了好多事情。

聚　会

老乡、战友、同学聚一聚，招呼一下，悄然发生了变化。

过去这种聚会，有人组织，有人买单，组织的是热心的，买单的是带长的。谁都明白，不是花公家的钱，就是吃老板的饭。

一位朋友讲，前些日子被找去谈话，了解他吃过的一顿饭，谁组织的、有谁参加、哪个买单、喝什么酒、为什么聚，问得很详细。他说这饭吃得别扭，有后遗症。

我说，有些饭不好吃。说不清道不明的饭，虽吃了没啥毛病，但容易给人添堵。

较大范围的聚会，有人试过AA制。聚会，大家都回到过去，全部摘帽，一下子又拉平。这种聚会，有的很嗨，有的不适应。这就难以为继。

话说回来，花自己的钱、吃自己的饭，自己的事自己干，也不会有啥毛病。于是，谁组织谁买单，渐成新习惯。这一般是小聚。

三五好友，小酌微醺，少了些负担，多了些亲切。

这饭，吃得舒服。

慰 问

去看望一位老人，他退休多年。他问我，这两年单位也不来家里看看了，说是上面不让来，你们那儿还看不看了？我实话说，那是他单位做得不好。

老人说，想想也不该是上面不让来，肯定是有人把经念歪了。说起当年他去走访慰问，像是走亲戚，坐下来聊半天，有时候人家还给整两个菜，喝两杯，亲得很。"我现在啥也不缺，倒不是图他们给拿啥东西。往家里走走，这是个心。"他很强调那个"心"字，"亲戚不走动，不就断亲了？"

这老理儿讲得好，里面有感情。

我想起听到的两件事。一位老人讲，过年前单位有人来，五六个人，拿了两盒牛奶，好像是看病人。另一位老人讲，领导到家里走访，带一大帮人，硬是找不到家，敲了楼下的门，又敲对门的门。

这蜜不甜。想想，一个春节慰问无春意，一个烧香拜佛进错门。

不走心、尴尬事，平添笑料和谈资。

有意思的是，老人们讲这些事的神态，都是笑呵呵的，似乎有一丝丝的甜。

我就想，这云淡风轻，也是生活智慧。

轮　岗

一位朋友，年近50岁，夫妻都在煤矿工作。如今煤矿半停产，职工轮流上班，一半休息一半工作，说是轮岗。

形势时好时坏，经营起起伏伏，煤矿好像一直是这样一种状况。不管是吃肉喝酒，还是吃糠咽菜，煤矿人适应得都很快。我是这样的印象。

我这朋友，前几年见面，说到买房子："这事我不管，只要老婆看上了房子，买就是了。啥大事啊！"说这话，是有底气，收入高。

如今，朋友的收入下降了。妻子提前离岗，不算退休，也不用工作，月工资在表上1400元，杂七杂八地扣完，开到手不足800元。

朋友原本毫无趣味，除了工作几无其他爱好。轮岗，工作就有一搭没一搭的，人也是无所事事的状态。孩子也大了，出外上学了。于是，开始找乐，适应新生活。

两口子逐渐学会养生做饭、养花种草、喂狗喂猫。约几个人，常去周边爬山，锻炼身体，每天不是一万步，而是两万步。

丈夫轮岗，妻子离岗，50岁，"半退休"，早早开始"享受"生活。

朋友说："有吃有喝，快快乐乐，就这样了。啥大事啊！"

我给他总结，莫管效益差工资低，但求好心情好身体。

石榴红时

我喜欢吃石榴，是岳父一家人发现和培养的。我"就好这一口"，在爱人的娘家是出了名的，父母、姐妹、外甥都这么看。这几年，他们要么专门留一些石榴，我春节回去的时候拿出来，要么就不断邮寄一些来，我可以从入秋一直吃到春节后。

家在农村，小时候正是短缺年代，啥都稀罕，石榴也像个宝似的，并不容易见到。我所谓的喜欢吃石榴，也是半路出家，并不是有什么"小时候的味道"。

岳父的院里有一棵石榴树，长得很好，多数年份枝头会挂满石榴。一家人把石榴树当花花草草，谁也没把石榴当好东西，更不会拿它来招待客人。照常理，我结婚前后那几年，岳父岳母不大会拿树上的石榴招待我，我偶尔吃个石榴，应该也要吃相好看。我喜欢吃石榴，当是多年没现形。

一个姑爷半个儿，慢慢地，我和岳父都"不把自己当外人"了。石榴无论是挂在树上，还是扔在桌上，我大概是伸手就拿来吃的。说到吃石榴，岳父的嫌弃多年不变，"就一点儿甜水儿，嚼嚼吐了，皮又不好剥，那有啥吃的！"他倒不是嫌弃我，是真的认为石榴"那有啥吃的！"后来工作离家远了，我们不常回去了，每年树上石榴熟了，他都会反复念叨着我好吃石榴这事，然后挑一些长得好的，很用心地给我存起来。

吃石榴,剥皮麻烦,一嘴籽儿,没什么味道,真是"所得不偿劳"。我和几位同事去泰国,街上许多售卖石榴汁的小贩。一问价格,"好——喝——,十——块——,不——贵——"。拉着长腔的泰式汉语,打动了我们,于是,一人一杯。大家对那句婉转的"好——喝——",印象深刻,反复练习,惟妙惟肖。但是,他们都说,石榴汁真不好喝。由此想到吃石榴,有的说,抠饬半天,没什么东西,那有啥吃的。

我就坦白了,我每年都吃些石榴。几粒石榴籽,在嘴里咬挤出汁,那感觉比直接喝汁好多了。是的,和吃石榴相比,喝石榴汁觉得缺少了灵魂。吃石榴,剥皮取籽,手轻了皮剥不开、籽下不来,手重了籽被挤破、散落一地。不急不躁,力道拿捏好了,取三五七八粒入口,轻轻咬挤,点滴甘甜,有滋有味,挺好的。没几天,同事兼翻译小徐,给我发了个视频,用水果刀在石榴上划几道,很轻松地就剥开了。真是做什么都需要一些功课。

近来倡导消费扶贫,我没少网购延安苹果、赣南脐橙什么的。脐橙也不好剥。果农想得周到,每箱橙子附赠"剥皮器"。剥皮器,其实就是一个指环,套戴在食指或中指上,冲外一个小尖头,划开果皮。我想,顶针戒指大小的东西,叫器,说大了。参考开酒瓶的起子,倒是可以叫作划子。起子开盖,划子剥皮。这两年,我用这划子,就这么叫吧,剥橙子皮,也剥石榴皮,划几下,一掰就开,方便。

慢慢发现,好多地方产石榴,还都有故事。有一次到临沂,宾馆房间的果盘摆了石榴,还专门介绍石榴的功效,特别强调能解酒。这大概强化了我吃石榴的自觉,那几年喝酒太多太勤了。去年到枣庄峄城,那里称作榴乡,据说源自汉朝,号称有万亩榴园。孩子小姨多次寄来咸阳石榴,据说被唐朝皇帝称赞过,号称"御石榴",个大,甜酸。新疆说"像石榴籽一样紧紧抱在一起",可见也是产石榴的,但是闻名的却是吐鲁番的葡萄,还有哈密瓜。听说云南宜良的石榴也很好,只是听说。

岳父院里的石榴，没卖过。石榴熟了，亲戚邻居喜欢的就摘几个。那石榴纯天然，望天收，不施肥，甚至不专门浇水，打药灭虫更是想都不想。石榴不大，皮和籽都红得发紫，皮紧实，更难剥，籽籽发脆、细甜。有次在天坛公园门口，一大妈在卖石榴，论堆，说是自家树上结的。买两堆提回家，七八个，的确好吃，甜得很正。看来无论什么品种的石榴，只要栽在了自家院里，能够朝夕相处下来，结的石榴就应该差不了。

岳父院里的石榴树年年结果，不管当年的石榴长相如何，他每年都给我留一些。可能是喜欢吃石榴的人不多，也可能是他惦记着我喜欢吃。我当然更愿意相信是后一个原因。我觉得这石榴品质好，更好吃，就如同吃自己炒的菜吧，这口感里面恐怕也有些个感情因素。

秋叶落时

　　一个回眸，秋天变成了风景。秋天有独特的美，硕果满枝很美，层林尽染很美。秋叶落时，我们感受秋天的美，继续着光阴的故事。

　　说到秋，往往离不开愁，所谓秋愁。秋愁何来？从文化对心理的暗示，到天气对身体的影响，有许多说法。"愁，为心上秋。"心上有秋就是愁，你不愁就对不住这个字。这说法似乎最能说服人。望文生义，也有点儿不讲理。王安石曾说"波，为水之皮"。苏东坡却不服气，开着玩笑做杠精，如此说来，"滑，为水之骨"。诸多解释，只是有此一说而已。

　　秋在变，人也在变，心上有秋未必愁。"自古逢秋悲寂寥，我言秋日胜春朝。"秋天会给你点颜色，让你看看秋也喜人。美美的秋叶，美美的秋色，自不会"秋风秋雨愁煞人"。这天吃午饭，窗外恰是几棵银杏树，抬头满眼金黄。一阵秋风来，飘飘叶叶落，不由得停了筷子，望向窗外，共享秋色。

　　入秋后，我们的心思和目光慢慢地移向枝头的叶子。梧桐叶落知秋来，其实，那时候还是满眼绿意。不经意间，某棵树上的叶染了色，几片叶，数条枝，整棵树，然后，大街小巷，漫山遍野，"数树深红出浅黄"。秋叶落时，城市乡村晚装多彩，美极了。

　　于是，秋天就多了一些节日，红叶节，银杏节。节为秋叶而立，愉悦的却是人。四面八方的人们，赶赴与秋叶的约会，一睹芳容。一面广而告之，某地有红叶节，叶色好，景色美，快来快来，不容错过。一面又温馨提示，此处扎堆拥堵，见人易，观景难，莫去莫去，别处秋色也很美。一邀一拒，很有意思。

是的，这几年，真的是处处旧貌换新颜。我们那里的乡村，一向是灰头土脸，不大招人待见，如今也开始扮靓了。我读初中时，上学路上还是大树参天。后来树全被卖了砍了，田野四望，光秃秃的，很可惜。去年夏天回家，行道树又长起来了，林荫大道，感觉很好。这两年，乡亲们把村中的空地、老宅改建成小广场、文化院，虽小，却有模有样。到了秋天，还搞起摄影赛，村村落落入画来。

"出亦愁，入亦愁"，诗词中经典流传的秋愁，不是"个人的小小的悲欢"，是那个时代的悲苦伤愁。人无忧，秋无愁。不再愁"茅屋为秋风所破"，不再惧沉睡百年多忧患，这时候看"为赋新词强说愁""却道天凉好个秋"，怕是不自觉地就认同了字面意思吧。秋愁，还不好讲了。

秋叶落时，我们欣然相看，感受美好，享受阳光。许多人关注着秋色的变化，分享着自己的美丽发现。直到树树叶落，于是，又盼望冬天的雪，找寻另一种美。日子就这样过着，一年又一年，美美的，好好的。

秋天里的絮语

真的是秋天的感觉了。不再觉得太阳很毒，生怕被它伤着，相反，脚步会不由得往阳光里迈。开始喜欢那暖暖的感觉，这是真的已经换季了。

许多人喜欢秋天，近年尤其多。这得感谢"百姓富，生态美"的进步，人增了赏秋色的闲情，景添了秋意浓的去处。所以，少了些"秋风秋雨愁煞人"的情绪，多了些自豪满满迎客至的邀约，"秋天来吧，那时候最漂亮了！"有人说，秋天的味道，丰满而醇厚。

春夏秋冬，偏偏却有秋愁一说。秋愁何来？从文化对心理的暗示，到天气对身体的影响，有许多的解释。淡淡的忧伤，也许还不算糟糕。然而"出亦愁，入亦愁"，愁得化不开，总是不太好。因此，何以解秋愁，也有种种疏通消散清热解毒的建议。

秋天给我的记忆，有好事，当然也有愁事。好事分享，一人喜变成两人乐，喜乐倍增；愁事分担，一人扛变成双人抬，忧伤减半。我对这话将信将疑，觉得有点一厢情愿。遇到事了，无论大小好坏，有朋友亲人聊一聊，这也是最抚凡人心的人间烟火气吧。但是，生活不是简单的算术题，好多事，如人饮水，冷暖自知。

前年秋天，我对"秋深露重，请君保重"有了切切体会。每天的天气，外面的气温，穿什么衣服，原本都不是个事，但在那个秋天重要了起来。天南海北闯，不怕风雨狂，突然间，对冷暖在意，对季节敏感，阴晴冷暖竟成小小的悲欢。这岂不显得矫情，或者增添烦恼？好在，我选择了顺其自然。说到底，也没什么特别，就是更懂得爱惜身体罢了。想通了，就该这样，总会这样。

有时觉得，人很脆弱。鞋里有粒沙子，手上有根刺，都会不舒服。有个小病小灾，头疼脑热，就让人没了精神。真要大动干戈，伤筋动骨，更是会损伤元气。有时觉得，人很坚强。山一程水一程，九九八十一难，一路风景一路歌。前行的脚步，没有什么可以阻挡。脆弱或坚强，在某时某地是会被放大的。秋风萧瑟，身体不适或心情不爽，放大了的秋愁就会在周遭弥漫。这时候，我们需要来点"自拔"的努力，千万不要沉浸其中而不自觉。

去年秋天，是云淡风轻，又喜气盈盈。孩子结婚，"独立了"。我调工作，"回来了"。孩子婚礼那天，天气满分。蓝天白云下，如茵绿草上，客人们三三两两地寒暄，聊天，拍照。"真是个好日子啊！"既应景，又应时。我在致辞时，开口就说"天作之合，天公作美"，真是发自内心。只这一件事，好像喜悦就把整年填满。这个秋天，收获了人生中的大幸福，感叹孩子大了，我们也老了。

我们一生会有多次角色的变换。我们也拿四季来比拟人生。然而，我们的每一个角色都是一次就过，绝不像四季那样周而复始。人到中年，父母年轻时的样子，子女小时候的游戏，只能是心中幸福的记忆了。怀念过去吗？不如也想想当下和未来，怎么给年迈的父母多一些陪伴，如何给成年的孩子多一些支持。工作也一样啊，做好当下就好了。只要内心有珍重、爱意、敬畏、责任，走过的每一个季节，生命里每一个角色，都会有它的美好。所以，秋色很好，可胜春朝！

今年秋天，一切复归平常，都是该有的样子。适应了新习惯新角色，自我感觉良好。如果逢秋强说愁，那就是，一年又一年，时光一去不再回。体力精力下降了，做事的首选是量力而行，不敢再做"破坏性实验"。如果"择其善者而从之"，那每一季都有自己的风景，有不一样的收获。兴趣爱好收窄了，岁月的痕迹就越来越多，只想去做

"属于自己的"。

小区有个很小的花园，我现在是常客。那里总有些熟面孔。锅炉房旁边一间小屋，被几位老人占领。大妈们晚上在那儿打牌，聊天，有时候还亮两嗓子，欢声笑语不断。爱人凑热闹，打招呼一聊，有说，"我们是来当"奴隶"的。"众人哈哈乐。多是投奔孩子来的，给孩子看孩子的，这"奴隶"当得很幸福。

谈起生活，如果没有点爱好特长，就好像很无聊很可怜似的。所谓生活质量或品质，一般意味着丰富多彩高大上。这当然好，让人虽不能至，然心向往之。也还有另一种生活，择去了杂七杂八，少了些鸡零狗碎，虽显简单，也可滋润。单调，重复，似乎无欲无求，无可无不可，享受的是温馨和从容。

俗话说，千人千面。人的多面，也正是生活的多彩。每个人都有自己的生活，而这生活不全是美好。要紧的是，学会享受生活的美好。不如意事常八九，可与人言无二三。谁还没几件上愁的事啊！愁，不是秋的专属。愁，不能由着性子。这似乎也是能担事，有骨气。

我不咋信命，自认很有点科学精神。可是，"这就是命""这是科学"，有时候却很像是同样的意思。花落后，果开始接力，孕育新的希望憧憬；叶子落时，枝干长了一圈，年轮标记岁月故事。岁月无声，匆匆，已说那年。

从前年算起，时隔满满两年，恰是三个秋天。两年三秋，我丢了一些好本事，也添了一些新技能。喝大酒熬长夜戒掉了，太极拳八段锦练熟了。晚上无局，锻炼身体，规律作息，往坏了说，是不得已，退而求其次，往好了说，是更健康，适合自己的就是最好的。时过三秋，自会有许多故事。我相信，三秋又三秋，会有更多的美好可供絮语。

4

冬·阳依暖

有个好身体，再有个好脾气

一家子人，身体都不坏，都不爱闹脾气，"除了为小猫上房，金鱼甩子等事着急之外，谁也不急赤白脸的。"老舍先生《我的理想家庭》，真够理想的。

这样多好，好身体，好脾气，好心情，快快乐乐，无忧无虑。也不是没事做，不闲着，但是，做得与世无争，做得无所事事。也不是不操心，但是，有一搭没一搭的，可有可无，完全是图一乐呵。

只能说，我是实现不了这样的理想了。身体有点状况，偶尔闹点脾气，甚至认真到急赤白脸的，这种情况，说"我有一个朋友"如何如何，不够厚道，也容易误伤。

我身体一向好好的，说不上棒，但能吃能喝能睡，没什么杂病，自我感觉良好，别人也常夸我身体好。

我从记事起，只被医生吓唬过一次。那时候应该还没上小学，发烧了，被大姐带到公社卫生院。医生说，这孩子真皮实，都快烧到42度了，还跑着玩，一般早就蔫儿了。后来知道，体温表最高也就这刻度。我就怀疑，是当时发烧犯迷糊记错了，还是那个体温表是坏的？总归是，喝了点甜药，也就好了。

我一直无知或无畏地认为，身体并不需要特别的关照，不要折腾，不必娇养，顺其自然就好了。上次听朋友建议，说是开辆车养只狗都要好生伺候，对自己更该用点心好一点。他说，"抽空进站做个小保养

203

吧。"这推心置腹的好意，不能只是心领，需要行动。

这一次，不白去！医生说，我能听从朋友建议，抓早抓小，很幸运，很好。按"惩前毖后"那样的理解，就是我能够从善如流，即知即改，所以给以积极评价。应属主动投案，酌情从轻处理：严重警告，甚至是降低岗位等级。说是严重警告，就是要我高度重视存在问题，及时把毛病改掉，不要再在错误道路上越滑越远；降低岗位等级，就是要我把原有职责权利收一收，一些事情不能也不必再做了，烟就别抽了，酒也戒了吧。这个过程是痛苦的。但是，我也有许多幸福的新体验，比如，一杯白开水，一两或二两，小口细品，竟是那样甘甜。

人吃五谷杂粮，免不了打嗝放屁。人有七情六欲，偶尔闹点脾气也属正常。我那次住院一礼拜，护工老杨夸我脾气真好，可是我爱人说杨师傅你真看走眼了。老杨做护工十几年，说的大概没错，爱人和我生活快30年了，说的大概也没错。我一向脾气不坏，偶尔也动肝火，大概是这个情况。

年少时看戏，听老人们说，越有本事的人越能稳得住，一般当大官的都不会大发脾气。那时对此深信不疑，舞台上这个皇上那个包公，演得好不好，就看"吹胡子瞪眼"有没有过了那个劲儿。大概黑老包只能不怒自威，大发雷霆就是演得不好了。后来知道，这是老百姓的一厢情愿，美丽的误会。再大的领导，急了也会拍桌子，娘希匹王八蛋地骂一通。

"山难改，性难移。"脾气好坏，有关性格，也有关修养，还有关责任。性格是娘胎里带的，修养是受教育情况，责任是当下身份决定的。比如说我吧，远的不说，近来的闹脾气，大抵是缘起于责任感爆棚，进而引发性格里起急的神经，结果修养又不足以把持火候，于是情绪上来，就让别人不乐意，自己心情也不好。我知道，用"我是对你好啊"来解释是不够的。我的子侄辈，有的因此更亲密，有的因此而疏远。这要放在工作上，大概只能是得罪人了。

身体和脾气，互相成就，好身体、好脾气，"两好并一好"，保持好心情，做个"三好"生，那最好了。身体不坏，虽几十年不看医生，警钟长鸣还是需要的。不闹脾气，也别一点脾气没有，对人对事一概"可以还行挺好"也挺没劲的。身体和脾气，即使偶尔遭遇阴雨天，也尽量不要坏了心情。公认的是，心情、情绪也会对身体有影响。但是，或者应该说因此，无论身体怎样，都不要总闹脾气，更不能无理取闹，否则，别人受不了，自己也受不了。

我想，所言"小猫上房、金鱼甩子"等，也许是用并不存在的美好，类似黄粱一梦这样的故事，劝诫我们要面对现实吧。不过，好身体、好脾气、好心情这"三好"，谁都可以争取。

立此存照，期望美好。

在冬日暖阳下

有医生讲，阳光是免费的营养品。"多晒晒太阳。"医生常常会给出这样的建议。他们甚至说，在晴朗的日子，你即使是站在树荫里，阳光也照样会让你"沾光"，身体受益。

人不分男女，地不分南北，喜欢阳光似乎没有例外。阳光，沙滩，海浪，不是处处都有这样的环境。但是，只要愿意追寻，寻常的环境也会处处阳光。

北方的冬天，阳光难得。尤其是在城市里，阳光只有透过林立的高楼才能落在地上。高楼那么多，那么密，有阳光的空地就显得很少。这时候阳光最足的地方可能有两处，一个是公园里的广场，一个是学校里的操场。

有一段时间，我被建议必须经常走走，但是又不要远走。我被限行了，不能到广场，也不能去操场。在寒冷的冬天，有那么几天，我甚至是在冰天雪地里，在风吹雾霾散的间隙，棉服帽子口罩装备齐全，似乎是毅然决然地，走出去追寻着阳光。

有一天上午10点，我发现越过两个高楼之间的矮墙，阳光在小区的道路上落了一地。我迈进这阳光里，来来回回地走着，不肯出来。走路的范围，以阳光为限，所以要来来回回。那天的气温零下十几度，天空湛蓝，空气优良，在微风的阳光下，居然走得身上还暖暖的。

我后来发现，上午九十点钟，午后，下午三四点钟，从高楼这侧或那侧，或透过两个楼之间的空间，总有几米阳光漏到小区院里。于是，我就在不同的时间，走进不同的阳光里，踱着步去求"阳光面积"。阳光洒在身上的幸福，暖暖的，很惬意。

冬天的天短，太阳走得很快。我沿着阳光划定的界限走动，能十分清楚地看到边界移动。我一边享受阳光，一边看着光影移动，有时候也会感叹"一寸光阴一寸金"，也会感叹"过去的日子不再有"，也会回忆"过去的时光都用在哪儿了？"

寒假结束，疫情防控正紧。学生推迟开学，但是"停课不停学"，我们这些"坐班儿的"按期回校。刚刚下过一场雪，空气清新，阳光很好。午饭后，我追随着阳光，在校园散步。我漫无目的地走着，不觉已在操场上了。阳光明媚，"草坪"上的积雪映射着白亮亮的暖阳，积雪消融，跑道上的水流勾勒着印象派的画作。操场上，只有我一个人。我独享着这一操场阳光，又期盼疫情早日过去，操场上满是奔跑的青春的身影，校园里满是阳光的灿烂的面孔。

冬去春来，太阳回归。还是说，太阳回归，冬去春来？总之，新的一年开始了。天又长了，影子又短了，大地复苏，春暖花开，阳光灿烂的日子多起来了！我也慢慢地打破着限行，扩大着活动的范围，不必再掐着钟点在小区寻找阳光了。

饭后百步走，已成为我的标配。我走着走着就走进阳光，喜欢上了阳光的味道。

疫情尚未结束，但是明显地感觉，最艰难的时候已经过去，来公园遛弯、锻炼、晒太阳的多起来了。这段时间，打牌、下棋、合唱团、广场舞所有聚集的活动都不允许。散步晒太阳是最好的选择，安全、经济、方便，自己放心，别人也放心。我看到好多人和我一样，在阳光下，慢慢地走，信步，从容，享受，满足。

生活中有风雨，但是更多的是阳光。公平的是，谁都可以享受阳光的福利。如果条件很好，可享受阳光，沙滩，海浪。条件允许，可常到广场、操场。实在不行，可就近找到几米阳光，消消毒，补补钙，舒展筋骨，自得其乐，也足够用了。

走进阳光，享受生活。养成习惯，让它陪伴每一个日子，让我们的生活充满阳光。

留一些时间给自己

1

有一位朋友，爱在电话里开玩笑，平时喜欢聚一聚。有段时间，隐约觉得少了联系，有时候通电话也不多说了，有机会见面也总是推辞下次找时间。

几个月过去，过年了，却又遇上新冠肺炎，连拜年也都不见面，改电话微信了。宅在家里抗疫情，一切都免了。过年回来聚聚聊聊的约定，只好明年了。

这一天我们电话里聊。"说句不该说的，"他说，"新冠肺炎给了我一个好假期，可算是踏踏实实歇几天。"他像以往一样，又重复着对我工作的羡慕，"学校一年两个大假期，还是你好啊！"

东拉西扯地聊着，我才知道，他前一段时间遭遇了"人生危机"。他回想那种艰难，好像每天都是被推着走，根本停不下来，毫无成就感，真是身心俱疲。结果就是，心情糟透了，身体也有点吃不消。

是啊，庚子年这个超长假期，许多人可以在家里休息休息。然而，这个休息的代价太大了，会刻骨铭心，会写入历史。这个休息，很不好。

往后余生，我们还是要有一些改变，留一些时间给自己，主动地享受休息。这些时间，"什么都可以想，什么都可以不想"。这样的休

209

息，不再是被动的郁闷的操心的，果真是休闲的愉悦的放松的。这种日子，该多好啊！

2

"一家不知一家，和尚不知道家。"我们都在忙忙碌碌，各忙各的，往往以为自己好忙，常常不知别人在忙什么。

政府机关的干部，从上层的大领导到基层的小干部，都常常加班加点。大小公司的员工，从经理主任到快递小哥，都在每日每夜地奔波。一句"我太难了"能够流行，多少人"于我心有戚戚焉"。

我现在的工作，朋友们满是向往"学校一年两个大假期"。其实，哪一个寒暑假期是完全放假呢？假期比平时宽松，但是总有这样那样的事情，有时候是被呼叫，有时候是我自找。

我们做的许多事情，习惯称之为责任使然。久而久之，习惯成自然，"两眼一睁，忙到熄灯"就成了生活的模样。让生活回归本来，给生活修枝剪叶，我们可以活成另外的样子。

在学校工作这几年，我每年除夕上午都回到学校，去看看留校的学生，提前拜个年。看起来应该去做的事情，坚持了数年，今年中断了，恐怕也只有我一个人知道。其实，这事做不做全在自己。

七七八八的杂事，兹事体大的正事，我们总是要有所取舍。既然可以选择，那么许多时候可以高挂免战牌，诸事勿扰，忙里偷闲。

把可有可无的事放一放，属于自己的时间就有了。

3

留一些时间给自己，为了更好的自己。这个更好的自己，不是自私自利，不是心里只有自己。更好的自己，是为自己，也是为大家，是为生活，也是为工作。

朋友问我，你现在敢把手机关了吗？我说不敢，不光是白天不能关，晚上睡觉也不能关。留一些时间给自己，不是屏蔽别人，也不是隔离自己。出家人也要做功课的，何况我们有家有业的。

要给自己留一些时间，但是，该做的事还要做，该负的责还要负。如果走过了头，适得其反，让事情一团糟，岂不自寻烦恼。

生活本来千姿百态，人生没有标准答案。自己的时间，当然要做自己喜欢的事情，做有益身心的事情。做这些事情，可以很努力，但是不用拼，可以很放松，但是不能懈。

四十不学艺，这句老话显然已经不合时宜。没有自己的时间，往往是因为没有自己的爱好。尝试一下新东西，保持一颗年轻心，也许会发现不一样的你。选个简便易行的，比如手机摄影，比如公园健步，试试看吧，放松而不是挑战自己。

自己有想做的事，有喜欢的事，有擅长的事，怎奈经年累月，慢慢忘记了自己，生疏了从前。唤醒曾经的自己，也许只需要给自己一些时间。我们需要对自己好一点，做一些对自己有营养的事情。假如爱打球、游泳，会弹琴、唱歌，好读书、书画，为什么不呢？把丢掉的寻回来吧。

给自己一些时间，充电加油，享受生活，愉悦心情，交流感情，纵情山水，休闲养生，所有你喜欢的都可以。底线是，人畜无害，自己喜欢，不能扰了他人。做什么丰俭由己，不必强求，不必攀比，合适的就是最好的。

慢慢儿来

微信通讯录推荐一位新的朋友：慢慢儿来。这个名字打动了我。

打动我的不是那个"慢"字，而是这四个字组合在一起的那种状态。想一想，"慢慢儿来"，可以劝慰朋友，也可以勉励自己。再想一想，在什么情况下，才会这样说呢？

我们骨子里似乎喜欢快。吃饭，狼吞虎咽；走路，虎虎生风；说话，快人快语；办事，快刀斩乱麻；等等，都有点称赞和令人羡慕的意思吧。相反，吃饭，细嚼慢咽；走路，慢慢悠悠；说话，慢条斯理；办事，老牛拉破车，虽说不上是一脸嫌弃，却总感觉不够利索。

有些事，快不得。遇到那急不得快不了的事，慢慢儿来，是最好的心态，是面对现实的智慧。有些事，"有苗不愁长"，功到自然成。对那些需要假以时日的事，不妨慢慢儿来，希望就在前头。

我非常清楚地记得那次住院治疗的经历。医生安排十几天禁食，不准吃，也不准喝。终于解禁了，先从喝白水开始，一次50毫升。我玩笑说，"也就是一两，这要在往常，白酒也一口下去了吧！"可是医生再三叮嘱，"一定要小口喝，慢慢儿来。不要大口，不要多喝啊！"我常想起那个感觉，一两凉白开，小口，慢咽，那水真甜！那是我喝过最好喝的水。

慢慢儿来，可以在走出困境中，体验别样的幸福。

想起身边另一件事。单位院里有一片草地，弯弯曲曲的砖墁小路可以穿行或绕行。我常去那里散步。前两年，在穿过草地的小路上搭起个铁艺拱门，周边栽了刺玫瑰。我想，这是要造景啊，可是刺玫瑰稀稀拉拉的，会长成个啥样呢？今年暑假的一天，我无意间走进那片草地，看到的是一个繁花绿叶装点的拱门，赫然而立。真成了一景。

"日日行，不怕千万里；常常做，不怕千万事。"正确的真正的慢慢儿来，是耐着性子，朝着目标，努力和坚持。慢慢儿来，是信心，是乐观，是心中有希望，脚下坚定行。

睡个健康好觉

睡觉这事太重要了。有人说，睡觉是最好的休息，是最好的营养品，是最好的免疫力。睡得好，未必一切都好；睡不好，真会一切糟糕。睡个好觉，很好。

有的人，能量储存得足，消耗得少，补充得快。休息，倒头就睡；工作，精神焕发；加班，不知疲倦；恢复，得空就行。比如一辆好车吧，发动机好，各个部件也好，整车好，起步快，刹车好。

听过一位老教授作报告，其人九十高龄，精神矍铄，站着讲，三个小时。人称学界泰斗，奠基者，带头人。报告讲了些什么，我已没有印象，倒是记得老教授"觉少"的趣闻逸事。她带学生，指导研究课题，常常要求"两点钟到办公室找我"。学生们就明白，这个"两点钟"是夜里。几十年如一日，一拨又一拨学生，没有不服的。睡觉少，精神足，这应该属于睡得好。

睡得快，常常说是身体好的一个表现。睡得太快了，也不好。前些年，单位一位司机，开着车也能睡着。听到他呼噜响起，挺吓人，叫他，却说"没睡没睡"。熟悉的，坐他的车，有人在副驾位专门陪他抽烟聊天。几个小时，有说有笑，一路平安。

这老兄睡得快，大概属于浅睡。能不能一路扯着呼噜开车？人命关天，没有人敢试一试。有一次出差，有同学来看我。午饭后我们在房间坐坐，斜靠在沙发上，有一搭没一搭，随便聊着。不大会儿，他不再说话，呼吸均匀，有了轻轻的鼾声。我就坐着看电视。过后，他伸了个懒腰，"哎呀，看了一中午电视。"我就笑了，我才是看了一中午电视好吧。

老教授，那两位老兄，都应该算是奇人。一般人比不了，只能当个故事听听。还有一些人，没心没肺，傻吃茶睡。这也是一种福气，一般人也享不了这福。

我属于普通人，多年来，睡得还可以。辗转反侧，彻夜难眠的夜晚，有，极少。前些年，熬过夜，打过连班，"白加黑"，连轴转，多是因为工作，第二天照常上班，好像也没有请半天假，专门补补觉。星期天节假日，有时候彻底休息，午睡，一觉能到四五点钟。我就想，平时还是缺觉。

上大学时，印象中我给复读的同学吹过学习如何轻松，下午基本没课，睡半天也没人管。我人生的午睡，可能是从大学开始。参加工作在煤矿，那年分配来40多个学生。我们都住"标宿楼"，标准化宿舍楼的意思吧。午饭后几个人去打篮球，有的手欠，在楼道里拍打两下。同楼的老大哥有意见，他不明白，为什么大热天的，我们中午不睡觉。那时候，年轻。

我结婚后，几乎天天中午回家，做饭，吃饭，午睡。即使后来，我常常出差，许多应酬，可是下午三点才上班，也是午睡的。再后来，工作变动，中午一点上班，刚开始感觉很难熬，困得很，印象深刻。有的同事午睡，趴在桌子上，靠在座椅上。我不行，就去附近公园散步，那里人还真不少。不午睡，也习惯了。没想到，到了学校工作，又有了午睡时间。刚开始，中午不睡，在校园里溜达，很快熟悉了一草一木，角角落落。可是，慢慢地，重新适应节奏，又开始享受午睡时光。

看来，睡觉有规律，也有弹性。睡觉，要遵从一般规律，也要允许因人而异。睡得好不好，自己知道。有人说，连着几天睡不好，血压都会高；有人说，晚上睡不好，白天脾气也不好；有人说，一晚上不睡，眯一会儿就行了。这睡或不睡，听起来都有点神奇或者敏感，细追究大概还是有道理的。大热天中午打篮球，早已过了那个年纪。如今更相信，睡个子午觉很重要。

睡不够，有的是因为生活所迫的辛苦，有的恐怕是该睡觉的时候没有睡。有一位老兄，"会睡"，睡功很好，什么会场都能睡，别人鼓掌他也鼓掌，掌声落了他接着睡，台上一声散会，他也激灵一下，起身往外走。我开玩笑，"你这功夫了得"，他每次都说，"晚上没睡好"。有一段时间，在大会小会上趁机睡个"回笼觉"，开会成了"睡会"的大有人在。

回笼觉，不知是不是我们独有，不知老外怎么翻译。老话说，"有钱难买回笼觉"。似乎很难得。更邪乎的说法是"四大香"：开河鱼、下蛋鸡、回笼觉、二房妻。一看这"二房妻"，当然就知道也是老话。许多老话不足为训。各种各样的"四大"，大多都很"俗"，甚至"恶俗"。"四大香"之说，不足以证明"回笼觉，睡得香"。

什么人会睡回笼觉？话说从前，应该是懒人、闲人、富人、病人。这里说的富人，也是那种不思进取的吧。这么说，回笼觉属于不健康的人、生活或者身体。可见这话里话外，回笼觉好像也不是什么高级的好东西。今天的人，应该是健康的多了，所以，谈回笼觉的少了。说来也怪，不光是回笼觉，"打盹儿"也少见了。这是一个进步。

废寝忘食，精神可嘉，偶尔来一下，打打冲锋，搞搞攻坚，还行。人生是一场长跑，吃饭睡觉少不了。怎样才算睡得好，怎样才能睡个好觉，有很多攻略，有的很专业，有的很民间。哪一款适合，只能说，自己品，细细品。

睡个好觉，真的很好。不过，活着不是为了吃饭，睡觉也一样。睡得昏昏沉沉，无所事事，就睡过了头。

请多保重

想起一句玩笑话，"因为你当初的一句保重，我至今没瘦"。小孩子要是这样造句，不知老师会给什么样的批语。

保重，（希望别人）注意身体健康。这是现汉的解释，例句是"只身在外，请多保重。"百科进一步说，是问候语，意为在生活工作中照顾好自己。

我咂摸着这玩笑话，也品读着这官方正解。个人觉得吧，"请多保重"的问候，不一般。

"多保重！"这表达似乎很书面，很郑重，还很老成。青春年少的年纪，春风得意的状态，生冷不忌的胃口，不惧风雨的身体，如果正是一切不在话下，这时候说"多保重！"想象一下现场，这得有多扯火，有多煞风景。

如今可说是真的"天涯若比邻"了，"只身在外"这样的情况，已经不那么让人不放心。体制内，干部轮岗交流，往往是只身前往；做生意，开辟新市场，也常入陌生之地；打工族，四处奔波劳碌，尽管常有乡友相伴，那境况却更是形单影只。这种情形，谁可曾向他们道一声"请多保重"？并不是不关心，实在是这样的问候不大相宜。

我想起曾经的互道保重，还真不是很寻常的问候。有生活上的，"现在身体怎么样啊？""挺好的。""多保重！"病后康复，保重身体自然是最好的问候和祝福。有工作中的，"遇到问题不可怕，一时不被理解也不可怕，关键是自己把握好，坚持住。""会继续努力。""多保重！"工作上负重前行，这一声保重自然不仅仅是身体。生活也好，工作也罢，处境艰难，我们说一声"多保重"，似乎才用得其所，恰到好处。

话说回来，实际上，真正的"保重"，保持体重，有时候真的非常重要，那是健康的基础。谁一下子胖了，或者，谁一下子瘦了，总会让人首先想到，可能是身体出了状况。一位朋友，谈到父亲病后的恢复，悔不当初，"如果当初就懂得，宁用十万百万，给老人补回十斤体重！"由于体重丢失，造成无可挽回的结果，一般人很难预料到。对许多人来说，"保重"，真的非常重要，不是玩笑。

请多保重，这样的问候和祝福，有一些分量，也有一些内容。所以，说者要有心，听者也要有意。一句请多保重，千万不可辜负了。

能饮一杯无

入冬后，第一场雪说来就来，一大早就飘飘洒洒落下。昨天还是暖阳晴空，明天预报也是大晴天。这场雪有意思，下得有模有样，来去干净利落。

第一场雪往往是从雨夹雪开始。看上去，先是雨中有雪花，慢慢地雪花代替了雨滴，就在空中飘扬起来。气温和地温都还高，雪花落地即化，真是"低头不见抬头见"。操场上散落的几个篮球，孩子们昨天随手丢下，却先戴了一顶雪帽子。

"绿蚁新醅酒，红泥小火炉。晚来天欲雪，能饮一杯无？"下雪了喝一杯，这不是文人骚客的专属，好多人这样记录第一场雪。我也没少这样做。但是，今天虽是周六，望着窗外飞雪，却老老实实地想到，小心感冒啊！

孩子们喜欢跑进雪地里，那是天性使然。他们身上满是雪泥，脸蛋儿被冻得红红的，撒一地欢乐，然后不情愿地回家，听妈妈的唠叨。成年人忙碌奔波，多了阅历，也多了顾虑。他们在雪地上撒点儿野几无可能，"能饮一杯无"的邀约也属难得。

有朋友来京公务一个月，欣赏了最美的秋天，经历了偶尔的雾霾，也感受了冬天的初雪。朋友是南方人，喜见北方雪，笑称出趟差从秋走到冬。窗外雪花舞，室内工作忙。如是第一印象，北方或者北京的秋冬大概就成了这个样子。

到什么山上唱什么歌，是什么年龄做什么事，在什么岗位尽什么责。同是下雪天，谁有谁的事。喝几杯酒，拍几张照，听起来都美美的，让人羡慕。这不是谁都可以，需要有心、有闲、有力。这些美事，如果不能到场，可以远远地欣赏。

　　明天是小雪节气，第一场雪来得很及时。下雪天如同每一天，可选择的很多。要紧的是，做自己能做的事，过适合自己的生活。

每一步，都算数

近来的保留节目是走路。多数是"饭后百步走"，偶尔加大些强度，都还算不上健步。我的走，更像是遛弯儿。走过了四季，是新添的最好习惯。

以前也走，但是没章程，没长性，饥一顿饱一顿的，多少天不动弹，想起来了狂走一下。怎么着都行，动或静随它去，无可无不可。现在的走，有点儿讲究，有点儿追求，走得勤，也走得匀，几乎定时定量。

刚参加工作时，天天走着上下班。单位一墙之隔，就是居住区。家里和单位往返，步行也就三五分钟。谁家弄辆自行车，太奢侈了，白花钱，没啥用。

那时候，走路是无意的，是每天工作的开始和结束，与锻炼身体无关。"没事走两步"，我是受后来大环境的影响。扭秧歌，广场舞，一万步，禁烟限酒，少盐多醋，营养均衡，管住嘴迈开腿，从"有没有"到"好不好"，人们都在追求更好，锻炼方式也不断升级。我就信了，走路是最好的选择。

那年单位组织健步走，配了手环，排名论奖。许多人很认真，为此换了新手机，网上上传步数。据说，有人把手环绑在狗尾巴上，也能被小狗颠出几千步。这个只听说，没见到。不过，我曾见有人揣着几个手环，帮别人"代步"。这事也有对策，挺有意思。许多事就是这样吧，有认真的，也有游戏的。

我走我的路，认真地在走。这最适合我。孩子工作后每周都会打场球，有邻居几乎每天游泳，有同事一直坚持晨晚跑，更有的每过一段就来个"半马"，这些我现在都弄不来。我也知道，还有许多人，信奉"舒服不如倒着"，这我也不行。走一走，已经是我生活的一部分。

凡事要适度，走路也不可过量。作为一项运动，当然有很多说道，关于时间、场地、姿势、强度等。我不强求完全遵守。醒来等等神儿，饭后稳稳食儿。这话，我信。饭后，要百步走，但急不得。每天一万步不如快走六千步，应该有他的道理。我想，如同课间操一样的，抽空走上十几二十分钟，该也有益无害。这是我的走路经。

于是，每天饭后的标配是缓步走，周末偶尔也到公园甩开膀子快步走。寒来暑往，我走在路上，常常感慨大自然的神奇。从春到夏，气温回升，日头越来越毒，枝头树叶就拉住手，把绿荫清凉铺下一路；由秋入冬，天气渐冷，阳光越来越稀罕，枝头树叶就纷纷落去，让冬日暖阳洒满一地。

我最近工作变动，又可以走着上下班了。受路人甲的启发，我备了辆自行车，步行、骑行随心换，常常推车行走在路上。我很快又发现，难得的是，街口到办公室那段路，正午一地阳光，安静，温暖。午饭后，我就南南北北来来回回，走在阳光里，很享受。

我就这样走着。好不好自己忖着劲儿，吃得香、睡得好、精神棒，就是走得好。谁有谁的日子。走过四季，这是我的日子，自我感觉良好。

康复的意思

我们有时会说"早日康复！"这是美好的祝愿。我们也会听到"完全康复了"。这是良好的现状。康复，究竟是什么意思？我没有细想过。那天看电视，剧中的医生开导病人说，你不要误会了康复，康复不是你想的那样。我就想，需要探究一下。

按照现汉，康复，动词，指恢复健康。例句，病体康复。就这么简单。恢复呢？动词，指变成原来的样子。例句，健康已完全恢复。好像也不复杂。

一般来说，头疼脑热，跑肚拉稀，经过休息调理，或是吃点药，大不了吊点水，很快就能元气满满，一切照常。这样看来，"变成原来的样子"，康复就该是这个意思。

因为通常会"很快就好了"，所以，有个小病小灾，人们并不会很担心。这种小case，只是通常的情况，也是最好的情况。这可以说是幸运的。康复，还有另外的情况。我们普通人，健健康康的，那些糟糕的情况，恐怕很少去想，"离心远着哪！"

"有啥别有病"，最好别去医院。"早发现早治疗"，真的有病了，最好还是早去医院。俗话说，河里没鱼市上看。到了医院，各种情形的病人，多得很，会让我们心头一紧。

许多人参观过一些教育基地，犯了错误的人，在那里现身说法，警示我们自由多么重要，做事要规规矩矩。我突发奇想，医院也可以是健康教育基地，警钟长鸣的那种，提醒我们健康多么重要，身体要好好爱惜。做这种教育，也许有些障碍和困难，技术上的，伦理上的。

误会就在这里产生。我们保不住会有个小病小灾，内心又讳疾忌医，不愿摊开了讲。于是，关于健康，关于康复，所谓的常识，却常常和我们有一段距离。

"我什么时候能再喝酒啊？"病人对医生提这问题，并不是要幽他一默。等病好了，一切照旧，许多人是真的这样想。生病了，朋友也会这样祝福，"好好养着吧，等你出去了，哥几个好好喝一顿。"那接连的"好好"，都是发自肺腑的，真情实感。即使做了个手术，出院了，康复了，聚上了，也会被劝，"又没动你喝酒的地方，不影响，来吧，走一个！"一般来说，这是高兴话。因为，"我又回归了"。

可是，在许多的情况下，康复不是这个意思。我看的那部剧，医生打了个比方，"康复不是你想的那样，一定能过以前的生活。比如出了车祸，截肢了，装上义肢能走路，坐着轮椅能打球，就是康复了。"他说得笃定，不容怀疑。这很是极端，不忍听闻。影视剧会把问题放大。但是，这是句实话，也许恰是科学吧。

经历过一些事情，我们会学着改变。这改变，不都是要变成原来的样子。康复，也是如此。"睡觉，最好硬板床，平躺。"有这样的，腰不好。于是，家里厚床垫子要换掉，出差了房间没得选，只好睡地板上了。冤枉钱，得花。也有相反的，"头要垫高，尽量别躺平"。睡觉，半卧，防反流啥的，不少人试过。久而久之，养成新的习惯。这个过程，改变了生活方式，也是康复。

生活方式的改变，有的是不得已，退而求其次，有的是更完美，做更好的自己。有的改变，会给我们一些限制，这要注意那要小心，被迫做一些减法，"影响生活质量"。有的改变，会让我们更加"健康"，心怀感恩善待一切，让内心更加澄澈，"提升生活品质"。有些改变是终生的，今后余生，就是它了。改变来了，要能很快地接受，学会与新生活好好地处。

健康又是什么？形容词，说人体时，指发育良好，机理正常，有健全的心理和社会适应能力；说事物时，指情况正常，没有缺陷。例句有，恢复健康；再有，使儿童健康地成长；还有，为祖国语言的纯洁健康而奋斗。这个就有点儿复杂了。健康的意思，兼容并包，一言难尽。

照这样说，康复，也就没那么简单了，特别是当情况有点儿复杂时，就更不简单。人都说，时间是最好的良药。康复，需要时间。可不要因此"大撒把"，被动地交给时间。

康复，有身体上的，能工作，会生活，"看起来不错"；有心理上的，淡然处之，乐观积极，"自我感觉良好"；有人际上的，不会自我封闭，不被另眼相看，"就是个寻常的人"。在这个过程中，自己要把握主动，向"健康"的方向恢复，那些"不健康"的东西，看得见的看不见的，趁此机会，来个了断。康复，要多面看、正面看、向前看。

"廉颇老矣，尚能饭否？"典故中说的是英雄和奸人。不过，这一问，倒是有着很朴素的道理。至今，我们关心家中老人，也常问"饭量咋样啊？"生老病死，四个字概括人生。谁都会老，真不可抗拒。没病没灾，是美好祝愿。老化，即功能全面退步，康复，或功能部分受限。这现实，都要接受，尽管显得不那么美。

康复，当然是因为遭遇了病痛。好消息是，健康和康复，手术和药物，看法和理念，都在进步。曾经"没有办法了"的情况，现在说"这就是个慢性病"。所有的进步，给予了康复新的内容，新的期望。如果给康复撞上了，要习惯这新的改变，准备好长期适应全新生活。

因康复，而改变，主动的也好，被动的也罢，都要一个健康的心态。我想，那是积极健康的随遇而安，立足当下，面向未来。既然赶上了，那就这样，走起！

当然，健康的用意可以很广。所以，康复，又何止是身体。好多事，都是这个理儿。

两个好人

　　客观地讲，多数人是普通人，极少数是"人精"，极少数是"浑人"。

　　有两个普通人，给我留下很深的印象。一位是我的大学老师，几十年的老讲师。他到退休前，评上了副教授。好多人说，他临退休，给照顾了个副教授。另一位是我的同事，企业的技术人员。他到退休时，是个副科长。好多人说，他一辈子，熬了个副科长。

　　两个人的共同之处是，到退休时给了个待遇。多数人说是照顾一下他们的情绪，一些人评价他们是：老实，窝囊。这样的人，被许多人看轻，不被尊重，平时的好事情轮不着他们，开玩笑时会拿他们开涮。

　　这位老师，是我毕业实习的指导老师。一个多月，老师和实习组学生朝夕相处，同吃同住同劳动。老师还是老样子，总是笑眯眯的，说话不多，要求也少。同学们各有各的想法，也各有各的表现，有的开始谋划将来的工作，有的愿意和企业人员交流，有的对生产现场很好奇，有的趁机作一次短暂的旅游，有的抱怨实习单位的伙食太差，有的始终进入不了实习状态，有的埋怨指导老师不是大教授。

　　毕业了，我去与这位老师道别。他对我们一起实习的同学，逐一作了评价。当然，也点评了我。他三言两语，说优点缺点，谈今后方向。他话不多，但说得准确到位。想想老师平时老实巴交的闷葫芦样子，我当时就被震撼了。

这位同事，是我参加工作时同科室的同事。到他退休前，我们大概一起工作了三年。我记得，老人家总是自己在办公室里，但不记得他分管什么工作，也不记得与他有什么交流。据说，他算是单位初建时的元老，却一直没有提拔重用，后来就有点儿神神叨叨。一些老同事，经常与老人家开开没大没小的玩笑。

一次偶然的机会，我与这位老人家一起出差。晚上闲聊，他居然把科室几个骨干逐一作了评价，每人个性特长，弱点短处，讲得头头是道。当然，也点评了我。我听着，想想老人家平时与世无争的老好人印象，感到有点儿惊悚。

老话说，人比人得死。实际上，人比人差不多。看这两个故事，不同的人，有不同的角度，有不同的结论，有不同的启示，也许是对人要尊重，也许是办事要谨慎，也许是老实人吃亏，也许是努力要趁早，也许是才华要外露，也许是潜力要发掘……

这是两个好人，普普通通的好人。对他们，我心怀敬重，本无所求。但是，他们那一番推心置腹的话，实际上却是对我的帮助。

生活的留白

现在的人都很忙，游手好闲似乎没了市场。这很好，有安居乐业的意思了。忙得很从容，是一种幸福。享受这样的幸福，要能忙里偷闲，要能自我调剂。

一位朋友，很会利用碎片时间，"抓紧"休息一下。他公务繁忙，常常出差，在飞机、高铁、汽车上，总能找个空闲，很快地"眯一会儿"。我们曾一起外出。在车上交流了一些情况，他对司机说，"安全第一啊！"然后往后一靠，闭目养神。我问过他，"能睡着吗？"他说许多时候能。我笑说好车都这样，起步快，刹车好。其实，他做什么都精神头很足，那种休息更像是快速充电。会休息也是一种能力。

许多时候，可能是因为工作，也可能是为了生活，需要紧走几步，甚至需要努力奔跑。可是，在忙碌奔波中，还需要留点空闲，保持内心的从容。常听到感慨说，天天被枪逼着似的，哪有那份儿闲心啊！

我就想，从容不是懒散，也不是因为闲，是要在忙碌中留点空闲。这空闲不一定全是休闲，而是由自己掌握，做自己的事。另一位朋友，同样是常常出差，他却趁着在路途中，自在地读书。他说，只有在飞机、高铁、汽车上，才能安静地读一些闲书。想来是这样，职场人无论身处何职，在办公室、会议室，或是下现场、谈业务，或是当骑手、在工地，手不释卷并不被提倡和认可。

两眼一睁，忙到熄灯，那不是个美好的状态。有人也抱怨，没有一丁点儿时间属于自己。在那样的状态中，恰恰需要有一份儿闲心。有朋友说，要给生活留白，要会恰到好处。赞同。所以，总有会工作、懂生活的人，把别人眼里的死气沉沉累死累活，过得多姿多彩，工作有声有色，生活有滋有味。

身边的"80""90""00"一代，给我许多启示和教育。他们工作时工作，生活时生活，也有加班，也会熬夜，但是比起父辈，他们更看得开，活得嗨，拿得起，放得下。我有点儿羡慕他们。我想，时代成就了他们的现在，我也想，现在也还是我们的时代。有代沟，但别掉队啊！不是要见样学样，主要是看心态看状态。

补补觉，读读书，都还算是加油充电。有益身心的事多了去了，留点空闲，好给生活加点料、添点彩。像小年轻一样，打球，跑步，美食，追剧，甚至像老年人一样，唠唠家常，望望蓝天，晒晒太阳，只要愿意，又适合，都可以的。

话说回来，有了空闲，可千万别再塞得满满的，把自己又搞得累累的，走入另一种"沉迷"。那就和我的意思全拧了。留点空闲，是要给自己一点调节，如同补充一点微量元素，如同尝一尝新鲜的饭食，让营养更丰富，让身体更健康。

一件小事（外二篇）

我在朋友圈发了条消息，"今晚，因为一句玩笑话，做了一件小好事。"起因是，"雪后的小区花园，走起来一段冰一段雪。"我玩笑说，"要是有个铁锹，就清出一条小路来。"走着一抬头，不远处停着环卫车，"有家伙什，那就干吧！"结果是，"好久不干这活了，小路贯通了，拍个照，手都颤了。"但是，我有点儿满足地说，"可以睡个好觉。"

朋友们点赞、留言，一通夸奖好评，热度持续到第二天。我的印象，如此活跃的互动前所未有。把温暖传递，原来大家喜欢这个。

有想支援的，"我也想去干。干完了吗？"这是同楼的，他在单位负责，平时很忙。我常见他早出晚归，也常见他拉着行李箱准备出发或刚刚回来。有分享经历的，"昨天在我们家楼下帮忙干了一下午。真锻炼身体哈！"他说得很准确，昨天是星期天，雪从早晨下，到下午才停了。有表示羡慕的，"我也想住到这个小区。"他这是另一种夸奖，委婉，但可以想见，他那个小区的雪还没扫。

有一些单位或小区，一下雪院子就成了滑溜溜的大冰场。大家小心翼翼地走路，彼此很关心地提示，"路太滑，小心点啊！"也许，内心会骂一句，"也没人管管！"其实，事情不大也不难，就差有人招呼一声。当然，也有一些管理好的，雪停了，院子里、大门口干干净净。这时候，我们享受了便利，又容易忽视了那些默默付出辛苦的人。

千里之外的朋友，也有不少想法。他那里也下雪了吗？不一定。

程门立雪，囊萤映雪，瑞雪兆丰年，各人自扫门前雪，在我们的文化中，下雪有独特的意象，扫雪也有一定的象征。扫雪这件小事，引起他们说点什么的兴趣。

有陕西的，"我当年插队当知青的时候，凡是雪后门前有一条清清爽爽的小路的人家，都是村子里的勤快人。走进他们家，虽然不富裕，但一定是一尘不染。"这事，有点岁月了，是对往事温暖的回忆。有内蒙古的，"现在年轻人可是不会干这活了。他们是不会干，也不会干。"这话中两个"不会"的文字游戏，是对当下的感慨，这些年各方面都变化大啊。有河北的，"做好事，不应该留名的。"其实，他更是个勤快人热心人，开这玩笑批评我的自夸时，他在对着屏幕偷笑吧。

我正经觉得，这次"做好事主动留名"还真对了。一件小事，却触动朋友们内心的温暖，他们记起岁月中的美好，我赢得满屏的"鲜花和掌声"。这挺好的！什么是幸福啊？哈哈，这个不敢多谈，容易误入矫情。

有朋友给上纲上线了，"咱是个善良的人儿""劳动的样子很美""送您一朵小红花"。孩子的大姨，破天荒地评论，"好家风的延续。"不知是夸我呢，还是夸她妹妹。我不敢接这话，顾左右而言他，"刚刚被批评了。"因为，儿子的评论是，"真行，这天也不嫌冷。"然后，他又到他妈妈的朋友圈，"再说一次，这天也不知道个冷。"这批评，很受用。

爱人也发了朋友圈，"过个别样的情人节，把小区花园路上的积雪清理出一条能散步的小路来。"同一件事，你看看人家，这角度选得多棒。当然，她也得到许多的回应。她高中的女同学说，"好让有情人沿着小路找到你。"好朋友，真是心有灵犀。很巧，在我那里，也有一位师姐写道，"你这是盼着有个偶遇吗？"女人的视界，果然不同。对的，那是个情人节的晚上。

我得到的回馈不仅仅是这些，感兴趣的也不仅仅是中老年。我的同事，年轻人，她叮嘱，"拉伸一下胳膊，要不明天容易疼得抬不起来。"据说，是小时候扫雪的经验教训，东北孩子，扫雪是常规操作。给我发来了如何拉伸的教学图片和视频，很专业。另一位，高度概括，送祝福，"好人好梦好报。"

这事做得，身心愉悦，反响良好，收获远超预期啊！这样的作文，好久不写了。

一双新鞋

下决心买了一双新鞋。说是下决心，不是因为没有鞋穿，而是还有几双可以穿。导购员推荐说："这鞋打眼一看是皮鞋，穿着感觉像运动鞋，也正式也休闲。"她大概看透了我的心思，"除非特别重要的场合，比如谈判签约，平时哪都能穿，多合适啊！"冲这个，我买了。

鞋穿上了，可配西裤、牛仔裤甚至运动裤，可以上班、聚会甚至逛公园，好像都无违和感，人增精神，穿着舒服。哪都挺好，就有一样，新鞋啃袜子。早晨还是完好的袜子，到了晚上，袜后跟绒毛落净，只余丝网，脚后跟不露而透，可见肉色。穿了一星期新鞋，干废好几双袜子。

这要是在假货横行的前些年，我会认为是买到了冒牌货。那时候，所谓"周末鞋""满月鞋"，没少让人上当。江湖医生也很多，谁都号称祖传，有的就专治脚鸡眼。那大概是种平民病。我曾在大街上挨过一刀，说好按刺收钱，一根刺一块钱，心想花不了几块钱，剜下来一数，好几十。原来，这是江湖。

现在不同了，鞋子讲究多了，各式各样，各种功能，走什么路穿什么鞋，脚也舒服多了，脚上各种疑难杂症也少见了。鞋合不合适，只有脚知道。我买鞋，必试之以脚，不似郑人买履。我觉得，这双新鞋很合脚。

说起节俭，我比不了上一辈人，但是敝帚自珍，"新三年旧三年"的观念还在。近来偏好运动鞋，适合随处溜达，皮鞋只是应景穿一穿，偶尔露个脸。如果没换新鞋，内外小环境都比较舒服，高低厚薄都已定型，那些旧袜子不会被提前淘汰。

我对这鞋的质量还是放心的。只是鞋子啃袜子，不由得又心生疑虑。好在旧袜子被啃了几双，新袜接续上脚后，鞋袜就相安无事了。大概是脚、鞋、袜相处，也需要"磨合"。据说，有人穿新鞋觉得累，有人偶尔绊自己一下，这也是在磨合。

新鞋像是在催我，袜子也该换新的了；袜子像是在告别，不能继续相陪了。小马拉大车不行，旧袜配新鞋也不行。说到底，是因为袜子旧了，再受不起拉扯摩擦，稍有沟沟坎坎，就迈不过去了。那几双袜子，陪我走过一些日子，又为新鞋磨合做了贡献，也算是物尽其用了。

俗话说，"人靠衣装，马靠鞍"。好衣裳，得体合身，给人提气，长精神。又说，"鞋穷穷半截"。鞋，要和衣服搭配，鞋不好，全身形象打折。袜子，也有讲究，比如白袜不要配正装。这些浅显的说法，不少人认可。

不过，还有一说，"吃饭穿衣量家当"。意思是，吃和穿会揭你的底。换身衣服，就可以摇身一变，脱胎换骨，没有这回事。吃相、坐相，腹有诗书的气，经风历雨的质，是不大容易装出来的。《主角与配角》那个小品就说明问题：只靠换换衣服是不行的。

"竹杖芒鞋轻胜马，谁怕？一蓑烟雨任平生。"恐怕没有人不喜欢这样的句子，许多人也向往这样的洒脱人生。可是，旷达超脱的人，往往阅前世、历今生，都是有故事的人。竹杖芒鞋，也不是谁都可以享受。

有两张照片，都是我坐在地上，脚上皮鞋的底纹清晰可见。一张是在草原，草长得很高，我笑得很开心。另一张是在沙漠，除了我和我的身影，就是一色的黄沙。这环境，皮鞋不太搭吧？那是工作之余的到此一游。人年轻，很抗造，吃啥都能消化，穿啥都敢出发。

衣帽鞋都重要，终归要适合自己。皮鞋显得更正式，正经场合是需要的。运动鞋穿着更舒服，我是越来越喜欢了。在家里，我一年四季穿拖鞋。在办公室，我备着一双老布鞋。这其中，有适应，也有习惯，还有条件的改善。

我们夸一个人，有时候说"他适应得很快"。适应，不是完全改变自己，而是恰当融入环境，在自我调适中，更舒服一些。这道理，在穿衣上更显直接。今天的我们，生活丰富多彩，心态包容大度，奇装异服这个词不怎么用到了，然而，穿衣也还是要关照一下场合。

这双新鞋给我带来的，不是袜子啃破的不舍，而是人增精神的喜悦。今后一段岁月，在我上班、开会、见客、会友的那些正经场合，它会默默地陪我于足下，让我显得更正经一些。

或说，现在谁还穿皮鞋啊？是的，这鞋子每一次的出场，都可能无声地透露：我是上班族，看着像干部，穿得周吴郑王，已是老年大叔。

迷路老人

今年的"春脖子"，像模像样，感觉良好。晚饭后，下楼遛弯儿。小区门口，遇到一老人。看他想和我打招呼，就往近凑了凑。他要问路。

老人干干净净，慈眉善目，彬彬有礼。"他们说打这儿往北走，"他指着那个小巷口，"怎么不通啊？"那巷子是个半截子，一进去是两栋居民楼，穿过去是另一条街。不熟悉的，就当成了死胡同。

我对老人说路是通的，想陪他走过去。转念一想，又问他："您要去哪儿啊？"老人怯怯的，微笑着，说了一个去处："一进去，有个坡，一拐，就到了。"他用手比画着，似乎说得很准确很清楚。我侧耳倾听，好像啥也没听明白。

这状况，该是从外地来投奔孩子，没怎么出过门，哪也不知道。我问："您是怎么到的这里啊？"担心他坐了公交，离开家太远。他说：

"天一黑，哪也看不清了。"笑呵呵的，像是拉家常。不在一个频道，沟通无效。

有从身边溜达过去的，说一句："老爷子在这儿有一会子了。"不知他问过多少人了。也有路过的，热心地问一句："您住几号楼啊？"也不知他被问过多少遍了。还有人指指点点，拿老人教育孩子："你看，老爷爷找不到家了。听话，别乱跑。"也不知老人和孩子有没有听懂。这事儿，各有各的态度。

耳背，颠三倒四，前言不搭后语，原地打转转。我明白了：这老人不是一般人。麻烦了。

帮人帮到底吧。联系他的家人，很费周折。问电话号码，他打岔。我拿出手机，给他看。这下行，他也从兜里摸出个老年机。边问边查通话记录。可是，老人口中说的，通话记录有的，用我的手机打过去，对方都说"打错了！"有的还不耐烦。老人记不准号码，就算记准了，也可能摁不准数字。

干脆，上手。我要过他的手机，鼓捣鼓捣，出来个带"儿"字的。就是他了！打过去，不在服务区。等待。陪老人唠。安慰："联系上您儿子啦！"他问："我儿子在北京啊？"呵呵，白说了。这情形，爱人有点担心，怕弄不了。

多次稍后拨打，对方终于进了服务区。"有个老爷子，找不到家了。"信号不好。听那边说"给您添麻烦了！"能确定，就是要找的那个儿子，但是也不在家。还能确定，老人走得不远，家就在街对面。等儿子，不如送老人。我决定把老人送回家。住址，发我手机上了。

我让老人跟我走。"不是说往北走吗？这是北吗？"他不知家在哪，却认准了往北走。我心说，这是往南。只好对付："你儿子在那边呢。"慢慢地走。我好奇："您多大岁数啊？"他听清了："我1936生的。"紧接着却说，"得60多岁了吧？"哭笑不得。我彻底明白了。

没几步路，就看到老人住的小区。我指着大门："这地方，认得不？"他犹豫，含糊。走近了，我又问。他笑得很开心："就是这儿，我就住这里头。"一进院，他往右一指："我就住这楼。"我看看手机上信息，对照楼号，没错。

陪着老人，开单元门，他指着信报箱说："你看，我住901。"好！可以了。进电梯，他兴致很高："我一个人住，我妈妈去中国了。"唉！没法听。到家门口，他很热情，要我们进家里坐坐。我们坚决不肯。说过再见，他很客气，又要进电梯送我们下去。我们坚决不让。

五味杂陈，不是滋味。

夜晚的灯光，柔柔的。路上还有行人，做着各自的事情。刚刚，有位老人，离家几百米，隔着一条街，找不到了。我看了看，老人说得没错：那小区，一进院，左边是个单位，门前有个小坡，而往右边一拐，就是老人的住处。可是，他只记得这么多。恐怕，这记忆也只属于他。

我想起了几位这样的老人，他们看起来还好，就是不能深聊。以前说是，老糊涂了。现在说是，得病了。迷路的老人，经常有，也许总会遇到热心人，也许自己一下子就明白了，也许没那么幸运，就多出上火焦急的一家人和言词恳切的一则寻人启事。我想，若是在农村，有家人陪伴，乡亲们都认识，会对他们更好些。

我和爱人回到小区花园，继续遛弯儿。爱人说："你看今天的月亮，多漂亮！"四月十五了，天上，一轮圆圆的明月，很亮，一朵朵的白云，慢慢地飘着。春夏之交的夜晚，很美。这些老人，也会抬头看看天空吗？

人，终究是一天天长大，又一天天变老。将来，也许我会如那老人，真成了"阿海"，可我希望一切都还好，平时不让家人孩子操很多心，偶尔还能帮帮别人，指指路。

下雪天

　　立冬，星期天遇到下雪天。入冬的第一场雪，下不大，只是宣示一下，这是我的季节。可是，我还是有点兴奋，盼着打开这初冬的一份礼物。

　　我是喜欢雪的。翻捡着过往，记忆中，雪下得都很安静，静悄悄的，无声无息，远山、近树、街巷、院落，不知不觉就被盖严，白茫茫的，分不出远近高低来了。我不曾真正经历暴风雪、风雪交加，对我来说，那就如月黑风高的场景，只是在文学作品里的，常常预示着事情要起坏。感谢这岁月静好。

　　儿时的记忆里，雪下得很勤。家家都要扫雪，门前雪、街上雪、房上雪都扫。雪还在下着，院子里就扫出了细细的一条路，通向南房北屋。茅厕是在院外的，院门到茅厕那段也被扫通。雪停了，拿着扫帚、木锨上房。住的都是平房，房顶比较原始。在梁、檩、椽上，铺层席草，再"打"一层麦秸泥，最后用白灰、碎石、炭渣"打"成一层薄板，就是房顶了。房上雪，一化一冻，房顶能被冻坏。雪下得小，薄薄一层，直接扫。下得厚了，扫不动，就先用木锨清，再打扫干净。初冬，雪要扔到院外的猪圈和院内的树坑，再后来雪下得多了，就用排子车拉到街中空地，或者干脆运到邻近的自留地里。务实节俭，经年累月。

　　下雪了，大人孩子都在家里。稍大点的孩子，在院子里扫出一小片空地，用细线绳绑上一截短木棍，斜支住筛子或筐箩，下面撒些谷糠之类的，麻雀来吃时，远远地一扯线绳，常能扣住几只。少年闰土，"他是能装弶捉小鸟雀的"，就是这个。不过，我们那里只有麻雀，老家雀。有时围着火炉烤火，炉上坐着水壶，咝咝地响着。水开了，大人们提起壶，常重复那句"响水不开、开水不响"的常识。这说的不只是水。辨别水有没有烧开，还有一个经验，提起壶直接把水往屋内的黄土地上浇，听水落地时那噗噗响的音儿。现在人们连院子的地面都硬化了。偶尔，晚上有人来串门，一定是很亲近的人，大人们有一搭没一搭地拉着家常，孩子们在煤油灯前、火炉周边玩火，不时被警告，"玩火尿炕啊！"并不听，或者被哄着早早地钻进热炕头的被窝里，并不睡。几十年间，都成了故事里的事，不再有了。

那时候，整个冬天都有雪。不是说雪一直下。我记忆中，麦田里的残雪，街上的雪堆，一冬天都有，到过年时还化不完。甚至，我是把下雪和过年连在一起的。"北风那个吹，雪花那个飘，年来到！"我大概只听懂了"雪花飘，年来到"，还不能理会生活的不易，也不知道下雪天带来的诸多不便。我直到现在还觉得，过年时该下点雪才好，否则就少了些年味儿。所以，我眼里的下雪天才显得那么美好吧。我知道，这是我的错觉，选择性记忆。

我读初中就离开家，开始住校。说来奇怪，中学六年的下雪天，我只记得一次。学校组织了作文比赛，我还得了个什么奖。也许是学习紧张吧，把许多的下雪天都略过去了。在太原读大学，下雪天的故事就又多了。那时，会去雪地上撒点野。我有好多张照片，是在雪中的太原站、五一广场、迎泽公园。四年间，经常穿着的是一件军大衣。说起来，那是一件真正的警服，入学前姐姐给我装进包裹。到冬天，我白天穿，晚上盖，也有同学喜欢穿出去。大衣，当时还算时髦，现在说算很酷。伴了四年寒冬，经历每一场雪，功劳不小。

上大学，是我第一次出远门，也才真正开了眼界。英语角、摇滚乐、霹雳舞，很新鲜！入学不久，知道周五晚上五一广场的英语角，后来就常去。下雪天也去，我们缩着脖子，哈着气，热情地找人打着招呼。英语角不光是练口语，分享之中，也引着我或者说逼着我扩大了阅读量。前些年出差，飞机上还翻翻英文报纸杂志，竟被同事认真夸了一通。

一年土、二年洋，变化了的不光是学习。什么都想试试。文明其精神，野蛮其体魄。学生从农村来的多，男生多，这可能决定了我们的风格。记得一个星期天，窗外下着大雪，我在宿舍里，接了一脸盆冷水，穿着短裤，正在全身擦洗，一同学推门进来，惊呼"哎呀哎呀，干啥啊！"我急喊"关门关门，赶紧！"他笑我，"也怕冷啊？"毕业后见面聊起，他不记得了。那真是个万事皆好的好年纪啊！

工作了，在煤矿。煤矿，往往离城市远，离农村近。我总说，煤矿生活是城市和农村的结合。城市的作息，农村的关系。下雪天的记忆，都是关于孩子的。孩子在矿医院出生，也没提前起好名字，要填出生证明时，看着天上飘雪，就临时写上了马冬。后来小名大名都没这么叫过，有点随意了。

矿上的孩子是幸福的，享受着城市的便利，也享受着农村的自由。楼下，一年四季都有孩子们疯玩儿。下雪天，空地上打雪仗，斜坡处溜冰，常常忘记了回家。我孩子常玩得很投入，回到家里，往往先是爱人一通训，"这谁家孩子啊？我都认不出你啦！"一身的雪水黑泥，脸上也抹得一道道的。一边训，一边找干净衣服换。我会看着他，憋着乐，可能还有点鼓励和赞许。小孩子很会看大人脸色，他大概也就知道，没闯什么大祸。不过，他那几年常会因此感冒一下，这是个小教训吧。

"煤矿工人特别能战斗"，这口号煤矿人都熟悉。在煤矿，许多事都能用这句话，有的是认真，有的是玩笑。煤矿人都能喝酒，大概与此也有点儿关系。其实，是因为这个行业苦。后来，我离开了煤矿，但是，却给我打下很深的烙印。下雪天，常有"能饮一杯无"的邀约。有客人，陪，"这下雪天，该好好喝一杯"。有空闲，聚，"下雪了，晚

239

上涮羊肉啊！"无酒不成席哎。那时候，"特别能战斗"的对象是酒，无论高、中、低度，还是白酒、啤酒、红酒，不要说涮羊肉了，就是吃碗杂面，也得有酒才对啊。慢慢地，下雪天喝酒，成了标配。只是，没有"红泥小火炉"那般文艺和斯文。

这几年，我似乎很敏感，在雪落下来之前，能感觉到雪的气息，心里就很期待。终于，雪花飘飘洒洒，白了一地，我会走进雪里，走进雪地。脸上迎着雪，凉凉的，脚下踩着雪，吱吱响。那感觉很诗意。下雪天，我是不打伞的，就那样让雪落在头上肩上。回家前，拍一拍头上肩上的雪，踩一踩脚，很农民。

俗话说，岁月不饶人。下雪天，心里依然有一些兴奋，只是掂量掂量战斗力，自觉添了一层防备。还好没上当，大胆地看雪，小心地保护，做得很好。立冬这场雪，动静不小。大风、降温、先雨、后雪，多合一，隆重宣示冬天的到来。头天晚上，听着呼啸的风，爱人先是给老父亲电话，嘘寒问暖，"家里冷不冷？"临睡，看看窗外已经飘雪，又给儿子微信，"暖气热不热？"老父亲说，"不冷，放心吧。"儿子回，"热。这心操得！"转眼间，上有老、下有小，老的已望九，小的刚成家。中间还要照顾好自己，也已过了生冷不忌的年纪。

清晨早早醒了，风还在刮。再无睡意，好吧，起床。窗帘拉开一条缝，凉气扑面，雪还在下。城市的灯光昏黄，几棵树还未及落叶，顶着大脑袋摇晃。这一夜，风雪交加，我却睡得安稳。我知道，有许多人一夜无眠。空中的雪，有是天上落下的，也有被风吹起的。有时候看看，雪不是在飘飘地落，而是在平行着飞。风太大了。我老老实实地，待在家里，看看窗外的雪，想想往年的雪。

下雪天，也只是一个寻常的日子。某一个瞬间，有许多日子会被记起。这就是我们的生活吧。因为牵挂，就有了故事，把一个个片段串起，讲述着记忆中的生活。因为故事，让牵挂延续，把一个个亲友想起，添加着生活中的温馨。

别样的问候

你测了吗

"你测了吗？"怎么也想不到，短短几天时间，这会成为一句问候语。

我去遛弯儿，街坊邻居路上见面打招呼，说完了天气还算舒服，他说，"你测了吗？"

我去理发店，店里的技师征询我"留长点还是短点"，有一搭没一搭地聊着，他说，"你测了吗？"

我接个电话，同事讲着工作上的一些事情，所有的都日常又平常，他说，"你测了吗？"

我测了。

这说的是核酸检测。"应检尽检，愿检尽检"，仔细咂摸，一应一愿，有宽有严，完全彻底。

看到一位老外说，这是北京快速应对疫情的秘密。如今，这秘密已经公开。估摸着，全国检测人数是以亿计。

我的理解，应检尽检针对高危人群，愿检尽检面向一般大众，双管齐下，可以很好地"早发现、早报告、早隔离、早治疗"。所以，对疫情防控，我的态度是高度重视，不必恐慌。

"上医治未病""未病先防、既病防变"，无不强调一个早字。强调早，是说我们对付疾病是有办法的，做到早，是说我们防病治病要主动积极。

每个人身边都有一些这样的朋友，生冷不忌，百病不侵，多年不看医生，几年不吃一粒药。身体倍儿棒，啥毛病没有，这当然是极好的了。

更多的人还是会经常看医生。我们最愿听到的是"没啥事，都很好"，最常听到的是"开点药吧，注意休息"，最不愿听到的是"情况不太好，进一步检查"。

实际上，进一步检查，并不完全是，或者说，并不一定是坏事情。检查身体的结果，没发现问题是幸福的，早发现问题是幸运的。

最不好的情况也有。其实，无论什么病，确诊了，医生还说，"恭喜你！发现得很早，很幸运。"应该相信，那也是很好的。

一句话，防病治病，要趁早，别耽误。防控疫情，测一测，也是积极参与。保重身体，查一查，也是主动负责。不过，测或查，都要"如果允许"，都不要吓唬自己，给人添乱。

检测检查，测的是阴或阳，查的是好或坏，无论如何，当然要看结果，更重要的是用好结果。看开，但不糊弄自己，要警示高悬；看重，但不吓唬自己，要积极乐观。

问候语来源于生活。"您吃了吗？"老祖宗用岁月酿制的经典，关注温饱。"今天天真蓝！"这几年雾霾天频繁，关注环境。"你测了吗？"在疫情防控中，关注健康。

想想问候语的变化或流行，是实际生活，也是美好期许。问候语，是礼貌，是祝福，也是关心，还会是担心。所以，见面问候，只要适合当时的环境，无所谓土与洋、高与低。

"你测了吗"，这问候很快会过时。因为，疫情终会过去。不过，"你测了吗"，这句话提示得很好。因为，身体需要保重。

蹲下身子

这几天，核酸做得很勤。早发现病情，早阻断传播，这是个办法。主动去做核酸，好多人已经养成习惯。把风险降到最低，把隐患早早排除，这对动态清零是个支持。

我为了减少排队时间，选择在下午人少的时候去做。工作了一天的"大白"，明显的是已经很累了。排队的人少了，他们依然在有条不紊地忙碌着，招呼着维持秩序，认真地登记信息，小心地采集试样。

入口处，也是测温点，值守的女士负责分流引导。她戴着面罩的脸上，有一层汗水。我听到她沙哑的声音，有点被触动。"嗓子都哑了啊。"我不由得感慨说。她说："人多，没办法啊！"我说："少说点话吧！"她还是那句："没办法啊！"

说着话，我脚下没有停，继续往前面走。我就有点自责，关心是表达了，这不是让人家说更多的话吗？

我边走边向采样处张望。采样的"大白"也很辛苦。他有时坐着，有时站着，有时要探起身子凑近我们，有时要引导我们加以配合。他说："抬头。"他说："放松。"他说："张大嘴。"他说："别紧张。"他说："啊啊。"他们重复着这些简短的话，也重复着那些简单的动作。

说不清是出于怎样的心情，我每次做完核酸，都会对采样的"大白"说一声："谢谢！"他们的反应各不相同，有的继续他的忙碌，有的回馈我一个眼神，有的同样也说一句"谢谢！"

这天，我走向采样处时，"大白"正坐着工作。他消过毒，撕开棉签儿包装。我走近了，主动蹲下身去，后仰起头，大张开嘴，主动地配合着。他没说话，伸手，很熟练地采了样。

我起身说："谢谢！"他微抬头，看向我。我感觉，那眼神像是看一个朋友。我想，这不是我的错觉。

人与人之间的问候，有时候不需要语言。

无事闲翻书

赶潮流，标记购物日，网上选购了几本书，第二天就到了。这是今年第四次买书了吧。

我现在的读书，不求甚解，可以说是当作一种生活方式，如同散步打拳一样。既然是一种生活方式，必然很个人化。现在的喜好，越来越清淡，健康有营养。

我们这些单位人，会有一些必读书目。但是实际上，必读书目，束之高阁，可读可不读，似乎是大多数人的实际。急用现学，为用而学，这样的书我也读。那其实是工作的一部分，我不称之为读书。所以，我的读书不是因为外部的压力或要求。

自身的状态，也不属于发奋读书。就像所有的晨晚练，不是为了一较高下，一展身手，所以也就不会那么拼。我现在的读书，有点像保持运动，微微出汗，不至大汗淋漓，不会肌肉酸痛。可以说是浅阅读，没追求，不怎么碰鸿篇巨著，不怎么去深山大川。

读万卷书，行万里路。这都需要一些条件。如果不能行很多路，读一些书就是好选择。无事闲翻书，自得其乐。我现在的读书，有点这个意思。

当然，生活方式也可以调整，有时候还不得不调整。追求好的，改变不好的，应该是调整的方向。调整，意味着改变，并不都是轻松乐事。最好的例子莫过于戒烟限酒，不是所有人都可以成功，而成功

244

的人总会说感觉舒服多了。这样说来，读不读书，也不可强求。

印象深刻的，我曾有两三个月没有读书，无心打开，打开也看不进去。当时感慨，读书也需要气力心情。当有一天，又一次打开书，慢慢地一页一页地读完，很是高兴。看闲书，想闲事，原来也是值得祝贺的啊！

无事闲翻书，读的也是闲书。如同作为爱好的下棋吧，本身就是闲事，有时候还不得不走一步闲棋。我想，下棋这件闲事，总还有点儿用处，闲棋也是一步棋，有时候还是一步好棋。下棋的人，多爱打嘴仗，但很少真生气。

闲读书、读闲书，也要是一乐事益事才对。这算是有个方向和底线，不至于无所事事，更不会无事生非。所以，闲书也有选择，要健康清淡有营养。

爆竹声渐远

爆竹声中一岁除，春风送暖入屠苏。这两年，却没有听到窗外一声炮响。禁止燃放烟花爆竹，随着越来越多的地方加入，放炮的年俗也渐要成为记忆了。

"糖瓜祭灶，年底来到，姑娘要花，小子要炮。"小时候一进腊月，零星的炮声就在大街小巷响起，那是淘气的男孩子在撒欢儿。好多人把婚期也选在腊月，迎亲时有专门安排的炮手，一路上让鞭炮、二踢脚交响。远村近邻的炮声，好像是在为过年预热，在越来越密的炮声中，也有了越来越浓的年味儿。

那时候，许多重要时刻都要放炮，是很虔诚的仪式。起房盖屋，婚丧嫁娶，亲友远行，开张迎宾，响起的炮声是美好的祝福，也是及时的报告。过年时的炮，更不是随便放着玩儿的，那是个很庄重的环节。诸事收拾停当，饭菜可以上桌，听到一句嘱咐，"准备吃饭，去点炮吧！"炮声响过，敬天地、祭祖先，家人吃饭，有时有点有讲究。大年初一要起五更，天不亮就吃过饺子去拜年，"听您这边炮响，起得真早啊！"这话，只属于那天的五更。

有几年，家里放炮这差事是交给了我。二踢脚，除夕中午、晚上，大年初一早、中、晚，破五，十五，要计算着放；鞭炮，500响、1000响也要分清轻重，妥当安排。大年初一最重要，炮声最隆重。炮要注意防潮，保证响亮干脆。我记得，每次炮响过后，爷爷总是说，"这挂鞭响得不赖！"同样的话，年年重复，这是过年的吉祥话。

"禁放"，有过严密的论证，也有过反复的争论。放炮的坏处，比如增加火灾隐患，炸伤手崩破脸，造成环境污染，这是不争的事实。另一个事实是，生活富了，人心活了，炮在花样翻新，人在相互攀比，放炮的动静越来越大，惹出的祸事越来越多，"禁放"的呼声也就越来越高。终于，我们先是适应了"限放"，然后又接受了"禁放"。

爆竹声中除旧岁，早已进入我们的内心深处，并非一声令下，就可全体"禁放"。在"禁放"这件事上，有人觉得少了年味儿，难以理解，"过年放个炮，响两声，怕啥嘞！"有人无可无不可，怎么样都行，"放不放有啥用，不妨吃又不碍穿"。有人把放炮当作一件趣事，一个游戏，闹着玩的，和年俗没关系，"长大了就不玩了"。

放炮的年俗，是要在我们这一辈"易"掉了。我成家以后，过年也只放几挂鞭炮，每次还要跑到楼下去，有时在外面享受一小会儿，有时点着了炮就往家跑。邻居们也有不讲究的，半夜里在楼道里放炮，睡梦中的孩子会受到惊吓。那时候，爱人就小心护着孩子，我则切齿以骂，"谁家啊？这么不着调！"原来，放炮还会招人烦。城市里、住楼房，的确不适宜放炮。

一代人有一代人的生活，每代人都有属于自己的记忆。我在煤矿参加工作。煤矿，有城市的便利，也有农村的传统。对孩子们来说，矿区生活的幸福指数很高。儿子小时候，放了寒假就炮不离手。家属区的每个小卖部都有炮卖。那些炮，为孩子们量身定制。划炮，没有药捻，如火柴一样，在划片上擦着了扔出去，在空中炸响。摔炮，更加简单，只需要用力地摔在墙上或地上，就啪的一声炸碎。孩子疯玩一天，兜里常有剩下的炮，他妈妈晚上会给清出来，他第二天照旧。

"禁放"的措施是釜底抽薪，从卖炮管起。在老一辈心里，年味儿少不了"岁岁平安"的炮响，有的手里有存货，也不"大鸣大放"，就把整挂鞭炮拆散了，拿几个哄孩子玩，"臭蛋儿，咱去院里放炮"。几声爆竹脆响，传递着他们的欢乐。刚提倡"禁放"那几年，有人录了烟花爆竹的盒带，想要代替燃放。这商机抓的，有点肤浅了。他们不明白，放炮需要现场感，噼里啪啦之中，伴着一片火光、一缕青烟、一丝硝烟味儿、一地碎炮皮，那是综合的感受。

儿子尽管小时候要得起劲，终究没有把放炮作为年俗。他们对"禁放"没什么反应。只是去年提倡就地过年，几个小伙伴难得凑齐，他们就合计除夕夜一起去放炮。北京只有10个售炮点，买炮就很费周折，还很贵。五环内"禁放"，五环外限放，放炮地点也得提前选好。那个除夕夜，他们抓住了过年放炮的宝贵机会，放了个高兴，但是，一通折腾，体验并不美好。今年彻底"禁放"了，对他们来说正当其时，打心底里赞成。

"总把新桃换旧符"，恰是寄意除旧布新。电视剧《人世间》热播，每当看到燃放烟花爆竹，我就想，这是又一年过去了。今后，我们再看到影视剧里有那样的画面，就知道那是那时候的事了。年味儿如同口味儿吧，总在或多或少地变化，也总希望更加绿色健康有营养。变的是年俗，不变的是至亲真情、美好向往。家人闲坐，灯火可亲。过年的炮声渐远，我们换个方式，寄托新年的祝福。

过了腊八就是年

老话说，一进腊月，人心就毛了。过年的话题越说越密，慢慢地，我们都换成了一个频道一种模式：过年。

人们平日里也忙，进了腊月，年根儿底下就更忙了。单位里忙着考核总结、走访慰问、游艺座谈；商场里布置得红红火火，货品更齐了，人气更旺了；家家户户都在为过年忙碌着，有的思谋着为家里添置点物件，有的安排着给老人孩子选购点什么，有的盘算着哪天可以回家，有的商量着在哪里过年，有的计划着一次旅游。

忙忙叨叨的，就容易心不在焉。岁末年初，也是多事之秋。所以，生产、交通、消防、商贸这些行当，另有一拨"守夜人""把关人"，把过年作为一个关口，下大力气严防死守，忙着防患于未然，小心事故给过年添堵。今年这个年，又新添了新冠疫情防控。说起过年，就多了另一层担忧。

年关将近，多地通报新增病例。人的心也就揪着，这年怎么过？中高风险地区，老家也被画在那个大圈里。哥哥打来电话，说是又开始在路口站岗，街上见不到人，放了寒假的孩子们都在自家院里玩，闲在家里的大人们也不串门了。"管得很严，"他说，"原先还想着把那个屋子收拾收拾，等你们回来过年。看这架势，就别回来了。"

往年进了腊月，家乡亲友若相问，必是"啥时候放假啊""能回来就回来过年吧"。有钱没钱回家过年，过年总是要回家的。我在煤矿工作时，有几次大年初一要下井，年前年后也会回到老家，看一看，坐一坐，聊一聊。

和我同岁的表弟，年年招呼我。去年，他问我，"哥，再有两天就过年了，啥时候动身啊？"我说，"看这阵势，是不能回去了。"在北京，已感到疫情紧急。表弟不这么看，"哪有那么严重？家里啥事儿也没有。一年不见面了，可别偷懒躲清净啊！"过年不回家，说不过去。年初一，他又来电话，我想是催我回去。结果他说，"哥，你不回来对了，村里大喇叭里说了，不教各处转着拜年。"

这一年，变化好大。"过年别回来了"，别样的关心，特别的亲情。谁能想到呢？

这几天，"就地过年"正在成为新的流行语。电梯里，我问快递小哥，"过年回家不？""回家就得隔离，"他说，"不回了。再说，也怕过完年，万一不让回来，那就瞎了。"看得开，想得远。也是，回家了，是外来的；再回来，又是外来的。干脆，就原地了，不耽误过年，不耽误挣钱。这些人不易。

那天，我因多嘴问话，知道另一种过年，心生感慨。楼里保洁大姐，没什么话，什么时候看见她，都在这儿那儿地打扫。有一天，她像是鼓足勇气，下了很大决心："能问你个事儿呗？"一说，真不是事儿。孩子读大学，"俺不知道，该不该让他考研究生。"这个我乐意聊聊。聊放松了，我问，"过年回家吗？"她说，"不回，我们没有家。"我一下子怔住了，怎么会呢？原来，两口子常年在外打工，一直在外面漂着。她说："老家里啥也没有，孩子放假来这边。"他们早就是"就地过年"了。

今年的年，不同往年。一年又一年，生活在变化，年年会更好。"小孩儿，小孩儿，你别馋，过了腊八就是年。"解馋，早已经不是过年的期盼。"姑娘要花，小子要炮。"鞭炮，也不再是过年的标配。没有过不去的年，这是很中国的表达，是乐观，也是坚持，是不惧困苦，也是心有希望。

爆竹声中一岁除，公园的庙会不办了，红灯笼还是要挂起来，红红火火的；总把新桃换旧符，家里的人可能聚不齐了，红春联还是要贴起来，热热闹闹的。在人们的念叨中，忙碌中，年味儿飘过大街小巷，充盈家家户户。新的一年就要来了。

闲坐闲聊小幸福

家里电视坏了，换了个新的，数字的那种。看节目方便了，看新剧，最火的那些，也看老剧，十年二十年以前的那些，甚至更早前的那些；耗时间也多了，特别是追剧，很考验自制力。

我是在浪费时间吗？偶尔会有这样的问题，一闪而过。尽管，看剧不耽误干点家务，翻看闲书，甚至写点文字；毕竟，看剧会占许多时间，分一些心神，甚至耽误事情。

从前，村里有两个人，从小到大，到上有老下有小，一直都很好。各自忙着讨生活，得空了晚上串个门。常常就那样坐着，烤烤火，喝喝水，抽抽烟，最后，一个起身说声"回了"，另一个起身相送，"歇了吧"。没话说，也没事做，就那样干坐着。这两个人好怪，我这样想过。可是，那是他们生活的一部分，很重要。

"咱们找时间坐坐！"今天说这话，一般是个饭局，常常有事要谈。朋友间纯粹的坐坐，稀缺得难见了，显得很珍贵。谁会那样浪费时间？可是，我印象中依稀有个说法，"有些时间是用来浪费的"，很惬意的感觉。不知是不是我的杜撰。

也许，我们真的需要一些时间，"什么都可以想，什么都可以不想"。这多美好，多少人的心声和向往啊。那境界，算是一个人发呆吗？若是，我就想，今天忙碌的人们，大多没有了发呆的时间，已渐渐丢掉了这种体验。

那天说到带孩子，感慨"每天要说多少废话"。咿咿呀呀，嗯哼啊噢，天书一样的废话，却都好像很有营养，孩子就这样一天天长大了。又说到陪老人，感慨"老话说了一遍又一遍"。家长里短，陈年旧事，单曲循环似的絮叨，也好像很是治愈，老人们说一说就很满足。带孩子、陪老人，那些所谓的"废话"都不是在浪费时间，而是在享受生活。

据说，我们每天说的话，会有几千字。这里面有不少"废话"，我们很享受，以至离不了放不下。某古装剧里对一个罪臣的惩罚，就是把他关进大牢，任何人不准与他说话，搞得他见人就央求，"和我说句话吧！"这惩罚也真够"别致"的。一般来说，人需要说话，包括"废话"，可以疗愈。

想到老年人，高龄的老年人。他们聚在一起时，有的一句话也没有，看看这个又看看那个，就那样笑模呵呵听半天；有的不停地大声说话，其实因为耳背，谁都听不准对方在说什么，就那样你一言我一语聊半天。他们喜欢一起坐坐，说什么、听什么都不重要，没话、打岔都不会感觉冷场，也不会感觉尴尬。这样打发时光，会被人羡慕，"好幸福！"

我最近没少看剧，许多看过也就忘了，没留下什么印象。这样说来是白费了。做这事有啥用？这样的问题，像是啪啪挥舞的鞭子，常常让人心头发紧。身边一些"无所事事"的"好人好事"，又让我有点自我宽慰，看起来没啥用的事，不那么重要的事，调剂一下也挺好。我就想，留些时间，坐一坐，聊一聊，发一会儿呆，或者说些废话，也可以。当然，凡事有度，松大了就真废了。

就地过年

就地过年，已成定局。人们说起过年，都是"不让回就不回了""能不回就不回了"。这个牛年，真是够牛！

都到腊月二十几了，街上有几家小店却在搞开业大吉。往年这时候，都是贴出停业告示，某日回家过年，正月开门再见。这几天，我看韩式烤肉、陕味面食，新开了张，生意还不错。响应了号召，提供了就业，你有处吃饭，我可以赚钱，讲求实际，皆大欢喜，这生意经念对了。

上班族还是平常那个节奏。"哎，哪天过年啊？""下周四啊！""下周四就过年了？""准确地说，周四是除夕。"在高校听到的对话，有意思的是，年要用周记，更要紧的是，竟忙到不知哪天春节。他们不是放寒假了吗？是。放假了，也有还在忙的。要过年了，也有还在忙的。各行各业都是这样吧，总有坚守的。用句"牛"语，总有勤奋者，"不待扬鞭自奋蹄"。

我曾经享受过几年寒暑假，朋友都很羡慕。许多人压根儿没有假日，更有的是，年节假日反倒忙上加忙。"别人过年，我们过关。"这话，听着都邪乎。倡导全民就地过年，这事儿该是从未有过。今年这关口，换了新套路，他们就更忙，好让大家过个好年。要说无私奉献，得佩服这些人。

照常上班也好，就地过年也好，无论怎么过，在哪儿过，总归是人人要过年。老话说，"谁过年还不吃顿饺子。"老话老理儿老年俗，念叨着，就有了年味儿。"腊月二十三，糖瓜把嘴粘。"吃过糖瓜，多了禁忌，灶王爷要"上天言好事"，老百姓也要好言好语，不能说"砸锅的话"。人们呵护着好心情，营造着好气氛，年味儿就扑面而来，越来越浓。

过年，讲的是团团圆圆，图的是热热闹闹。往年，说的是"能回就回吧"。今年，我们说"就在这儿了"。我往老家打了一通电话。姑姑问，"回不来哎？"她知道都不让回了。我问，"还打麻将不？""不教打了，"姑姑说，"怕肺炎。"不回家，不打牌，都是因为疫情。不过，打牌一坐半天，许多人烟不离手，不是好项目。趁这机会，做些改变也好。

他们给我看了几个视频，村里核酸检测的。那队排得真整齐，间隔两米，真两米。细看，大街中心，红色油漆画了圈，写了"安全岛"，人站在"岛"上，很有秩序。像重要场合的合影，脚下贴了数目字。世间事，多相通。我的乡亲们，真得刮目相看了。过年，也是这样吧，有约定俗成的旧习俗，也有与时俱进的新内容。

就地过年，说来说去还是过年。"就地"，就要沾上当地的年味儿，"过年"，也要留些老家的滋味儿。我看到，公园树上又结了红灯笼。这喜庆，人人可享。过年了，按老家的节奏过个除夕初一，学着父母的手法做两个下酒菜，也许，瞬间就有了过年的感觉，那种所谓的年味儿。就地，也可以过个好年。

年味儿，是一种乡愁。乡愁，是一种记忆。共同的习俗，集体的记忆，是我们共享的年味儿。每个人心中独有的曾经的小片段，那是自己专属的年。上班路上城市街道逐渐减少的车辆，祭祖归来田野暮霭中慵懒的落日，家里爸妈洒扫洗涮忙碌的身影，巷口孩子把摔炮砸在墙上地上的脆响，"别磕着碰着"的谨慎唠叨，穿新衣新鞋的亲切叮咛，门上的春联福字，祭神的果盘贡品，饭桌上的枣花、枣枕头、年糕、黏豆包……就这样，年来到。

因为疫情防控，许多事有了新规则，是这一年最大的改变。我恨透这疫情，也喜欢一些改变。记得疫情稍缓，有"报复性××"一说，比如消费、聚会、旅游等，我一直不大认同。报复谁？用什么报复？我觉得，疫情过去，有时也还可以戴口罩，比如寒冬中、雾霾天，甚至寻常日子走在路上。需要保持的，还有许多。变与不变，如同就地过年与回家过年，都是为了一个好字。

　　新的一年里，我也有一些新计划。天气清明，春暖花开，如果可以，想去爬爬山，验验体力，还想回趟老家，唠唠闲话。我是说，体健心轻，才有生活的其乐融融。我想，这期望很普通，应该可以。

送春联

在院里遛弯儿时，常遇到一位老人，不知从什么时候开始的，每次见面都互相打个招呼。我们住一个楼，都感觉很亲，像个老邻居似的，其实并不熟悉，打招呼时，连个称呼也没有。

老人很健谈。我觉得，她该是个退休教师，或者曾是单位领导，总之以前是管点儿事的。爱人很能和老人们聊天。有时打过招呼，我继续遛，她原地停留，一块儿聊。

冬天的阳光，很是珍贵。这免费的福利，我不会错过，一定去"沾光"领取。院里西头的一小块空地，中午前后，有一些阳光。这天又遇到老人，她在那儿晾晒洗好的床单被套，正收取搭在西墙根的床单。她说："看着天挺好，刚晾上，就给冻住了。"太阳偏西，她要把床单挪到北墙根去，"家里暖气挺热哩，干起来也挺快，就是为了给阳光照照。"老人站在高台上，有一大步高吧，想来上下比较吃力。爱人就过去帮忙，又家长里短聊起来。我就在阳光里，来来回回，慢慢溜达。

回到家，爱人说："老太太要给送副春联。你们过年贴不贴春联啊？老太太问这话，我还以为她想向咱要春联。"她们在聊时，我断断续续听到了。老人说，她家老头写得好，在老家时，每年都有好多人要他写，"七八十岁了，为讨个好福气。"儿子姑娘都在北京工作，老两口卖了老家的房子，奔孩子来了，她说："到这儿谁也不认识，老头就不写了。"可是孩子们一到腊月，就准备好了笔墨纸砚。"我清楚孩子的心思，怕我们想家。"她笑着，"老头不写，我就写吧。"那笑中，内容很多。

我知道那位老先生，笑模呵呵，很慈祥的样子。他不像老太太爱动，话也不多。夏天，常见他在树下乘凉，有时手里还拿张报纸在看，好像有《参考消息》什么的。这两位老人，真是幸福得让我羡慕。

可是，老太太有一次说，"老了老了，却没有家了。"听起来有些难以理解，孩子们有出息，一家人都在北京，多好。"哪好也不如自己家里好。"老人说，"说出来不怕笑话，和你们说话都觉着拘束嘞。"80多岁了，离开生活了几十年的小城，来到这陌生的大都市，哪都不熟悉，他们心里没着落。

说到送春联，老人也很客气，"字写得不忒好，主要是个好意头。"这意思我懂，高龄老人，身体健康，儿女双全还都事业有成，生活美满平顺，这春联有福气呢。记得有一年在老家，哥哥说找个人写春联，我一听名字，有点舍近求远，哥哥说："他这一年过得很顺，找他写吧。"后来也有人找我写，我的字拿不出手，不敢写，人家就说，字不打紧，图个好意。呵呵，大过年的，我可不愿献丑。以前写春联，都是义务的，"功夫不值钱"。有人写得好，过得也好，家里来请字的人不断，忙到自家啥活儿也顾不上，辛苦得很幸福。

老人很主动，"你们不用管，我给拿下来，就放门口。"为这心意，也得爽快答应。春联悄悄挂门把手上了。刚看了那个"福"字，爱人就说，"老太太写得真好，想不到哎。"展开来，写的是"梅花一枝报三春，爆竹四起接五福"，很传统的内容。我们本来是意在老人而不在春联，好好端详老人的字，又多一分敬意。真是个温暖细心的老人。

我每年都要在除夕贴春联。小时候，是和"神灵码"一起贴，俗称请神，那气氛，搞得很虔诚，用面粉打好糨糊，用笤帚把门框、条案扫干净，要贴得端正、平整、干净。有的神请来了，年后还得送，就不要粘太紧，到时揭不下来，"请神容易送神难"。然而，春联就要贴得很牢靠，重点是边和角，粘不好，就卷着翘起来，好奇又淘气的小孩子会撕着玩，有时能听到大人训斥，"没破五就给撕掉了？"

现在许多人不贴春联了。我的新邻居，这几年也贴，不知是不是受了我的影响，或者是为了门挨门看起来更好看。春联都改用胶带来粘，楼里又不经风淋雨，小孩子也不再疯着感兴趣，一年过去了，看起来还是新的一样。又见老人时，我道谢，"您写得真好。"她谦虚，"看着你家门上贴的，我都不想送了，那是真的好。"我说："您这是私人定制，更有年味儿。"

俗话说，过了腊八就是年。一转眼，就是"糖瓜把嘴粘"的小年。看着桌上红红的春联，感到室内淡淡的墨香，心里就泛起涟漪来，年味儿就这样开始弥漫。爱人总数落我，"年年都扳着指头盼过年，你可真新鲜！"其实她也一样啊，大家都这样啊，单位总结考核、走访慰问、团拜游艺，家里洗洗涮涮、洒扫庭除、置办年货，保民平安的严密设防，回家团圆的安排行程，都是过年的节奏。

是的，每到这个时节，我们好像是听到了暗语，心领神会似的，慢慢地，就都调成了一个模式，张罗着去喜迎新春，准备过年。

我的新年愿望

元旦假期中，日子就进入了腊月。正是岁末年初，总会对新的一年有点盼望，或正式或随意的，想想祝福和愿望。

我开玩笑说，这个假期净在家里找自己的毛病了。前思后想，发现一条就做个记录，搜罗了一堆差距和不足。节后照例要开展自我批评，我提前打个底稿。批评当中也有愿望，主要是工作上的。纯个人的新年愿望，就没抽出空来想。

真正的自我批评，还是很有效的。所谓真正，应该是存在问题找得准，努力方向选得准，改进措施定得准。我曾写了篇看下棋的短文，实事求是对自己进行了批评。那以后，我下棋竟然有些长进，简直连升三级。那是认真写了，也当真改了。这就有点小用。

自我批评，从旧年的不足下手，当然也是为了更好的新年，真给自己找碴儿，也难免脸红耳热。新年愿望，拜年话，当然都是好的，所以直截了当，就说当下的和新年的美好。不好的说拜拜，美好的都过来。因此，新年愿望说出来，心情也会舒畅愉悦。

谁都会希望好事多多的。可是，说到新年愿望，实在地讲，又不能太贪心了。万事如意这样的，说说可以，千万别当真。哪有这回事？工作顺利，倒还行，只是也靠"人努力，人帮忙"，不是用嘴一说那么简单。俗话说，踮起脚，能够着。实现愿望，这里面有自己的努力。如果许一大堆愿，不管不顾，爱咋咋地，"望天收"，愿望也只能是愿望了吧。

不同的人，不同的年纪，不同的境遇，会有不同的诉求。提职加薪、减肥成功，有人"当然很重要"，有人"那就不叫事儿"。那么多祝福和愿望，我选择健康和快乐。健康，如果说包括了身体和心理，也就带着快乐。快快乐乐、健健康康，心情美、身体好。这个适合我。那天，儿子陪我聊天，"爸，人不是说，主要矛盾决定主要任务嘛，您现在的任务就是坚持锻炼，健健康康。"这是玩笑，又很认真。

身体的报警，是一种自我保护。新年的愿望，是一种自我激励。儿子说起这话，是因为我这次体检。本来，医生给我极大鼓励，"非常好！"平时爱鼓捣文字，深知非常两字不易。CT提示某个部位的结节，"不要紧，可在就近医院超声随访"。咱不敢怠慢，赶紧预约B超。立等可取，结果却不理想，"我看到的不是那样"，B超医生明显是不看好。

她一严肃，我就觉得有点严重。咋整啊？哪来的回哪去呗，到原来的医院再看看。"他们更专业"，她也这么说。即刻照办，到那边找人。看了B超、CT报告，这位超淡定，"不应该啊"，他见得多了吧，"搞准一点，做个磁共振。"开了单子，最快排到五天后，12月31日晚上。

检查室外等候叫号，儿子和我谈到那个主要矛盾，笑模呵呵的，是鼓励，是加油，也是将老子的军嘞！他是给我这老党员上套，知行合一，学以致用，关照自身。小子用心了。我竟不好反驳，只好称是。

这个新年，我想着可能的结果，是在不确定中跨过的，给自己作了不少心理建设。若情况好，要再接再厉，不可掉以轻心；不好，也要积极乐观，泰然处之。偶尔，也骂骂人，不是冲谁，没有对象，一种情绪宣泄而已。新年，还不能添堵，所以就骂中带笑，亦真亦假。总之，做最坏的打算，盼最好的结果。

节后上班，报告来了，"考虑囊肿"。这就对了嘛，吓我一跳。十来天，三次检查，都要空腹，倒是帮助减肥，可是，我不需要啊。不用说，心头有一块云彩飘来飘去，时聚时散。"跟没事儿人似的"，那是"看起来像"而已。健康不能决定心情，但会影响快乐的质量。

回头一想，我这几天起早贪黑准备着自我批评，找自己的毛病，其实一个大毛病一直明明白白摆在那儿。健康才是大问题啊！不能忽视，也不能逃避。如果不是有这样的体检，假期应该有更好的内容，心头的云彩只会是彩云。

我的新年愿望，健康快乐！这样的愿望，人人都可以有。这四个字，内外兼修，身心安康，不简单啊。愿望，不能一说了之。我以前说，有个好身体，再有个好脾气，自己需要做些努力。健康快乐，到什么程度呢？也别说虎年到了，虎虎生威。我想到了稳字当头，这个稳，就很好。稳住，就是成绩，能再进一些，当然更好。

儿子知道了结果，口风没变，延续他的叮咛，"加油啊老爸！"这话，成熟，我愿意听。无论是巩固成绩，还是改进不足，都需要耐心耐力地做些什么。这就是加油吧。

健康快乐中，总是要做些什么，不能"过一天少两晌"，过着傻乐傻乐的日子。我还有好多事情做，工作自是要尽心尽责，生活也会有新的进步新的内容，分享点点滴滴的文字也渐渐当作一件事做了。日子就是这样，从春到夏，又从秋到冬，然后接着新的开始。这其中，都需要健康快乐的滋养，都要有健康快乐的节奏，才好继续着，前进着。

我写下这些，是当真的。这当真，不是说心诚，而是要行动。糊弄自己算怎么回事，可不能说空话。那好，新年，带着愿望，出发！

感恩每一次相遇（后记）

我在用心地写着，为这些文字，为读到这些文字的每一位朋友。

散文要求非虚构性，要求真实。所以，散文最能折射出作者的心灵轨迹来。小故事、小人物、小物件、小片段，过去的或是当下的，自然的或是生活的，都有我的人生体验、价值判断、情感表达。读者能看出我的作文和做人——有生活的投入，用情感来滋养，但愿这是有益的。

散文的真实，并不是生活记录。人生不易，美好呈现。在一些瞬间，我会想起一些往事，其中自然有一些人。我得到许多人的帮助，尽管他们大多并不知道。我也给过别人帮助，尽管他们大多也不知道。相伴的、路过的、仰慕的、听闻的，在我生命中留下了印迹，都是我人生的一部分了。对现在的一切，我都心怀感恩。人生走过四季，内心总有阳光。这阳光，不一定耀眼，但会给人温暖。我写的是这样的文字。

最初，我的写作有点个人化。慢慢地，有朋友鼓励说，挺好的内容，可以往外走一走；又有朋友建议说，何不正式出版一本书，让更多的人读到。因此，我的写作有了新的追求新的方向。

爱人是第一位读者。她讲感受，提意见，我会认真思考并加以完善。几位朋友以他们的学识、阅历、经验，给我真切的帮助。我说受益受教，就不仅仅是在写作上了。

感恩每一次相遇。感谢我文中写到的每一位，本书编辑出版过程中给我指点的每一位。你们都已住进我的心里。

感谢打开这本书的朋友。相见是一种缘分，打开这本书，我们已经相见了。每个人都是一条顺着生命轨迹奔向大海的河。